꽃

이

부

서

지

는

봄

안전가옥
오리지널
35

꽃이

부서지는

봄

한켠 장편소설

차례

일러두기

1   소설의 재미와 개연성을 위하여 실존 인물을 변형하거나 실제 역사에 상상력을 덧붙였다.

2   소설의 배경이 되는 시대와 역사적 사건은 《심양장계》, 《심양일기》, 《산성일기》, 《인조실록》 등에 기록되어 있다.

3   외국어(만주어 등)는 고딕체로 표기하였다.

1부

조선에서

1 색을 잃은 새

명나라로 가는 사신들의 행차인 사행을 따르는 역관들의 업무는 동래에서 왜학 역관을 통해 은 제련 기술이 뛰어난 왜국의 은을 사 오는 것으로 시작된다. 왜국의 광산에서 캐낸, 불순물이 섞이지 않고 저렴한 은으로 개성에서 인삼을 산다. 나라에서 역관 한 명당 가져갈 수 있도록 허락한 인삼은 여덟 포. 국경 근처 책문(柵門)에서 역관들과 명나라 상인들의 거래가 이뤄진다. 몇 발짝 뒤에서 곱상한 젊은이 둘이 빠르고 유창한 한어(漢語)로 오가는 역관과 상인의 거래를 유심히 지켜보며 귀 기울였다.

"상품(上品) 인삼이 백 근이오. 요새 만주족 오랑캐들이 시끄러워 국경이 소란하니 일단 국경을 넘기만 하면 인삼값이 훌쩍 오른다오. 형씨, 국경이 언제쯤 잠잠해지겠소? 그걸 알아야 우리도 시세를 따져서 수요공급을 맞추지."

"지금 명나라 조정에 큰 칼 비껴 차고 깃발을 휘날리며 오랑캐를 싹 쓸어버릴 장수가 있으면 진즉에 그리했겠지. 그래도 사치품 가격은 변동이 적을 거요. 웃대가리가 누가 되든 금수저로 뜨던 밥을 놋수저로 뜨겠소? 수저 주인만 바뀌는 게지."

명나라 상인이 이리저리 인삼을 살펴보더니 손저울을 꺼내 무게를 달아 보았다. 그러곤 귀퉁이가 뭉툭해진 은을 꺼내 계산을 시작했다.

"에헤이, 이 양반아, 저울에 달아 보니 백 근이 아니라 구십 근 아닌가. 이거 순 사기꾼일세. 장사는 신용인 거 모르나. 한두 번 장사해 본 것도 아니면서."

"조선에서 가져올 땐 백 근이었으나 국경에서 지체되느라 인삼이 말라서 무게가 줄어든 게지. 그러는 형씨도 다 닳아서 무게가 덜 나가는 은자로 값을 치르려고 수작 부리면서."

"새 저울 가져와서 서로 공평하게 인삼 무게도 달고 은 무게도 달아 보자고."

"그 저울도 조작인 줄 누가 알겠소?"

"문서로 남기면 될 것 아뇨. 속인 쪽이 속은 쪽에게 은 다섯을 주기로. 내가 아는 관원이 있으니까 연락해 보리다. 며칠 걸릴 거요."

"내가 그쪽 속셈을 모를 줄 아시오? 역관들은 사신단이 귀국할 때 따라서 돌아가야 하니까 그때까지 이래저래 흠잡으며 질질 끌다가 어쩔 수 없이 떨이로 넘기기를 기다리는 거. 이번엔 여기 두 분에게 뒷일을 부탁할 터이니 사행 후에도 이분들이 천천히 흥정을 하실 거요."

줄곧 거래를 지켜보던 두 젊은이 중 하나가 갓을 벗어 그 속에 비단으로 싸서 숨겨 온 최상품 인삼을 명나라 상인에게 건네며 우아하고 기품 있게 말했다.

"자, 여기 열 근을 더해 백 근을 맞춰 드리리다. 이걸 닿으실 수 있는 가장 높은 분 안채에 전해 드리고, 조선 어의의 집안에서 비밀리에 어렵게 구한 극약을 가져왔다고 전해 주시오."

명나라 상인이 한눈에 보기에도 최상품보다 더 좋은 인삼이었다. 산삼이라 속여 팔아도 될 정도였다. 명나라 상인의 말투가 부드러워졌다.

"누구라고 전해 드려야 할까나? 역관은 아니고 사신도 아니고…."

"'애란'이라고만 전하면 아실 것이오."

"그 옆에 있는 분은 뭐라 해야 하나?"

"이분은 이런 일에 끼지 않을 테니 아실 필요 없소. 워낙 고귀하신 분이라."

애란의 말끝이 비틀렸다. 애란은 제주에서 올라온 말총으로 만든 갓을 다시 비스듬히 쓰고 백옥 갓끈을 맨 뒤 고개를 외로 틀었다.

역관들이 사신들을 따라 북경으로 향하고 애란과 갓을 똑바로 쓴 애란 또래 젊은이는 책문에 남아서 명나라 상인이 연결해 줄 인맥을 기다렸다. 애란은 조선에서부터 챙겨 온 조보

(朝報)를 이제야 펼쳐 보았다. 어지러운 조정에서 이번에는 누가 실각하고 누가 승진했는지 알기 위해서였다. 역관인 애란의 아버지는 누구에게 줄을 댈지 기민하게 대응하기 위해 임금의 명령, 왕에게 올라오는 보고서와 소장, 관리들의 인사이동이 실리는 소식지인 승정원 조보를 뒷돈에 웃돈을 얹어 구해 보았다. 이번 조보에는 강석기라는 이름이 중앙 정계에 새롭게 등장했다.

반정으로 즉위한 임금은 신하를 믿지 않았다. 함께 반정을 도모했던 공신들마저도. 그런 임금의 곁에는 공신이자 간신인 김류와 김자점만이 남았다. 그들은 자신들에게 전혀 위협이 되지 않을 자들로 조정을 채웠다. 폐조인 광해군 시절에 벼슬자리 근처도 못 가 본 무능하고 아둔한 자들이었다. 강석기라는 자도 딱 그런 부류일 것이다. 울분도 불만도 없는 그런 부류들은 널렸다. 그런데 왜 하필 강석기일까. 매관매직을 할 만큼 부유하지도 않은데 왜. 그런 강석기가 애란의 아비에게 이번 사행에 끼워 달라고 맡겼다는 젊은이가 혼잣말을 중얼거렸다.

"역관에 '관리 관' 자를 쓰지만 실제 하는 일은 상인과 다를 바 없으니 '역관'이 아니라 '역상'이라고 해야 맞지 않는가."

애란은 그 말을 똑똑히 들었지만 아무 대꾸도 하지 않았다. 역관은 말을 전하는 사람이지 자기 말을 하는 사람이 아니다. 국가의 기밀을 알아도 모른 척해야 목숨을 부지하는 사람이다. 아마 그래서 애란의 아비도 이 도련님이 강석기와 관련되었다고만 하고 입을 닫았을 것이다. 강석기에게는 아들이 다섯 있다. 이 도련님은 그 다섯 가운데 누구도 아니다. 강석기는 애란의 아비에게 이 사람에게 한어와 만주어를 가르쳐 역관들과 함께 국경을 넘게 해 달라고 부탁했다. 애란이 같은 중인이라 친분이 있는 의원의 집을 드나들며 갓난아기를 돌연사한 척 죽일 수 있는 독약 따위를 제조하는 방법을 배우는 동안, 이 도련님은 애란의 집에 와서 역과에 응시하지 못하는 애란과 같은 책을 배웠다. 과거에 응시하지 못할 역관들이 양반인 사신들의 말을 옮기기 위해 읽는 《소학》,《논어》,《맹자》 그리고 당 태종의 언행록인《정관정요》, 전쟁터에서의 전략에 관한 《손자병법》, 대국 황제들의 통치 철학을 담고 있어 조선 사대부가 '다스림에 있어 거울로 삼는다'는 《통감절요》 같은 역사서.

　역관인 애란의 아비는 딸인 애란을 역관처럼 키웠다. 여훈을 읽히지 않고 승정원 조보를 구해다가 글을 떼게 하고, 애란이 풀을 뜯어 만든 인형으로 소꿉놀이를 하면 그 인형을 빼앗은 뒤 윷판 대신 종이판에 중앙과 지방의 관직명을 빽빽하게 적어 놓고 윷놀이하듯 노는 승경도로 놀아 주면서. 애란은 장남으로 키워진 딸이었다. 어머니가 아니라 아버지의 딸이라는 것이 애란의 은밀한 자부심이자 내밀한 불안이었다. 살아 있는 물총새의 시퍼런 깃털을 뽑아 장식한 휘황한 점취 머리꽂

이를 보고 죽은 물총새를 떠올리듯이. 점취를 세공하듯 아버지가 오래 공들여 만들어 낸 딸인 애란이 무능하면 아무도 애란을 대우해 주지 않고 눈길도 주지 않을까 봐. 애란의 아버지는 딸을 이번 사행의 진짜 임무에서 배제했다. 강석기가 찔러 넣은 사람을 데려온 것이 이번 사행과 관련 있을까. 애란은 끈질기게 아버지에게 이 수상한 동행인에 대해 물었다.

"누군지도 모르는 반가 도련님을 중인의 집에 들여 가르치고 사행에까지 동행시켜도 되나요?"

"젊은 나이에 떡하니 과거 급제해 시강원에서 세자 가르친다는 정뇌경이가 보증한 인재라더라. 사행에 따라가서 미리 사신들과 인맥을 다져 놓겠다는 거 보니 야망도 있는 듯하고."

"강석기 쪽 사람이 맞긴 해요? 중인이 반가에 줄을 대는 건 흔한 일이지만 왜 양반이 중인 쪽에 자기 사람을 보내요?"

"높으신 분의 치부는 굳이 알려 하지 말아라."

충신은 두 임금을 섬기지 않고 열녀는 두 지아비를 모시지 않으나 역관은 두 나라의 말을 한다. 애란의 아비는 사람에게 손이 두 개인 이유는 한 손에 줄을 하나씩 잡기 위해서라고 했다. 줄 하나만 잡고 있다가 그게 썩은 동아줄이면 떨어져 죽는 거라고. 그러니까 혹시 줄 하나가 썩은 동아줄이더라도 남은 손으로 질긴 칡넝쿨을 잡고 살아남아야 한다고. 사또는 몇 년마다 바뀌는데 아전이 한 명의 사또한테만 충성할 수 있냐고. 중인들은 항상 현재 권력을 가진 자와 미래에 권력을 쥘

자 모두에게 돈줄을 대야 한다고. 달걀은 한 소쿠리에 담으면
안 되고 여러 소쿠리에 나눠 담아야 소쿠리 하나가 기우뚱해
서 달걀이 깨지더라도 다른 소쿠리의 달걀이 무사하다고. 애
란의 아버지는 달걀을 이 소쿠리에서 저 소쿠리로 옮겨 담아
가며 평생을 살아온 사람이다.

애란도 그 달걀 중 하나였다. 강석기의 사람도 애란의 아비
에겐 달걀일 뿐이다. 강석기의 달걀은 왜 사신들을 따라다니
지 않고 역관 무리에 끼어 다닐까. 달걀이 입을 열었다.

"사신들은 문서 전달하고 명나라 명사들과 친교나 쌓을 뿐
그 문서를 쓰는 실무는 역관들이 다 하니까 사신이 아니라 역
관을 따라다니려고. 정치한답시고 모략질이나 하는 어르신들
은 한심해."

애란의 아버지는 왜 애란을 강석기의 먼 친척이라고 둘러
댄 젊은 사내와 단둘이 남겼을까. 애란을 이자의 첩으로 들여
혼맥을 맺으려는 속셈일까. 아버지가 이 사내를 역관들의 진
짜 거래에는 끼워 주지 않는 걸 보니 역관보다는 사신 쪽으로
본 모양인데. 애란은 이 달걀의 껍데기를 깨고 말랑한 흰자를
보고 싶었다.

"역관들이 문서나 쓰는 줄 아시나 본데요. 우리는 그런 문
약한 선비들이 아니에요. 세작질을 하고 명나라 고위급들에게
뇌물을 먹여 가며 정세를 판단하고 은밀한 임무를 수행하지
요. 황궁과 국경의 상황이 어떠한지 술잔을 기울이고 말끝을

흐리며 묻고 다녀요."

애란 또래의 사내는 묵묵히 애란의 입술이 다시 벌어지기를 기다렸다. 애란도 어디까지 말해도 될지 헤아리며 사내의 눈을 보다가 말을 이었다.

"이번 사행에서는 원나라가 고려에 그랬듯이 새로운 중원의 주인이 조선을 침략할 경우를 대비하여 화약의 원료인 염초를 밀수입할 거예요. 겉으로는 상의원에서 쓸 귀한 염료와 내의원에서 쓸 희귀한 약재를 사는 걸로 위장하고. 그게 역관의 실무랍니다."

사람들은 흔히 역관이 남의 말이나 따라 하는 앵무새라지만 사실 역관은 지빠귀 둥지에 자기 알을 밀어 넣는 뻐꾸기다. 지빠귀 새끼인 척하고 지빠귀에게서 먹이를 받아먹는 뻐꾸기 새끼 같은. 고고한 학인 척하는 양반들이 할 수 있는 일이 아닌데 곱게 자란 도련님이 오기를 부렸다.

"나도 할 수 있어."

"역관이 장사나 한다고 멸시하시는 도련님은 못하세요. 실무에는 돈이 들죠. 하지만 조정에선 역관에게 나랏일을 시키면서도 녹봉은 주지 않아요. 역관이 알아서 어떻게든 하라고 하죠. 명나라 외부로 반출되면 안 되는 염초를 들여오다 발각되어 외교문제가 되면 돈에 환장한 역관 개인의 일탈이라며 꼬리를 잘라 버리려고요. 도련님은 꼬리가 될 수 있어요?"

"꼬리 치지 못하는 개새끼가 개새끼인가. 꼬리, 중요하지."

"도련님께선 조선이 겨우 개새끼, 인가요. 그거 강석기 대감의 가르침인가요."

"내 생각이지. 나는 고루한 반가 어르신들과는 달라. 네 생각은 어때? 정말로 만주족이 명나라를 무너뜨릴 것 같아?"

"만주족이 국가를 세우고 조선과 수교하면 역관에겐 이익이죠. 고매하신 양반들은 오랑캐와 인사도 나누기 싫다며 역관에게 모든 걸 맡겨 버리고 체면이나 차릴 테니까요."

"스승님께서는, 명나라가 망할 거라 하셨어. 명나라가 조선에 파견한 모문룡 장군은 섬에 처박혀 백성들을 괴롭히고 군량이나 계속 요구하는 무능한 무관인데 명에서는 그런 모 장군을 대체할 인물도 없다고. 조선도 모 장군을 쳐다보는 거 말고는 아무것도 못 한다고."

"스승이라면 정뇌경이라는 분이신가요. 세자에게 공자 왈 맹자 왈 글줄이나 가르치면 되는 말단 강원이 쓸데없이 국제 정세에 관심 가져 보았자 명줄만 짧아지지요. 이런 살벌한 정국에 될성부른 나무는 떡잎을 틔우자마자 뽑혀 나가기 십상인데요."

책문의 상인에게서 연락이 왔다. 명나라 병부상서 댁에서 애란을 보자고 했다.

"역관 일을 배우고 싶다 했죠? 신참은 짐꾼부터 시작하지요. 짐을 들고 따라와요."

도련님이 문을 나서며 펄럭인 도포 자락에서 묵향이 새어 나왔다. 역관이 뇌물로 바치는 사향, 용연향 같은 온갖 귀한 향을 맡아 온 애란은 평소엔 의식조차 하지 않는 향이었다. 그런데 도련님의 체취와 이제 막 기왓장을 올린 집 안의 새 가구 냄새와 섞인 먹 내음에 애란은 푸른 도포 속에서 다리를 꼬며 하얀 종이 같은 제 속바지를 구겼다. 몸에 묵향이 밸 정도로 책과 붓을 끼고 사는 도련님이라면, 중인 계집이라 안타까울 정도로 시문을 좋아하는 애란에게 문우가 되어 줄 수도 있지 않겠는가. 타국에서 잠깐의 일탈로 말이다. 애란은 늘 중인에게 허용된 수준 이상의 시문에 목말랐다. 애란은 부러 성큼성큼 보폭을 크게 하여 앞서가서 마구간에서 말 두 필을 내왔다. 도련님 쪽에서 애란 쪽으로 장난치듯 바람이 불어와 애란의 온몸에 묵향이 묻었다. 애란과 도련님은 책문에서 북경까지 말머리를 나란히 하고 말을 달렸다. 애란은 말고삐를 늦추지 않으면서도 이따금 도련님이 말에 박차를 가할 때마다 말을 진정시켜 일정한 속도로 달리게 했다.

"앞서 나가지도 말고 뒤처지지도 말고. 말에게 만만하게 보이지도 말고 겁을 주지도 말고."

애란은 난생처음 말을 달려 보는 듯 들떠 하는 도련님의 수염 자국 없이 매끈한 턱과 울대 없이 쭉 뻗은 목을 곁눈질했다. 사내구실을 못해서 대를 이을 수 없을 거라 밖으로 돌리는 아들일까. 도련님은 그런 애란의 시선을 눈치채지 못하고 고개를 들어 널찍이 펼쳐진 이국의 하늘만 보았다.

애란의 아비는 애란에게 남장을 시키고도 모자라 애란의 숙소를 다른 역관들과 따로 잡았다. 아무리 어려서부터 아는 '아버지 친구'라 해도 사내는 사내라서, 아무리 공무 중이라 해도 집 떠나서 해이해진 사내가 어떤 일탈을 저지를지 모른다고 했다. 혹시나 '사고'가 나면 계집애인 애란이 설마 아무것도 몰랐겠냐고, 다 알면서도 여기까지 따라온 거 아니냐고 다들 손가락질할 거란 것도 애란의 아비는 잘 알았다. 그러니 애란을 이렇게 오래 외간 '사내'와 단둘이 둘 리가 없었다. 애란은 아버지의 의도를, 도련님의 정체를 짐작해 보려 애썼다.

병부상서 댁에 도착하니 마중 나온 시비가 손님을 접대하는 안채 공간으로 애란을 안내했다. 애란은 도련님도 따라오시라고 손짓한 뒤 시비에게 괜찮다고 고개를 끄덕여 보였다. 애란은 더 이상 도련님의 정체를 궁금해하면서 시간 끌기 싫었다. 높으신 분께서 치부를 드러내지 않으신다면 아랫것이 먼저 비밀을 보여 드려야지. 도련님은 어떤 반응을 보일까. 애란은 발목까지 내려오는 도포를 벗었다. 무늬가 들어간 은은한 빛깔 비단으로 지은, 값나가 보이는 치마저고리가 드러났다. 갓을 쓰지 않은 애란은 속을 알 수 없이 표정 없는 얼굴이었다. 하지만 눈꼬리와 입꼬리를 살짝 움직이는 것만으로 변검술사가 가면을 바꾸듯 순식간에 요염한 계집도 순진한 아씨도 될 수 있다. 애란은 흘긋 도련님의 얼굴을 보았다. 눈썹 하나 움직이지 않고 평온한 표정이었다. 놀라는 기색이라곤 전혀 없었다. 살짝 웃었던 듯도 했다. 도련님은 이미 애란의 아비에게서 애란이 계집이라는 사실을 들어 알고 있는 듯했다. 애란은 자신이 도련님의 정체를 몰라야 하는 이유를, 도련님이 여기까지 온 이유를 여전히 알 수 없었다. 도련님은 접견실에 남고 애란은 시비를 따라 안채 깊숙이 들어갔다.

애란은 치맛자락을 들어 수놓은 비단신 앞코를 보이며 병부상서 댁 안채 문지방을 넘었다. 애란은 신비한 조선 의술을 지닌 비밀스러운 손님이었다. 애란은 사행 전에 아버지가 들려준 역관 홍순언에 관한 이야기를 떠올렸다. 선조 대에 역관 홍순언이 사행길에 기루에 들렀는데 소복 입은 기생이 들어왔다. 부모의 장례를 치를 돈이 없어 기생이 되었다는 말에 홍순언은 그 여인의 몸값을 지불하고 여인을 자유롭게 풀어 주었다. 이후 그 여인은 병부상서의 후처가 되었고, 병부상서는 후처의 은인에게 은혜를 갚기 위해 왜란 때 조선에 파병을 추진했다. 세상을 움직이는 건 사내지만 사내를 움직이는 건 계집이다. 애란은 사내인 역관이 넘보지 못하는 안채에서 홍순언이 했던 일을 하려 한다. 만약 오랑캐가 쳐들어온다면 명나라가 또 조선에 군사를 보내게 해야 한다. 병부상서의 애첩이 이번에 회임을 하였다지. 애란은 상서의 정실부인에게 귀한 약을 건네고 정보를 얻으려 한다. 애첩의 죽음을 계기로 애란에게 호의적인 정실부인이 병부상서의 마음을 차지한다면 조선에 아무런 관심이 없는 병부상서의 마음을 돌릴 수도 있으리라.

애란은 걸음마다 속치마 속에 감춘 독약 주머니의 촉감을 음미한다. 내의원에서 구해 달라고 했다는, 저 멀고 먼 서양에서 건너 건너 왔다는, 무척 비싸고 희귀하고 새끼손톱보다 더 작아서 잘 보이지도 않는 극미량의 극약이었다. 입가에 스치기만 해도 피부가 검푸르게 변하고 얼굴의 일곱 구멍에서 피를 쏟으며 고통스럽게 죽는다고 했다. 그런 독을 찾는 이는 대체 어떤 악인일까. 어떤 이유로 누굴 죽이려고. 그러나 애란은 아무것도 묻지 않았다.

"괜찮니. 무슨 일 있었어?"

애란을 기다리던 도련님이 물었다.

"고관대작 부인의 욕구를 충족시켜 줬어요. 사내들이 해결해 주지 못하는."

도련님은 차마 그게 뭐냐고 묻지 못하고 애란을 응시하기만 했다. 애란은 웃으며 되물었다.

"괜찮으세요?"

애란은 절뚝이는 도련님의 발을 보았다. 애란이 심부름하는 아이를 시켜 대야에 물을 받아 오고 수건을 가져오게 한 후 짐 속에서 오색실과 바늘을 꺼냈다.

"먼 길은 처음이시죠? 좁은 조선의 집 안에서만 왔다 갔다

하다가 넓은 대국에 처음 오면 이래요."

애란이 고개를 푹 숙인 채 도련님의 발을 씻고 꾹꾹 지압했다. 도련님은 괜찮냐는 물음이 낯설어 어떤 표정을 지어야 할지 모르겠다는 표정이었다.

"명나라가 망할 것 같냐고 물으셨죠. 천하의 절반이 계집인데, 그 계집의 발을 동여매어 묶어 놓는 나라가 망하지 않을 리가 없어요."

애란은 뾰족한 바늘 끝으로 물집을 신중하게 찌르면서 일부러 무심한 척 조잘댔다. 괜찮냐니. 지금껏 애란에게 이거 해라 저거 해라 하는 사람들은 많았어도 괜찮냐는 말을 한 사람은 없었는데.

"지체 높은 귀부인이든 기고만장한 애첩이든 다 똑같아요. 전족한 발을 지압하면 경계를 풀죠. 일부러 어눌하게 말하면 제가 못 알아듣는 줄 알고 하고 싶었던 말을 편하게 다 하지요. 만주족더러 '머리를 땋아 늘인 야만적인 오랑캐'라는데 조선 계집아이들도 댕기 머리를 하잖아요."

도련님이 애란의 손등에 손을 얹었다.

"발 좀 그만 보고 고개 들어 봐."

마지막 물집에까지 색실을 꿰고 나서야 애란이 고개를 들었다.

"그런 말들 속에서 중요한 정보를 건졌어요. 만약 오랑캐가 쳐들어온대도 명나라에는 조선에 원군을 보내자고 나설 사람이 아무도 없을 거예요. 왜란 때 조선인 역관 홍순언을 도와 파병을 주장했던 병부상서 석성이 후에 파병에 너무 많은 국고를 낭비했다며 옥에 갇혔을 때 조선에선 석성을 구명하기 위한 사신을 보내지 않았어요. 아무것도 안 했어요."

애란은 도련님의 발에 버선을 신겨 주었다.

"그때와 지금의 조선은 다르다고 할 수 있어요? 임금이 바뀌어도 달라진 게 없어요."

도련님이 자기 발을 만지고 주물렀던 애란의 손을 스스럼없이 가만히 잡았다. 애란은 고개를 들어 손의 주인을 바라보았다.

"배가 한 척 있다고 하자. 매일 조금씩 이 배 바닥의 나무판자를 교체한다면, 오랜 세월이 지나 모든 나무판자가 교체되어도 이 배는 여전히 처음의 그 배겠지. 그렇다고 이 배가 처음의 배와 달라지지 않은 건 아니지."

"배를 수선하면 다행인데 바닥에 구멍을 뚫고 돛을 찢고 있는 것 같으니까 그렇죠. 하지만 중인이 나라 걱정을 하는 건 주제넘는 짓이지요."

도련님이 신발에 발을 밀어 넣으며 애란의 등을 밀었다.

"덕분에 발이 한결 편해졌으니 멀리까지 온 김에 어디든 구경이라도 가 볼까?"

"아직 할 일이 끝나지 않았어요. 조선 양반들에게 팔아서 차익을 얻을 서책들과, 안채 마님들과 기생들에게 안길 비단을 사야 해요. 아무래도 늙은 사내인 역관보다는 젊은 계집인 제가 부녀자 취향을 잘 아니까요. 비단은 제가 볼 테니 서책은 도련님께서 보시지요."

도련님이 고른 책을 보면 학식과 취향의 수준을 짐작할 수 있을 것이다. 과거에 급제할 만한 인재인지 아닌지. 그러나 도련님은 서책보다는 번화하고 복잡하고 혼잡한 북경에 압도되어 혼잣말을 했다.

"땅은 넓고 사람은 많으니 이런 곳에서 사람 하나 없어지는 것쯤 아무 일도 아니겠지."

남의 말을 주의 깊게 집중해서 듣는 훈련이 되어 있는 애란은 스쳐 가는 말을 잡아챘다.

"저는 돈을 쓰고 사람을 풀어 누구든 찾아내서 돌려보낼 수 있어요. 도련님이 어디로 증발하시든 제가 따라가서 잡을 거니까 북경에서 어설프게 도망치지 마세요."

"아무것도 모르나? 춘부장과는 별로 친하지 않은가 보네?"

어쩌면 염초 수입이 아니라 이 도련님이 사행의 진짜 목적이었을지도 모른다는 생각이 퍼뜩 들었다. 애란은 역과에 합격한 정식 역관이 될 수 없는 자신이 자꾸 아버지와 역관들에게서 따돌림당하고 있다는 생각을 떨칠 수 없었다. 애란은 턱을 들고 눈을 내리깐 채 물었다.

"제가 알아야 하나요?"

이제는 이 사람이 정말 강씨 집안과 관계가 있는지, 진짜 양반인지도 모르겠다. 애란이 청금석에서 추출한 염료로 염색한 진한 아청색 비단을 두고 흥정하는 동안 도련님은 서책들을 뒤적이면서 조선의 문인들에게도 애송될 만한 문집들을 한눈에 골라냈다. 섬세한 필치보다는 호방한 기개를 선호하는 안목이다. 처음 보는 시문들 중에서 빼어난 시문을 한눈에 척척 골라내는 걸 보니 과거급제도 그리 어렵지는 않겠다. 애란이 방금 값을 치른 남청색 비단은 관복의 흉배에 쓰인다. 도련님이 급제한다면, 애란의 집안에서 이 고운 비단을 선물하며 인연을 이어 가고자 할 것이다. 애란은 도련님의 취향을 더 자세히 알고 싶었다.

"여기까지 온 김에 각자 책을 골라 서로에게 선물해 주면 어떨까요."

"정표처럼?"

"물건은 세월이 지나면 닳거나 사라지지만 책 속 구절은 마음에 오래 남아 어느 쓸쓸한 밤에 문득 떠올라 위로가 되니 정표보다 더 귀하지요."

애란과 도련님은 동시에 똑같은 책에 손을 뻗었다. 〈목란사〉였다. 나라에 전쟁이 나자 늙은 아비와 어린 동생을 대신해 '목란'이라는 여인이 남장을 하고 전장에 나가 열두 해 동안 수많은 공훈을 세우고 고향에 돌아온다는 내용의 서사시였다. 고향에 돌아온 목란은 갑옷을 벗은 뒤 여복을 입고 화장을 한다. 그제야 전우들은 목란이 여인이었음을 알아채고 놀란다.

목란은 전쟁 영웅이었으나 여인이었기에 황제는 목란에게 병부를 맡기지 않았다. 그 후 목란이 다시 베 짜는 여인으로 살았는지 전장을 그리워했는지 혼기를 놓치고 늙은이의 후처로 들어갔는지 어떻게 살았는지는 나와 있지 않다.

책 위에서 애란과 도련님의 손끝이 닿았다. 애란은 도련님의 갓끈을 잡았다가 놓았다. 사내는 혼자 국경도 넘을 수 있지만 반가 규수는 그러면 안 되었다. 강석기에게는 아들이 다섯 그리고 고명딸이 있었다. 열두 해 동안이나 전장에서 함께 구르며 목숨 걸고 싸운 전우들이 정말로 목란이 여인인지 몰랐을까. 알고도 모른 척했겠지. 목란의 정체가 드러나면 목란을 바로 집으로 돌려보내야 할 테니까. 더 이상 막사 안에서 함께 시시덕거릴 수 없을 테니까. 목란은 전쟁이 끝날 때까지 사내여야만 했다. 대체 강석기는 무슨 생각일까. 이제 막 출사해서 몸을 사려야 할 때에. 반가 규수가 남장을 하고 사내들, 그것도 중인들과 함께 국경을 넘어 장사나 하러 다녔다고 말이 돌면 삽시간에 혼삿길이 막힐 텐데. 도련님은 도포를 벗어 애란에게 건넸다.

"나는 이 시장통에서 인파 속으로 사라질 거야. 너는 귀국해서 증언만 해 주면 돼. 내가 사고로 죽는 걸 봤다고. 그러려고 우리 둘만 여기 남은 거야. 뭐라고 하는 게 제일 그럴싸할까. 처음 보는 신기한 수레들을 기웃대다가 치였다고 할까? 도포를 찢고 짐승의 피를 바르면 다들 믿어 줄 거야."

"대감마님도 알고 계세요? 따님이 남장하고 타국에서 죽었다고 알려지면 가문의 평판이 추락할 텐데요. 이제 막 중앙 정계에 입성하신 이 시점에."

"어렸을 때 용하다는 점쟁이가 내가 청상과부가 될 팔자래서 부모님께서 나를 시집보내지 않으려고 실과 바늘 대신 붓과 먹을 들려 주시며 사내 옷을 입혀서 형제들이랑 같이 글을 가르치셨어."

정뇌경이 강씨 집안에 인물이 하나 있다고 했다더니 그게 다섯 아들 중 하나가 아니라 과거 응시도 하지 못할 딸이었던 모양이다. 강씨 집안 규수는 갓을 벗었다. 이국의 햇살 아래 드러난 얼굴에 앞날의 두려움과 당장의 설렘이 동시에 어려 있었다.

"그런데 혼담이 들어와 버려서… 궁합이 좋지 않다거나 병약하다거나 자결하는 걸로는 거부할 수 없는 혼처라… 아무도 추적할 수 없게 타국에서 사고로 죽었다고 꾸미려고 여기까지 온 거야."

혼인하기 싫다고 일을 이 지경까지 만든 딸자식이면 '치부'라고 할 만했다.

"신랑감이 고자예요? 시어른들이 개차반이라 시집살이 개집살이래요?"

"그런 거야 겪어 보기 전엔 모르지."

"솔직히 말씀드릴게요. 기분 나쁘게 듣지 마세요. 아기씨 집안은 지금 얼른 유력한 가문과 사돈을 맺어야 하는 처지인데 철부지처럼 뭐 하시는 거예요? 사내는 싫고 계집이 좋기라도 해요?"

"지나치게 유력한 집안이라 두려워서 그래. 아무런 뒷배도 없는 우리 아버지가 그런 집안의 사돈이 되면 여기저기서 견제만 받고 줄 위를 위태롭게 걷듯이 숨도 제대로 못 쉬고 사셔야 해."

"얼마나 대단한 집안이길래 그래요?"

"네가 그걸 알면 안 돼. 그건 너의 춘부장도 모르셔. 그런 혼담이 오갔단 게 밖으로 새 나가선 안 돼."

"알았어요. 묻지 않을게요. 그런데 그 정도 집안에서 왜 아기씨 집안에 혼담을 넣어요? 그 집에 꿔 준 돈이라도 있어요? 그 집안에선 왜 밑지는 장사를 한대요?"

"사돈 대우 안 해 주고 마음대로 휘두를 수 있는 가문의 여식이라서 그런가. 글쎄, 아버지께서 내가 남편 잡아먹을 팔자에 사내 옷을 입혀 기른 드센 계집이라 하셨는데도 상관없다고 했다더라. 그게 아비인가. 갑자기 얼굴도 모르는 그 댁 아드님이 불쌍해지던데."

애란이 발끈해서 이죽댔다. 똑같이 딸에게 사내 옷을 입히지만 두 아비는 전혀 달랐다.

"그게 아비냐고요? 기루에 한번 가 보세요. 세상엔 자식 팔아먹는 아비가 수두룩해요. 아기씨네 아버님은 딸이 무슨 옷을 입고 어디를 다니든 오냐오냐해 주지만 중인들은 자식을 철저히 쓸모로만 보고 키워요. 양반에겐 재산과 명예가 있고 농민에겐 땅이 있고 노비에겐 주인이 있지만 중인에겐 기술밖에 없으니까요. 없는 사람들에겐 자식도 재산이라고요."

"하지만 자식이 혼인해서 행복하길 바라는 건 어느 부모나 마찬가지니까 분명히 춘부장께서도…."

애란이 더 듣기 싫다는 듯 말을 잘랐다.

"가문 간의 결속에 도움이 된다면 부모는 자식들의 혼인에 당사자 의견은 묻지 않아요. 순진하게 속 터지는 소리 좀 하지 말아요. 그냥 필요한 말만 해요."

"우리 아버지도 나도 그 집안과의 혼사를 어떻게든 피하고 싶어. 도와줘."

애란은 도련님이 했던 말들을 되짚어 보았다. 전처 소생과 후처 소생이 갈등하는 집안인가 보다. 힘없는 처가에서 온 왈패 같은 며느리가 나대다가 흠을 잡히면 그게 그 서방의 허물이 되어 점점 시부모 눈 밖에 나는 험난한 시집살이가 안 봐도 훤했다.

"시장통에서 사라지는 건 안 돼요. 수레에 치였는데 목격자가 저밖에 없다는 건 말도 안 되잖아요. 시체는 어떻게 꾸며내요? 이렇게 해요. 막상 나와 보니 먹는 것도 입에 안 맞고 잠자리도 불편해서 빨리 귀국하려고 밤에 혼자 배를 타고 두만강을 건너려다 사고로 물에 빠져 죽었다고요. 그러면 시체도 남지 않지요."

"그게 훨씬 낫겠다. 너는 너무 영민하구나. 슬플 만큼."

"이 거래의 대가를 주세요. 제가 자유를 드리면 뭘 주실 수 있어요? 이 혼담이 엎어지면 아기씨 집안도 별 볼 일 없어지잖아요. 아기씨는 과거 응시도 못 하시고."

"지금은 아니고, 언젠가 성공해서 이 은혜 꼭 갚을게."

"뭘 할 건데요?"

"장사를 할까? 사행길에 올 때마다 나를 만나러 와 줘. 조선의 선비들에게 팔 만한 책을 골라 줄게. 〈목란사〉는 빼고."

애란은 아직 팔에 걸치고 있는 도련님의 도포를 가리켰다.

"이 도포를 담보로 맡아 두지요."

애란은 담보로 받은 도포에 얼굴을 묻고 동행하는 내내 도련님에게서 풍겼던 묵향을 맡았다. 먹을 갈고 붓을 들어 시를 쓰는 계집이라니, 너무 영민하구나. 슬플 만큼.

2 둥지를 떠나는 새

애란의 아버지는 아직 행방불명되지 않은 강석기의 딸을 보고 의아해했지만 더 이상 묻지 않고 애란이 사 온 비단과 책을 잠자코 받아 챙겼다. 애란과 아버지 사이에 눈빛이 오갔다. 병부상서 쪽은 실패. 애란은 역관들의 짐을 건너다보았다. 염초가 없었다. 애란의 아버지가 고개를 저었다.

"만주족 쪽에 홍이포라는 대포가 있더라. 고작 염초 따위로는 성벽도 부수는 대포를 이길 수 없어."

"사신들도 알아요?"

"얘기는 했다. 그게 임금에게까지 닿고 안 닿고는 그들이 알아서 하는 거지. 우리 역할은 여기까지다. 이제 이 얘기는 잊어라."

"아버지는 만약 제가 어느 날 곁을 떠나 사라지면 잊으실 수 있지요?"

"산 사람은 살아야지 어쩌겠느냐."

애란은 아버지가 실용적인 중인답게 빈말을 하지 않아서 좋았다. 아버지와 친하지는 않지만 아버지를 신뢰할 수는 있었다. 애란은 아버지에게 손을 내밀었다. 애란의 아버지는 사신들을 통해 얻은 조정의 최신 소식, 강석기의 평판 따위를 전해 주었다. 공신도 아니고 명문가의 후손도 아닌 강석기는 지금 자리를 감당할 만한 재주와 덕을 겸비한 위인이 아니다. 지금까지처럼 미관말직에나 있으면 마땅할 사람이다. 그렇다고 사직하고 낙향하면 김류와 김자점 일당에게 밉보여 멸문을 자초할 뿐이니 자리를 채우는 것 외엔 달리 할 수 있는 게 없다. 그런데 왜 하필 강석기인가. 애란의 아버지가 목소리를 낮추었다. 애란은 문 쪽에 설핏 비친 그림자를 눈치챘다. 그림자는 역관처럼 뒤에서 조용히 듣고 있었다.

"조보에는 나오지 않지만, 사신들이 술 취해서 하는 이야기를 듣자 하니, 최근에 공신이었던 고씨 대감댁이 역적으로 몰려 멸문을 당했다더라. 그런데 임금이 그 집 딸이 마음에 들었는지 먼 친척 집안에 양녀로 들여 가문을 세탁해서라도 세자빈으로 들이려 한다더구나. 하지만 어느 가문이 역적 집안 여식을 족보에 올리려 하겠느냐. 자기들끼리 서로 미루고 있다더라."

"사신들이 뭐 하러 아랫것인 역관들을 술자리에 끼워 줬겠어요. 자기네들은 못 하겠으니까 역관들이 눈치껏 해결해 달라는 거겠지요. 아버지, 가짜 족보 하나 사서 해결하시지요."

문이 벌컥 열렸다. 갓을 쓰고 도포를 입은 여인이 대화에 끼어들었다.

"혹시 고씨 집안이 멸문당한 게 사행 전이요, 후요?"

애란의 아비가 남의 말 하듯 느긋하게 대답했다.

"아 도련님, 사행 후라고 합디다."

강석기의 딸이 애란을 돌아보았다.

"역적의 딸을 세자빈으로 책봉하면 신하들이 반대할 게 뻔하단 걸 임금은 잘 알아. 그걸 반대하지 않으면 역적이지. 임금이 세자빈으로 들이고 싶은 사람은 따로 있어. 고씨 규수는 그냥 한번 던져 본 거야. 신하들은 이미 한 번 임금을 반대해 놓고 또 반대할 수는 없으니 임금이 새로 들이미는 세자빈을 찬성할 수밖에."

애란은 그제야 그 대단한 혼처가 어딘지 알아차렸다. 세자와 비슷한 나이에 대단치 않은 양반 가문에 왈패 같은 언행에 청상과부 팔자라니 임금이 미워하는 세자에게 천생배필 아닌가. 왕은 강석기의 딸을 세자빈으로 책봉하기 위해 그 아비인 강석기를 왕의 사돈에 걸맞은 위치로 벼락출세시켰다. 애란은 달리는 말을 달래듯 잔뜩 긴장하고 흥분한 '도련님'의 등에 손을 얹어 진정시키며 아버지에게 물었다.

"만약 세자빈 책봉이 여의치 않으면 고씨 처녀는 어찌 된

대요?"

"국법에 따라 역적의 어미, 딸, 처첩은 변경의 관비로 보낸다더라."

역관과 사신들은 돌아가고 애란과 미래의 세자빈은 인삼 값을 흥정하러 남았다. 그날 밤엔 달이 뜨지 않았다. 도망치기엔 더없이 좋은 기회였다. 애란은 숙소 담 밖을 서성이다가 담에 도포를 널어 두었다. 강변에 빈 배가 도착했다는 신호였다. 담장 너머 숙소 뜰에서 목소리가 들려왔다.

"내가 세자빈이 된다면 상품에서 최상품으로 값어치가 올라가겠지?"

"여기서 책 장사 한다면서요."

"내가 도망쳐서 죄 없는 사람이 역적으로 몰렸고, 돌아가지 않는다면 다음 차례는 우리 집이야. 나는 오늘 밤 강을 건너지 않을 거야."

"강물이 차가워서 무서워요?"

도포 위에 갓이 올려졌다. 담장 너머에서 보이지 않는 누군가가 상투처럼 틀어 올린 머리채를 풀어 내리고 한어로 〈목란사〉를 읊었다.

"어젯밤 징집 명부를 보니 아버지의 이름이 있더라. 우리 집에 장성한 아들이 없으니 베 짜던 목란이 늙은 아버지 대신 전쟁에 나가려 준마와 안장과 고삐와 채찍을 사네."

애란도 한어로 〈목란사〉를 읊었다. 조선어로는 나눌 수 없는 이야기가 있다. 둘만의 언어로 밀어처럼 속삭여야 하는 말들이 있었다.

"만 리 길 전쟁터에서 관문과 산을 넘고 달빛은 갑옷을 비추네. 십 년 만에 돌아와 천자를 뵈오니 군공(軍功)을 치하하시고 소망을 물으시네. 벼슬을 사양하고 천리마로 고향으로 보내 주길 청하네. 돌아와 치마를 입고 화장을 하니 동료들이 놀라며 십이 년간 함께했지만 목란이 여자인 줄 몰랐다 하네."

둘은 한목소리로 〈목란사〉를 외웠다.

"암토끼와 수토끼가 함께 뛰어간다면 어찌 암수를 구별할 수 있겠는가."

까치발을 하면, 조금만 발을 들면 서로의 얼굴을 만질 수 있는데. 돌덩이를 딛고 발돋움하면 담을 넘을 수도 있는데, 담 너머로 손을 잡을 수도 있는데. 외국어의 어색한 억양과 말투로 가리지 않은 모국어로 목소리를 주고받을 수도 있었는데. 필담을 나누었다면 필적이라도 간직할 수 있었는데. 시구와 시구를 이으면서도 애란은 서로 처음부터 몰랐던 사이처럼 내외하듯 담 사이로 시문을 나누었다. 외국어를 할 때 애란은 좀 더 큰 목소리로 또박또박 발음했다. 애란은 주먹을 꽉 쥐었다. 주먹을 풀면 손안에 움켜쥔 새가 날아가기라도 할까 봐.

애란은 손을 폈다. 애란이 사내였다면 양반이었다면, 그래서 처음으로 애란에게 괜찮냐고 물어보고 애란과 동등하게 시문을 나눈 문우와 정혼했다면 아무리 임금이라도 서방 있는 계집에게 혼약을 파기하고 세자빈이 되라고 할 수는 없었을 것이다. 혼례를 올려 남의 계집이 되지 못하게 하고, 자유롭게 풀어 줄 수 있다면. 단 하룻밤만이라도.

지금 둘이 작은 배를 타고 강을 건넌다면. 만 리 길 떠날 필요도 없이 백 리 길 떨어진 시골에 숨어서 자매라 속이고 같이 시를 읊고 고단한 발을 만지며 산다면. 사랑하는 사람들끼리는 닮으니까. 중인이 양갓집 규수를 껴안고 입을 맞추면, 아니 더 음란한 짓을 해서 혼삿길을 망치고 아기씨를 가지면. 높으신 분들은 추문을 키우지 않을 것이다. 애란에겐 아무 일 없을 것이다. 다만 다음 사행길에 애란의 아버지를 제외하고, 또 그다음 사행길에도 역관 명부에 애란의 아버지 이름을 빼고, 거기엔 아무 이유가 붙지 않고, 애란의 집안은 역관이 아니게 되고, 애란도 '도련님'도 치마를 입고 화장을 한 채 전쟁에서 공을 세우지도 나라와 백성을 구하지도 못하게 되고, 누구의 삶도 나아지지 않고 그렇게 그대로 살게 되고. 고향에 돌아온 목란이 이후에 어떻게 살았는지는 아무도 노래하지 않았듯이. 도련님이 계속 이어지는 애란의 생각을 싹둑 잘랐다.

"너 왜 내 이름을 묻지 않니."

"제가 감히 반가 규수 이름을 부를 수 있을까요."

"불러. 괜찮아. 시집가면 이제 이름 불릴 일이 없어질 텐데. 말도 편하게 놓고. 내 이름은 '강은주'야. 귀한 자식이라 아버지가 '금으로 된 구슬'이란 뜻의 '금주'로 지으려다가 '사람이 자랑하면 귀신이 질투한다' 하여 금보다 낮은 '은주'로 하였지."

"시집가지 않을 여인에게 성씨는 필요 없으니 이름만 알려 줘도 되겠지요. 제 이름은 애란. 사랑할 애, 목란 란이라고 해 두지요."

"애란아, 부탁 하나만 할게."

"부탁 말고 거래를 해요."

"조선으로 돌아가면 나 대신 고씨 처녀를 찾아서 관비가 되지 않게 구해 줘."

"역적 집안이랑 조금이라도 얽혀서 좋을 거 없어요."

"스승님께 곤경에 처한 사람을 구할 수 있는데도 구하지 않으면 인의가 아니라고 배웠어. 만약에, 아주 만약에 네가 억울하게 역모로 고발당한다면 누군가가 너를 구해 주기를 간절히 바라지 않을까?"

"그럼 제가 미래의 빈궁마마를 도와드리면 조정에서 사신을 보낼 때 수행할 역관 명단에 저희 아버지를 계속 올려 주세요. 저희 아버지는 유능하시니 무리한 청탁은 절대 아니에요."

"세자빈은 사적인 청탁을 받는 자리가 아니야."

애란의 한쪽 입꼬리가 삐뚜름하게 올라갔다.

"하지만 장래의 세자빈께서는 역관의 딸에게 사적인 부탁을 하시잖아요."

은주는 애란에게 부탁했다.

"그 고씨 집안 아기씨를 날 본 듯 대해 줘."

은주는 떠났다. 하룻밤 야행처럼. 새끼 새가 날개가 자라
이소를 하며 옛 둥지는 다시 돌아보지 않듯이. 세자빈이 아니
라 어느 명문가의 며느리이기만 했으면 은주를 자유롭게 풀어
줬을 텐데. 애란은 한없는 무력감을 느꼈다.

3 탁란하는 두견

애란은 은주의 도포를 장옷처럼 머리에 쓰고 한양의 폐가에 도달했다. 멸문당한 가문의 부서진 문을 밀고 들어갔을 때 집 안은 이미 쑥대밭이었다. 아궁이에는 재만 남았다. 이 집안 여인들이 지켜 온 불씨는 사그라들었다. 집안의 어른인 할머니와 어머니는 노비가 되기 전에 목을 매었고 안채에는 고 대감의 딸만 둥지 잃은 새처럼 가련하게 남아 있었다. 애란은 몰락한 반가 규수의 턱을 들어 얼굴을 뜯어보았다. 이 집안 불씨는 아궁이의 재에서 이 눈 속으로 옮겨 갔다. 애란은 복수심이 득시글대는 사나운 눈빛을 똑바로 마주 보았다.

"짐을 챙겨라. 원래는 관비로 가야 하겠지만 강석기 대감의 따님께서 널 속량해 주셨다. 넌 이제 천민이 아니라 서인이다."

눈빛이 형형한 여인이 애란의 손을 쳐 냈다.

"나 덕분에 세자빈이 될 게고 언젠가 중전이 되고 또 언젠가 대비가 되어 이 나라에서 제일 높은 계집이 될 년이 한 조각 알량한 자비심을 베푸는가 보구나. 그냥 관비로 가게 두어라. 내가 얼굴이 곱고 글을 아니 관기가 되어 고관대작의 첩으로 들어가 굴욕을 감내하고 입의 혀처럼 굴어서 그년이 너무 높아지기 전에 그년의 가문을 똑같이 멸문시킬 것이다."

"강씨 집안이나 고씨 집안이나 모두 임금이 굴리는 승경도 놀이판의 말일 뿐인데 복수 상대를 잘못 잡았구나. 영민한 줄 알았더니."

"임금에겐 복수할 수 없을 테니 누구에게라도 해야지. 원래 반가 마나님들은 오입질하는 서방은 내버려두고 첩년만 학대하는 법이지. 그러지 않으면 가슴속 불덩이를 어찌 다스리겠느냐."

"뭐가 네 속을 그리도 끓이느냐."

"고작 왕실 종친이었던 자가 반정으로 왕이 되고, 어제의 공신이 오늘의 역적이 되고, 하루아침에 양반이 관비가 되는데 내가 살아서 좋은 날을 보겠느냐. 날 내버려두어라. 내 아버지께 은혜 입었던 자들은 나를 모른 척하고 일가친척은 벼슬길 막힐까 두려워 몸을 사릴 테니 속량해 준다 해도 갈 곳 없는 반반한 계집이 기생이나 되겠지. 이러나저러나 기생이 된단 말이다."

애란은 도포 소매를 만지작거렸다. 계집이니 사내니 중인이니 양반이니 그런 건 다 옷 한 벌에 불과했다. 선녀도 날개옷이 없으면 나무꾼의 아낙네일 뿐.

"네가 기생이 되지 않게 하겠다. 족보를 꾸며서 너를 궁녀로 들여보내 주겠다. 너는 이제부터 중인 조씨 집안의 딸이다. 궁녀가 되면 외로운 계집을 노리는 사내들로부터 안전하지. 양갓집 규수면 바느질은 잘할 테니 상의원에서 자수나 놓으면 되겠다."

"너는 강씨 집안의 충복인가."

"나는 역관의 딸 애란이다. 세자빈으로 간택될 분의…."

애란은 은주와 자신이 어떤 사이인지 차마 입 밖에 내지 못했다. 시문을 나눈 문우일까. 나눈 게 단지 시문뿐이었을까. 애란은 입안에 떠오른 쓴맛을 삼켰다.

"빈궁마마를 대하듯 나를 대해라. 그분을 미워하려면 나를 미워하고 그분을 사랑하려면 나를 사랑해라."

"내가 있어야 했을 자리를 차지한 년은 세자빈이 되고 나는 고작 궁녀가 되란 말이냐."

"그 자리는 원래 그분의 자리였다. 너는 이용당하고 버려진 것일 뿐. 임금은 반정공신 중 누구와도 사돈을 맺지 않을 거란 걸 왜 예상 못 했지? 임금은 공신들에게 힘을 실어 주지 않는다고."

절망에 빠져 원망할 대상이 필요한 사람에게 이치에 맞는 말이 들릴 리 없다는 걸 아는 애란은 더 이상 말하지 않았다.

그 대신 전쟁터에서 시체를 쪼는 까마귀처럼 빈 부엌의 아궁이를 헤집었다. 가산이 몰수되었다고 하나 땅문서 노비문서 같은 문서에 적힌 재산만 빼앗기고 안채 깊숙한 곳의 패물은 여자들에게 가장 익숙한 장소, 마지막에 떠오를 곳에서 자신을 거두어 줄 주인을 기다리고 있을 것이다. 애란이 발뒤축으로 재를 긁었다. 딱딱한 게 닿았다. 무언가가 반짝 빛났다. 애란의 등 뒤로 그림자가 드리웠다. 낌새를 감지한 애란이 민첩하게 뒤돌았다. 고씨 처녀가 부지깽이를 든 손을 높이 들고 있었다.

"그건 우리 어머니께서 내가 시집갈 때 혼수로 물려주시려고 했던 패물들인데 네가 감히…"

"맨입으로 역적의 딸을 궁녀로 들여보낼 수는 없잖느냐. 족보를 사고 신분을 세탁할 뇌물이 필요하지. 공짜로 일해 주는 사람은 노비뿐이고, 다른 사람에게 일 시키려면 삯을 챙겨 줘야지."

고씨 처녀는 금비녀와 산호 노리개를 애란에게 건네고 옥으로 된 쌍가락지만 손가락에 끼었다가 하나를 빼서 애란의 손가락에 끼웠다.

"이게 네 삯이다. 언젠가 죽은 자의 손가락에서 이 가락지를 발견하면 너인 줄 알겠다."

애란은 장옷처럼 걸쳤던 도포를 벗어 팔에 걸쳤다. 어두운 달빛에서도 휘황하게 빛나는 푸르른 점취 비녀와 뒤꽂이로 장식한 화려한 가체가 드러났다. 조선에서 볼 수 없는 강렬한 푸른빛이었다. 희귀한 물총새의 깃털을 하나하나 세공한 점취는 애란의 아비가 대국의 고관대작에게 바칠 뇌물이었다.

"세자빈도 중전도 대비도 조선에서 가장 고귀한 여인도 이런 점취 장신구를 머리에 얹을 수 없지. 네가 명문가 여식으로 살면서도 이런 건 못 보았을 거다. 이에 비하면 이런 가락지는 얼마나 사소한가. 나는 강씨 집안의 충복 따위가 아니다. 너 같은 몰락 양반의 딸이 가질 수 없는 걸 나는 가졌지."

애란은 가락지 낀 손으로 고씨 처녀의 입을 막고 숨소리처럼 작게 속삭였다.

"그러니 내가 베푸는 자비를 받아들여 입궁해라. 오늘 우리 사이의 일은 함구하고."

이제 조씨가 될 고씨 처녀는 눈을 똑바로 뜨고 입술을 떼지 않았다. 한 번도 트거나 갈라진 적 없는 보드라운 입술이 핏방울처럼 붉었다.

4 흔하지 않은 참새

달 없는 밤에 국경의 강에 배를 띄우고 물살에 운명을 맡기는 듯한 나날이 이어졌다. 의원 집안에서는 애란에게 병을 고치고 사람을 살리는 법을 가르치지 않았다. 정적을 독살하고 첩의 복중 태아를 낙태시키고 회임을 막는 약을 조제하는 법을 은밀히 속닥였다. 어느 식물이건 어느 부분을 어떻게 다듬어서 얼마나 복용하는지에 따라서 독초도 약으로 쓸 수 있고 약초도 독으로 쓸 수 있었다. 의원 집안에서는 애란을 그 집 아들과 맺어 중인 집안끼리 혼맥을 엮고자 하는 속셈이었지만 애란의 집안에서는 가타부타 답을 주지 않았다. 애란을 혼인시켜 집 안에 눌러 앉히기엔 아직 애란은 쓸모가 있었다. 의원 집안 아들이 종종 약재를 챙기러 온 척 애란과 마주쳤지만 애란은 아무런 감정을 느끼지 못했다.

다음 사행에서 아무런 이유도 없이 애란의 집안과 연관된 역관들이 제외되었다. 애란의 아버지가 강씨 집안 따님에게 밉보인 거냐고 애란을 추궁했다. 애란은 역관 집안의 연줄과 뒷돈을 동원하여 궁 안의 소식을 사들였다. 중전이 한미한 가문의 세자빈을 마음에 들어 하지 않아 며느리의 문안 인사를 받을 때마다 궁녀들이 무안해할 정도로 냉랭하게 응대한다고 했다. 그렇게 고집부려서 얻은 며느리를 대하는 임금의 태도도 데면데면하다고 했다. 세자빈도 딱히 시부모에게 귀여움받으려고 애쓰지 않고, 오라면 오고 가라면 가고 어떤 때는 아프다며 핑계 대고 가지 않고 책이나 읽는다고 했다. 세자와 세자빈은 미울 것도 고울 것도 없이 서로 소 닭 보듯 하는 사이였다. 애란은 왠지 세자빈의 불행에 안도했다.

얼마 전부터 늙은 임금이 새로 입궁한 젊은 궁녀를 총애하여 후궁으로 끼고 산다는 소식을 들었다. 새로운 후궁이 대단한 야심을 품었는지 밤마다 임금의 베갯머리에서 뱀처럼 속살댄다고 했다. 벌써부터 중전을 견제하느라 중전의 며느리인 세자빈을 험담한다고 했다. 늙은 임금이 간악한 요녀에게 푹 빠져서 휘둘린다고 했다. 애란은 코웃음을 쳤다. 사내들이란 자신들이 일을 저질러 놓고 계집을 욕받이로 내세우지. 젊은 후궁이 조종한다고 줏대 없이 따라다니기엔 임금은 너무 노회한 정치꾼이었다. 임금이 욕먹지 않으려고 후궁을 내세우는 것이었다.

애란의 집안이 사행에서 배제된 후 의원의 아들은 다른 의원 집안 딸과 혼인했다. 애란의 집안에서는 애란을 진작에 의원 집안 며느리로 보냈어야 했다고 땅을 쳤다. 애란이 남장하고 밖으로 나돌아 다닌 걸 아는 역관 집안들은 애란을 통해 이득을 봐 놓고서 며느리로 들이긴 꺼렸다. 애란의 집안에서는 애란을 유력한 가문에 첩으로 보내 혼맥을 맺을까 승경도 판에 말을 놓았다. 애란은 아버지와 마주 앉았다.

"의원 집안을 통해서 저를 내의원으로 보내 주세요."

"궁녀가 되겠다고?"

"입궁하여 내의녀가 되겠어요. 병을 앓아 심약해진 궁중 여인들의 비위를 맞춰 주고, 어느 후궁이 회임했는지 누구보다 빨리 알아내며, 내밀한 궁 안 사정도 전해 듣다 보면 운 좋게 임금의 눈에 들어 후궁이 될 수도 있겠지요."

"후궁이 되어 뭘 하려고?"

"임금을 꼬드겨 끈 떨어진 명나라에서 발을 빼고 새롭게 중원을 달리는 호랑이의 등에 올라타게 할게요. 그러면 아버지께서 호랑이 꼬리라도 잡아 밀무역에서 한몫 잡으실 수 있겠지요."

애란은 후궁이 될 마음 따위 없었다. '왕의 여자' 말고 '왕의 여자를 만드는 여자'가 될 것이다. 궁녀는 사내에게 시집가지 않으니 시집살이의 설움이 없고, 천인이든 중인이든 양반이든 다 똑같은 나인이 될 것이니 신분에 얽매이지도 않는다. 양반이든 임금이든 사내 따위 시시하게 보는 애란에게 딱 맞는 자리다. 역관의 뒷배를 봐주는 걸로 만족할 생각도 없었다. 아버지는 꿈에 비해 그릇이 작았다. 후궁의 아비가 되어 임금을 움직여 얻고자 하는 것이 고작 돈푼이나 쌀섬뿐이니 산해진미를 막사발에 담고 점쾌를 계집종에게 쥐어 주는 격이다. 아버지가 아들처럼 키운 딸은 절대 아버지처럼 옹졸하게 살지 않을 것이다.

절대 평범하고 흔한 계집이 되지 않을 것이다. 과거에 응시할 수 없으면 왕의 여자의 치마 속에서 왕을 조종할 것이다. 애란은 머리에 아무것도 올리지 않았으나 사모 쓴 신하들도 하지 못하는 일을 한다. 가난하여 갈 데 없는 집에서 입 하나 덜자고 궁녀가 된 아이들과는 다르다. 폭군을 쫓아내고도 백성의 삶을 나아지게 하지 못하는 왕 대신 백성의 삶을 달라지게 하여 실록에 애란이라는 궁녀의 이름을 남길 것이다. 이름 없는 백성이나 본관과 성으로만 남는 양반 가문 여자들과는 달리.

애란은 궁녀로 입궁했다. 세자빈이 된 은주에게 옷을 돌려주기 위해. 아니, 집을 떠나기 위해.

5 빛바랜 파랑새

애란은 내의원으로 가지 못했다. 입궁 전에 얘기가 다 되어 있었는데 상궁은 '웃전의 뜻'이라고만 하며 애란을 상의원으로 보냈다. 장남 같은 딸로 자라느라 바늘 한 번 잡아 본 적 없는 애란은 구박데기가 되었다. 다른 궁녀들이 가만히 앉아 자수를 놓을 때 애란은 장작을 때어 가며 석회를 굽고 콩대를 태워 시루에 넣고 끓는 물을 부어 잿물을 만들었다. 그러느라 얼굴이 벌겋게 익고 손에 화상을 입어 물집이 잡혔다. 애란은 왼손으로 오른손의 물집에 실을 꿰었다. 밤마다 은주의 옷에 얼굴을 파묻은 채 잠들었다. 그래야 겨우 코끝에서 떠날 정도로 독한 악취를 참으며 염료가 될 풀에서 색소를 분리해 낼 수 있었다. 색소 물에 소석회를 넣어 팔이 떨어져라 젓고 또 저었다. 윗물을 따라 내고 침전한 덩어리를 건져 내어 잿물과 섞어

항아리에 넣고 또 저었다. 그러느라 두어 달이 지났다. 그렇게 얻은 꽃물에 손을 담그고 천을 염색하느라 애란의 손은 내내 독에 중독된 듯한 검푸른색이었다. 애란은 검푸른 손을 내려다보며 명나라 시장에서 샀던 선명한 아청색 비단을 자꾸 생각했다. 돌을 갈아 만든 염료로 염색한 진한 푸른색. 끝내 홍배로 쓰이지 못한 푸른색.

허리도 제대로 못 펴고 옷이 온통 땀에 절도록 일만 하면서도 애란은 궁녀들의 수다에 귀를 기울였다. 궁 안에선 하루 종일 밤에는 쥐가 찍찍대고 낮에는 새가 짹짹댔다. 평생 원치 않는 수절을 하는 궁녀들은 여자들만의 공간에서 긴긴밤 동안 궁 안에서 볼 수 있는 몇 안 되는 사내들을 두고 이런저런 발칙한 상상을 하고 불경한 뒷담화를 하곤 했다. 사내들을 도마에 올리고 다듬잇돌에 눕히고 말발로 토막 내고 두들겨 댔다. 궁 안 사내라 해 봤자 씨 없는 환관이나 늙어 빠진 임금이나 쉬어 빠진 신하나 궐내각사의 잔소리 많은 별감 따위 볼 데 없는 놈들이었다. 젊은 사내라곤 늙은 임금의 아들들뿐인데 대군들과 군들은 씨도둑은 못한다는 말대로 제 아비를 닮아 인물이 변변치 못하였다. 반면 중전은 궁녀들끼리 '아마 첫날밤에 신랑 박색 보고 베개를 눈물로 적셨을 거다'라고 농담했을 정도로 부군과 격차가 현격한 미인이었다. 그런 중전은 자기 닮은 딸 하나 없이 아들만 줄줄이 낳았는데 그 아들들마저 아비를 닮았다. 딱 한 명, 첫아이인 세자만 빼고.

궁녀들은 남몰래 세자를 흘긋거린 뒤 손을 맞잡고 방방 뛰었다. 잡초 틈에 핀 매화를 보듯 세자의 미모를 감상했다. 진창에 굴려도 백옥 같을 사내. 달처럼 희고 백자처럼 매끄러운 피부. 먹으로 그은 나뭇가지처럼 짙은 눈썹. 쌍꺼풀로 감싼 크고 촉촉한 눈. 흰 화선지에 정확한 위치에 딱 한 방울 떨어뜨린 먹물처럼 검고 둥글게 빛나는 눈동자. 갸름한 얼굴에 날카로운 콧날과 가파른 하관 덕에 웃으면 입꼬리가 높이 올라가는, 홍매처럼 붉은 입술. 그때마다 패는 깊은 볼우물. 그래 봤자 세자도 평생 궁 밖을 벗어나지 못할 처지였다. 궁녀들은 우리끼리만 감상하기 아까운 미모라고 소곤대곤 했다. 그런 세자가 혼인한 여인은 그에 어울리는 미인도 대단한 명문가의 딸도 아니었다.

애란은 궁녀들에게 은주의 혼례가 어땠는지 주워들었다. 세자의 가례는 간소하게 치러졌다고 했다. 폐조의 폭정에서 벗어난 지 얼마 되지 않아 아직 백성의 살림이 나아지지 않았는데 국가의 어버이가 자식의 혼례에 사치할 수 없다며 임금은 친필로 부러 '검박'을 크게 썼다. 백성의 살림이 궁핍한 게 언제까지 폐조의 탓인가. 진실로 지금의 임금이 덕이 있다면 하늘도 감동하여 풍년이 들지 않았겠는가. 폐조를 치고 왕이 된 자는 자기 혈육도 믿지 않았다. 가례든 뭐든 절대로 세자를 돋보이게 하지 않겠다는 속내였다. 일생에 한 번뿐인 자식의 혼례를 성대하게 치러 주고 싶은 게 평범한 부모 마음일 텐데.

애란은 입궁 전날을 떠올렸다. 애란의 엄마는 애란을 잡고 울었다. 딸에게 옥과 산호로 장식한 족두리를 씌우고 오색 비단실로 수놓은 혼례복에 대삼작노리개를 달아 주고 싶었다고 했다. 손에는 금가락지를 끼우고 발에는 원앙을 수놓은 비단신을 신기고 머리에는 조선에서 제일 크고 화려한 비녀를 꽂고.

"우리 딸, 녹의홍상 차려입으면 얼마나 이쁠까. 너 어릴 때 바지 훔쳐 입고 옆집 계집애 끌어안고 있는 걸 보고 그날부터 네 아버지 손에 너를 맡겨 버렸는데. 어떻게든 다른 집 딸들처럼 살게 고쳐 놓을걸. 평범하게 시집가서 살 수 없는 몸으로 낳아 놓아서 엄마가 너무 미안해."

"아니야, 엄마. 나는 이런 나로 사는 게 좋아요. 내가 이런 사람이 아니면 어떻게 타국의 말을 배우고 시문을 읽고 궁으로 가겠어요."

한낱 중인의 딸도 이럴진대 세자빈의 부모는 아들 다섯에 딱 하나 있는 딸을 시집보내면서 인륜지대사를 '검박하게' 하라는 '딸의 시아버지'를 속으로 얼마나 원망했을까. 그리고 가장 아끼는 맏아들의 혼사를 망친 중전의 마음은 또 어떠했을까. 누구라도 만만한 사람을 원망하고 싶었겠지. 고씨 가문의 딸이 그랬듯이. 가례 전에 중궁전에서 몇 번 고성이 터져 나왔다고 했다. 임금은 젊은 후궁에 미쳐 치마폭에 놀아나는 척 욕먹을 짓은 다 조소용이 입의 혀처럼 굴어서 넘어간 거라고, 왕실의 중대사를 결정하는 일 앞에서 단지 노추인 척했다. 한낱

후궁이 돼먹지 못한 질투심으로 감히 중전을 도발하려고 가
례의 규모를 축소시켰다고. 그러면 신하들과 후궁들은 늙고
높은 사내가 아니라 젊고 천한 계집을 거리낌 없이 비난했다.

6 날개를 펴는 짐새

애란은 통통 불어 터진 손을 검푸른 염료에 담그며 몰래
손가락으로 셈을 했다. 언제까지 이렇게 노비처럼 일할 수는
없었다. 세자빈에게 자신의 존재를 알려야 했다. 내의원에 배
속되었어야 할 애란을 상의원에 보내 개고생시키는 웃전이 누
굴까. 일개 궁녀에 불과한 애란을 무슨 꿍꿍이로 괴롭히는 걸
까. 애란 아버지의 돈과 인맥이 통하지 않는 웃전이 누굴까. 세
자빈일까. 아니겠지. 궁에 제대로 적응하지 못한 티가 역력한
세자빈이 빈궁전 소속 궁녀도 아닌 애란을 군이 찾아내서 상
궁들에게 압력을 넣어 가며 남들 눈에 띄는 짓을 할 리 없다.
하지만 애란이 바느질 같은 여인의 일을 익히지 않았다는 사
실을 알고 일부러 상의원에 보낼 사람이 세자빈 말고 또 누가
있을까. 애란은 세자빈에게 접근해야 했다. 물어봐야 했다. 작

정하고 유치하게 애란을 괴롭힌 사람이 정말로 세자빈인지. 아니면 애란을 훼방 놓는 웃전이 누구인지.

애란은 은주의 도포를 푸른색으로 염색해서 상의원 뜰에 널었다. 주인 없는 옷이 허깨비처럼 바람에 펄럭였다. 애란은 늘 해 오던 방식대로 쓸모를 증명하기로 했다. 세자빈을 모시는 궁녀에게 뒷돈을 쥐여 주며 명나라에서 들여온, 회임시켜 주는 비약이 있다고 세자빈께 전해 달라고 했다. 애란의 은자와 전언을 받아 간 궁녀들은 세자빈에게 닿기도 전에 은자를 압수당하고 함구하라는 겁박을 당했다. 세자빈에게 비약이 전달되는 걸 막는 사람이 누구일지는 뻔했다. 궁 안에서 세자빈과 척졌다고 소문이 자자한 조소용이겠지. 애란은 조소용의 궁녀를 꾀어 냈다. 이번 궁녀에게는 은자 대신 명나라에서 가져온 흑당을 심부름값으로 건넸다. 궁녀는 검고 다디단 흑당을 받자마자 얼른 입안에 넣었다. 당의(糖衣)로 감싼 비약이 무엇인지도 모르고.

궁녀는 입덧하듯 헛구역질을 해 댔다. 달거리를 하지 않았다. 그 궁녀가 어떤 별감과 그렇고 그런 사이라는 것을 다른 궁녀들은 다 알았다. 내의원에서는 아직 회임 여부를 판별하기에 너무 이르다고 했지만 궁녀들은 벌써부터 정말로 용한 비약이라고 쑥덕댔다. 조소용이 이 소문을 듣는다면 당장 애란을 은밀히 찾을 것이다. 내명부 여인들에게 회임만큼 권력을 가져다주는 게 뭐가 있겠는가. 애란은 조소용에게 약을 건네고 그 대가로 세자빈의 궁에 배속시켜 달라고 거래할 셈이었다. 그 약은 사실 위장에 부담을 주고 몸을 무리시켜 달거리를 거르게 하는 약이었다. 하지만 그 궁녀가 회임이 아니란 사실을 조소용이 알 때쯤이면 애란은 이미 빈궁전에 있을 테고 후궁이 세자빈의 궁녀를 어찌하지는 못할 것이다. 상상임신이라고 하건 유산이라고 하건 조소용이 알아서 수습할 일이고.

애란의 방문이 열리고 빛이 들어왔다. 조소용에게서 기별이 왔다.

애란은 은밀히 조소용의 처소로 향했다. 조소용은 멸문한 고씨 집안 불 꺼진 아궁이 재 속에서 꺼내 온 가락지를 손에 끼고 은으로 세공한 장죽을 피워 물고 비단 보료에 비스듬히 기대 있었다. 애란은 가락지를 본 순간 조소용이 고씨 처녀임을 알아보았지만 조소용과 똑같이 생긴 가락지를 낀 채 시치미 뚝 떼고 조소용을 처음 뵙는 척했다. 조소용도 애란을 궁녀 아무개 대하듯 했다.

"회임에 도움이 되는 약을 뭐 하러 궁녀 목구멍에 버렸느냐. 하긴, 세자빈에게도 쓸모없는 약이니 뒷간에 버리나 궁녀에게 버리나 매한가지."

조소용은 세자빈 부부가 서로 데면데면하다고 비웃고 있었다. 애란은 못 들은 척 넘겼다. 높으신 분의 치부는 굳이 알려 하지 말라는 아버지의 가르침대로.

"회임은 그냥 한 말이었습니다. 그래야 소용마마께서 만나 주실 것 같아서요. 약으로 회임이 될 것 같으면 삼신할매가 왜 있겠어요."

"내가 아니라 네게 그 약이 필요했겠지. 그런 약을 구해 볼 만큼 상의원 일이 만만치 않았나 보다. 부잣집 딸한테는. 어디 보자, 고운 손이 다 망가졌구나."

조소용이 가락지 낀 손으로 애란의 뺨을 후려쳤다. 애란은 홱 돌아간 얼굴을 제자리로 돌리며 보란 듯 웃었다. 조소용도 마주 웃었다.

"상의원 일은 할 만하느냐."

"소용마마의 성이 조씨라 했을 때 의심하긴 했습니다만… 무슨 수를 쓰셨길래 궁녀에서 곧바로 후궁이 되셨습니까."

"상의원에서 몰래 전하의 내의에 붉은색으로 자수를 놓았지. 전하를 위해 얼굴에 먹칠을 하고 손에 피를 묻히고 입에 숯을 삼키겠다고. 그랬더니 전하께서 며느리로 맞이할 뻔했던 계집을 첩으로 들이시더라."

"저를 빈궁마마 소속으로 보내 주시지요. 마마가 사실 역적의 딸이라고 제가 잠꼬대를 중얼거리기 전에요. 궁 안 소문이 빠르다는 거, 잘 아시잖습니까."

"그게 협박이 될 것 같으냐. 전하를 기만한 죄로 내가 사약을 받으면 전하께서 너를 나의 대용품으로 쓰실 것이다. 전하께는 자기 대신 손을 더럽힐 명철한 계집이 필요하니까. 나 대신 네가 세자빈을 궁지로 몰아 보고 싶으냐."

"그래도 일단 마마께서 사라지시면 제가 빈궁마마를 뵐 수는 있겠지요. 저를 망쳐서라도 마마를 끌어내린다면요."

"역적의 딸을 입궁시킨 게 사실 세자빈의 충복이라고 하면, 세자빈이 어떻게 될까? 나에겐 강석기가 자기 딸을 도주시켜 달라고 네 아비에게 재물을 건넨 장부가 있단다. 그 장부와 네가 가짜 족보를 산 걸 엮어 볼까."

"제 아비가… 마마께 장부를 넘겼다고요?"

"나는 세자빈처럼 고매하지 못하여서 사적인 청탁을 받았거든. 다음 사행에 네 아비를 보내 준다고 했더니 장부를 넘기더라. 네게는 함구하고."

"대체 왜 이러십니까. 왜 높으신 마마께서 한낱 궁녀를 미워하십니까. 그때 마마께 궁녀가 되는 것보다 더 좋은 방법이 있었겠어요. 저와 빈궁마마는 마마께 살길을 찾아 드렸을 뿐입니다."

"나도 너와 세자빈과 세자빈의 아비와 네 아비가 살길을 찾아 주겠다. 내 궁녀가 되어 내가 누굴 죽이라 하면 죽이고 살리라 하면 살려라. 내가 세자빈이 되지 못했듯이 너도 세자빈의 수족이 될 수 없어. 그게 공평하지 않겠느냐."

조소용은 애란이 세자빈의 충복, 수족이라고 했다. 궁 안에서 세자빈과 궁녀란 그런 관계밖에는 될 수 없다. 조소용의 장죽이 애란의 눈가를 툭 치고 입가로 내려왔다.

"우리는 이미 서로의 약점을 쥐고 있지 않느냐. 서로 목숨
줄을 쥐고 있으니 서로를 배신하지 못할 사이 아니냐. 나는 내
가 쥔 네 약점으로 너를 나에게서 떨어지지 못하게 할 것이다.
외척처럼 나를 지켜 줄 이가 궁 안에 하나쯤은 있어야지."

애란은 손으로 장죽을 쳐 냈다.

"고분고분 말 잘 듣는 몸종을 원하시면 멍청한 궁녀들 중
에 아무나 들여 시중들게 하십시오. 외척 역할을 해 줄 궁녀
를 이런 식으로 대우하시면 아니 되십니다. 윗사람에게 덕이
있어야 아랫사람에게 충이 있습니다."

"그럼 이렇게 대해 줄까."

조소용이 장죽을 놓고 아까 애란의 뺨을 쳤던 손으로 쓱
쓱 애란의 입가를 닦아 주었다. 손이 차가웠다. 애란이 조소용
의 손을 잡았다. 조소용은 손을 멈추고 가만히 있었다. 부어오
른 뺨을 조소용의 차가운 손에 기댔다. 조소용이 나머지 손도
애란의 볼에 갖다 댔다.

"내가 너를 믿을 수 있겠느냐."

그때 그 폐가에서 애란은 고씨 처녀에게 함구하라 했다. 지
금 고씨 처녀는 조소용이 되어 궁녀 애란에게 대답하라 하고
있다. 애란은 역관답게 거래를 제시했다.

"정표처럼, 비밀을 공유해 주시지요. 제가 마마의 약점을
쥐고 마마께서 제 목줄을 쥐셨듯이."

조소용이 애란에게 담배를 권했다. 애란은 사양하지 않고

맞담배를 피워 물었다. 부연 연기 너머로 보이는 조소용이 가물가물했다. 조소용은 다디단 주악이며 약과 같은 기름에 튀겨 즙청한 기름지고 달짝지근한 호사스러운 유밀과들을 손수 집어 애란의 입에 넣어 주었다. 조소용의 손끝이 애란의 입술에 닿았다. 그 손끝이 입술을 지그시 눌렀다. 너무 달아서 애란은 눈을 질끈 감았다. 조소용이 잔에 술을 따라 한 모금 마시고 애란에게 건넸다. 애란이 남은 술로 입술을 적시고 술에 젖은 입술이 마르기 전에 조소용이 애란의 입술을 마시기를 기다렸다. 조소용이 술잔에 남은 술을 입에 머금었다가 애란의 입에 넣어 주었다. 의형제를 맺을 때 술잔을 서로 나누는 의식 같았다.

"늙은이가 왜 나를 총애하는지 아느냐. 내가 늙은이를 위해 얼굴에 먹칠을 하고 손에 피를 묻히고 입에 숯을 삼키는 사람이기 때문이다. 너는 나를 위해 그리할 수 있느냐."

애란은 조소용이 자신에게 왕을 '늙은이'로 멸칭했음을 알아챘다. 조소용이 비밀을 조금씩 열어 보이고 있었다. 애란이 얼른 자신이 거래할 물건을 꺼내 보였다.

"마마를 늙은이의 여자가 도달할 수 있는 가장 높은 곳으로 보내 드리지요. 조소용 말고 조귀인은 어떠십니까."

조소용이 애란의 옷고름을 잡아당겼다.

"나는 왕의 여자가 아니라 왕의 신하가 되고 싶어. 늙은이는 임금이지만 사내는 아니거든."

조소용은 장죽을 물고 연기를 길게 뱉어 냈다.

"너 같은 한갓 궁인이 보기에 왕의 후궁이란 비단옷 입은 높으신 분이겠지만, 사실은 그저 늙은이의 젊은 첩년일 뿐."

애란은 정답을 고민했다. 외척 없는 궁녀 출신 후궁이 가장 듣고 싶은 말이 뭘까. 세상에서 자기가 제일 불쌍한 인간이 늘 하는 생각이 뭘까.

"외로워… 보이십니다. 무료…하시고…."

"그럼 뭘 해야 짜릿할까."

조소용은 애란을 끌어당겨 옷고름을 풀고 치마를 벗기고 가슴에 얼굴을 묻었다.

"젊은 계집의 냄새란 좋구나. 늙은이는 곤룡포로 아무리 가려 봤자 쾨쾨한 노인의 체취가 나는데."

조소용은 손톱을 세워 애란의 귓가를, 목덜미를, 어깨를, 등줄기를, 허벅지 안쪽을 사정없이 꾹꾹 눌러 자국을 남겼다. 그리고 그 자국자국에 입을 맞추고 핥았다. 애란은 아파하는데 조소용은 고양이가 가르랑거리듯 신음했다.

"억지로 꾸며서 교성을 지르고 헐떡거리는 거 너무 지겨워. 늙은이는 오래 서 있지 못해서 항상 혼자서만 만족하고 후딱 끝내 버리지."

조소용이 애란 위에 올라탔다. 소리가 밖으로 새어 나가지 않게 베개로 애란의 얼굴을 눌렀다. 애란은 이불을 움켜쥐었다. 조소용은 애란을 압도하고 애완하고 희롱했다.

"내의원으로 보내 주겠다. 중독되면 피부가 검푸르게 변하면서 얼굴의 일곱 구멍에서 피를 쏟으며 급사한다는, 이역만리에서 변발한 오랑캐들을 거쳐 극소량을 비밀리에 들여온다는 독이 내의원에 있다지. 독초와 독충과 독사와 독버섯과 세상의 모든 독을 먹고 사는 짐새라는 새로 만든 짐독이라 하던데, 나를 위해 그 독을 구해 다오."

베개에 얼굴이 눌린 애란은 조소용의 표정을 확인할 수 없었다.

"귀한 독으로는 귀하신 분을 죽여야지요. 짐독은 천하의 영웅에게 어울립니다. 마마께선 그 독으로 자결하실 수 없습니다."

"나는 내 마음대로 죽을 수도 없다는 거구나."

"제가 곁에 있는 한은 그렇지요."

애란은 계산을 끝냈다. 조소용은 한미한 집안 출신이니 막강한 외척이 있는 다른 후궁들에 비해 세력이 미약하다. 하지만 반정으로 즉위하여 정통성이 약하고 남을 믿지 않는 임금에게는 뒷배가 없는 조소용이 오히려 믿음직하다. 애란이 조소용에게 접근해도 막을 외척은 없다. 조소용은 절대로 애란을 세자빈에게 보내 주지 않을 것이다. 애란은 베개 밑에서 빠져나왔다.

"짐독 말고 다른 독은 구해 드릴 수 있는데요. 그 독에 어울리는 사람도 죽일 수 있고요. 마마께선 제게 무엇을 주실 수 있으십니까? 재물 말고요."

"너도 별거 없구나. 후궁에게 들러붙는 궁녀들 속셈이야 뻔하지. 똥개처럼 내 곁을 맴돌다가 늙은이가 나를 찾으면 자기에게도 승은 입을 기회가 오지 않을까 기대하며 나를 이용하려고?"

"방금 전에 저를 시험하신 거 아닌가요? 저는 여자에게 입을 맞추는 여자입니다. 왕도 한낱 사내라서 사내의 품에 안기는 건 싫습니다. 저는 왕의 여자를 안고 싶습니다."

"제법 대범하구나. 아무 궁녀도 아니고 왕의 여자를 안고 싶다고."

"저는 어렸을 때부터 점취를 만지작거리며 자란 아이인지라 눈이 높아서, 아무리 고와도 권력이 없으면 끌리지 않거든요. 마마께 왕과 국정을 논할 수 있는 신뢰와 지략을 드리겠습니다."

"나는 궁중 암투에 관심 없어. 나는 여자들과 싸우고 싶지 않아. 김류, 김자점 같은 반정공신들을 이기고 싶다. 내가 갖고 싶은 건 권력이야."

"권력을 가지면 뭐 하시게요?"

조소용은 애란의 입에 기름지고 끈적하고 달짝지근한 약과를 넣어 주었다.

"이 과자는 밥처럼 배가 부르지도 않고 약처럼 건강에 좋지도 않지. 달고 끈적이지. 그뿐이야. 권력도 그와 같다. 지금의

임금이 뭘 하고 싶어서 반정으로 왕이 되었을까? 정말로 백성
과 종묘와 사직을 위해 옥좌에 올랐을까? 아냐. 그냥 왕이 되
고 싶었을 뿐이야. 권력은 그런 거다."

애란은 그날 밤 조소용의 처소 병풍 뒤에 숨었다. 부부간
의 화합을 의미하는 화조도 병풍이었다. 기러기에 구멍을 뚫
었다. 후궁이란 나무 기러기 주고받으며 정식으로 혼인한 아내
가 아니니 망가트려도 상관없었다. 기러기 대신 애란이 늙은이
와 조소용을 지켜보았다. 늙은이는 조소용을 주무르며 잠꼬대
처럼 중얼거렸다.

"나라의 형편을 살피어 세자의 가례를 검박하게 치르자 하
였던 네 마음은 어여쁘나, 중전이 국모이기 전에 어미인지라
장남의 혼례에 허례허식 없음이 서운하여 아직 마음을 풀지
않고 있구나. 왕실이 화목하지 않으니 임금이자 가장인 내 마
음도 편치 않구나."

임금이 후궁 앞에서 중전을 비하했다. 눈치 빠른 조소용이
얼른 사죄했다.

"국사에 집중하셔야 할 전하께 심려를 끼쳐 송구하옵나이
다. 천한 계집이 반드시 중전마마께 사죄드리겠사옵니다."

"후궁이 중전과 반목하는 건 궁중의 질서를 어지럽히는 짓
이다. 중전은 네 윗사람이다."

"네. 유덕하신 중전마마께서 아랫사람을 용서하실 것이옵

니다. 그러실 수밖에 없도록 미천한 것이 선물을 바치며 확실한 뜻을 보이겠사옵니다."

늙은이는 한동안 젊은 첩년을 탐하더니 일어나 조소용의 시중을 받아 옷을 입고 나갔다. 조소용은 가만히 서서 애란이 입혀 주는 대로 옷을 입으며 애란을 보지 않고 말했다.

"중전이 거부할 수 없는 선물이 필요해. 네가 알아서 준비해 와라."

"일이 잘못되면 궁녀가 과잉 충성한 걸로 하시겠단 거군요. 마마 모르게 준비해 드리지요."

"내가 세자빈이 되었다면, 젊은 사내의 아내가 되었다면, 이 꼴을 겪지 않았겠지."

꽃노래도 삼세번이면 질리는 법인데 약발이 떨어질 때까지 그 일로 협박을 하려 하느냐고 애란은 대거리하려다 말았다. 세자빈이 원손을 낳으면 그 협박이 힘을 잃을 테니 그때까지만 애란은 조소용과 놀아 줄 작정이었다. 조소용은 자기 사람이 될 자질이 있는지 애란을 시험하려 한다. 애란은 장원급제할 자신이 있었다.

7 새장에 갇힌 붕새

조소용의 궁에서 비명이 터져 나왔다. 궁녀가 죽었다. 쪽빛 염료에 얼굴을 박고서. 애란이 먹인 비약으로 회임했다는 의혹을 받고 감금되어 있던 궁녀였다. 궁녀는 자진한 것으로 처리되었다. 애란은 눈과 코와 입과 귀의 출혈을 감추기 위해 진한 색 쪽물 통에 시체의 얼굴을 담갔다. 애란은 조소용을 위해 누구든 깔끔하게 죽일 수 있음을 입증해 보였다. 애란은 죽은 궁녀의 신발을 신었다. 이제 애란이 죽은 궁녀 대신 조소용의 곁에 있었다. 조소용이 애란의 손에 있는 가락지를 만지작거렸다.

"네게 특혜를 주마. 우리 둘만 있을 때는 나를 '혜원'이라 불러도 좋다. 란아, 나의 란아."

조소용은 중궁전에서 무릎을 꿇고 죄를 청했다. 입궁한 지 얼마 되지 않아 궁 안의 법도와 사정을 잘 알지 못하여 궁인들에게 많이 의지하다 보니 요사스러운 궁녀가 중전마마와 후궁 나부랭이를 이간질하려 독살스레 속살댄 말에 넘어가서 국본이신 세자 저하의 가례에 분별없이 말을 얹었다고. 자신을 기만한 궁녀를 추궁하였더니 그 궁녀가 자진해 버렸다고. 아랫것의 죄는 윗것의 허물이니 벌해 달라고. 조소용은 '궁녀의 목숨을 바쳤는데도 사죄를 받아들이지 않으실 거냐. 다음엔 뭘 더 받으시려는 거냐'라고 묻는 눈빛으로 궁녀의 흉심을 간파하지 못한 어리석은 자신을 훈계해 달라고 빌었다. 중전은 아무 말 하지 않고 이미 다 알고 있다는 눈빛으로 조소용을 내려다보았다. 조소용이 이겼다. 애란은 세자빈에게까지 이 한바탕 소동이 전해졌는지 궁금했다.

혜원은 애란을 불러다 앉혀 놓고 다른 궁녀한테 소문을 전해 듣지 말고 자기한테 들으라며 세자빈에 대해 내명부에서 도는 이야기들을 계속 옮겼다. 세자에게 든든한 외척을 주고 싶어 했던 중전이 마음에 차지 않는 세자빈을 보란 듯이 엄히 가르치는데, 세자빈은 고분고분 부녀자의 도리를 줄줄 외우기만 하면 될 일을 굳이 왜 서방이 죽으면 따라 죽어야 열녀가 되는 거냐며 궁에서는 임금이 죽는다고 중전이 따라 죽지 않는데 왜 궁과 여염의 도리가 다르냐며 시어머니인 중전에게 따지고 들었다고 했다. 정절을 잃었으면 복수를 해야지 왜 자결을 하느냐며 나라가 겁탈한 놈을 엄히 벌하고 부녀자를 지켜

쥐야 할 일이지 가련한 여인을 훼절했다며 손가락질할 일이 아니라고 했댔다.

"자기 엄마가 싫어하는 아내를 좋아할 사내가 어딨겠어. 미모가 받쳐 주지 않으면 성격이라도 좋아야지. 세자빈 팔자 꼬이는 건 금명간이지."

애란은 입안에서 만주어로 혼잣말했다. 나의 목란아, 치마를 입고 화장을 했구나. 붕새는 한 번 날갯짓을 하면 구만 리를 난다는데 날개를 펴 보지도 못하고 이역만리로 날아가지도 못하고 손바닥만 한 새장에 갇혔구나.

애란은 세자빈을 제외한 왕실 여인들을 진맥하며 소문을 수집했다. 세자는 세자빈에 대해 한마디도 하지 않았지만 가례를 올리고 나서부터 몸이 좋지 않다며 며칠째 경연에 나오지 않았다. 방사(房事)에 무리하느라 기력을 쇠진하는 것도 아닌데. 시강원에서는 가장 젊은 강원인 문학 정뇌경을 보내서 세자를 설득하려 했다. 그나마 비슷한 연배의 말이 먹히지 않을까 하는 심산에서였다. 말이 세자의 스승이지 정뇌경은 세자와 몇 살 차이 나지 않았다. 일찍이 과거에 급제하였으나 성격이 강직하여 김류, 김자점 잔당이 설쳐 대는 조정에서 비켜나 세자를 교육하는 시강원에서 학문 연구에 몰두하는 처지였다. 애란은 발소리를 죽이며 동궁전 근처를 서성였다.

동궁전에 들어간 정뇌경의 목소리가 점점 커졌다가 작아졌다가 다시 못 참고 커졌다가 마음을 가라앉히고 작아졌다. 동그란 얼굴에 도톰한 입술에 짙은 눈썹에 속쌍꺼풀이 진 부드러운 눈매에 새까만 눈동자가 어우러져 자상하지만 심지가 굳어 보이는 정뇌경이 눈썹 끝은 내리고 입꼬리만 올린 채 자기보다 신분이 높은 제자를 타일렀다. 젊은 나이에 급제해 늙은 관료들 틈에서 공직 생활을 하면서 만만해 보이지 않으려 어른스럽게 말하느라 말끝을 눌러서 길게 끄는 느릿한 말투로 조곤조곤 뭔가를 설명하고 있었다. 처음엔 가만히 듣고만 있던 세자가 감정이 격해졌는지 문밖으로 목소리가 새어 나왔다.

"아바마마께서 저를 견제하시느라 외척의 힘을 빌리지 못하도록 역적의 딸을 짝지어 주려 하시어 저를 모욕하시고, 공신의 집안에선 세자빈을 찾지 않으셨으니 세자 같지 않은 세자가 무엇 하러 세자의 학문을 공부해야 합니까."

아직 치기가 남아 있지만 과연 명민하고 영명했다. 백옥 같은 세자가 망자의 입안에 넣는 옥구슬이 될지 산 자의 손가락에 끼우는 가락지가 될지 아직은 알 수 없었다. 정뇌경은 세자의 말을 단호하게 잘랐다. 세자가 더는 감히 역심으로 해석될 수도 있는 말을 하지 못하도록. 정뇌경은 세자의 처지를 알았고, 세자의 말에 담긴 함의도 알았다.

"공부는 과거에 합격하려고, 출세하려고 하는 게 아니라 성인군자가 되기 위해 하는 것이옵니다. 빈궁마마께서는 이미 여인의 수준을 뛰어넘어 학식이 상당한 수준이신데도 부녀자의 도리만 배우시고, 저하께서는 일생의 문우를 얻으셨음에도 시문을 나누기는커녕 그 가문만 보시니 이 스승이 그동안 제자의 인성을 함양시키지 못한 것 같아 심히 마음이 괴롭고 부끄러워 공부를 더 권해야겠다고 다짐하였사옵니다. 그러니 당장 내일부터 저하께서 경연에 나오지 않으시면 이 문 너머에서라도 경연을 할 것이며 시험도 더 자주 볼 계획이니 밀린 진도를 따라잡으실 수 있도록 공부를 하시옵소서.”

정뇌경이 부러 길게 말하는 동안 세자도 정신을 차리고 생각을 해 본 모양이었다.

“며칠 밀린 진도를 어떻게 하루 만에 따라잡으라고….”

“빈궁마마께 가르침을 청하시면 어떠하시옵니까. 스승은 어디에나 있습니다. 모르는 건 부끄러운 일이 아니나 모르면서 배우지 않음은 마땅히 부끄러워하셔야 할 일이옵니다.”

“정 문학, 성인군자가 되기 위해 배워야 한다면, 가르치는 목적은 무엇입니까.”

“배우는 것도 가르치는 것도 공부입니다. 저하를 가르치면서 신도 배웁니다. 가르치는 것도 성인군자가 되는 길 중 하나입니다.”

“그렇다면 정 문학, 만약, 내가 세자가 아니게 되더라도, 혹시 궁 밖에서라도 나를 가르쳐 줄 수 있겠습니까.”

가례를 치러 어른이 된 세자는 어른의 옷자락을 잡는 어린애처럼 애원하듯 물었다. 정뇌경은 형이 막내아우를 대하듯 안쓰러워하며 세자의 손을 꼭 잡았다.

"시강원이 아니더라도 어디서든 가르치겠사옵니다. 그때는 사제가 아니라 학우가 될지도 모르는 일 아니겠사옵니까."

문이 열리고 정뇌경은 시강원으로, 세자는 서고로 향했다. 정뇌경은 시강원으로 가기 전에 세자를 한 번 돌아봤다.

애란은 세자를 미행했다. 은주는 궁에 어울리는 사람이 아니었다. 얼굴만 잘났지 제 아내가 어떤 곤경에 처해 있는지도 모르고 빈둥거리며 경연을 빼먹고 속되게 처가의 권세만 따지는 세자에 비하면 아까운 사람이었다. 그런 생각을 할수록 조소용이 했던 말이 애란의 입천장에 들러붙었다.

"세자빈을 만나서 뭐 어쩌겠다고. 세자빈의 약점은 한미한 가문인데, 네가 그 집 도련님들 과거급제라도 시켜 줄 수 있느냐. 세자빈이 이제 와서 널 본다고 반가워하겠느냐. 사내 옷 입고 역관들이랑 어울려 국경 너머까지 쏘다니던 왈패가 지금의 세자빈이라는 걸 아는 너를."

애란은 약과처럼 들러붙는 그 말을 애써 삼켰다. 세자빈도 지금쯤은 궁녀의 죽음을 알 것이다. 중전이 얘기하지 않았을 리가 없었다. 애란에게 죄책감은 없었다. 하지만 세자빈이 손을 검푸르게 물들인 애란을 어떻게 볼지 두려워 애란은 세자빈을 찾지 못했다. 세자빈이 진작 애란을 찾아냈다면 애란이 검푸른 물에 손을 담그지 않았을 텐데 하는 원망도 있었다.

어쨌든 언젠가 세자빈을 몰래 만나긴 해야 했다. 현재는 조소용의 위세가 대단하더라도 늙은이는 언젠가 죽고 세자가 왕이 되면 조소용은 출궁하고 세자빈은 중전이 된다. 애란은 현재 실세와 미래 권력의 손을 하나씩 잡고 있어야 했다. 중인은 그래야 산다.

8 한 쌍의 앵무새

정말로 오늘 밤을 새워서라도 밀린 진도를 따라잡으려고 마음먹었는지 큰 보폭으로 서고에 도착한 세자는 뒤꿈치를 들고 소리 나지 않게 고양이처럼 조심조심 안으로 들어갔다. 애란도 따라 들어가 서가 뒤에 몸을 숨겼다. 서고에선 세자빈이 책을 읽고 있었다. 세자가 박대하고 중전도 며느리에게 자애롭지 않으니 책에라도 마음을 붙이는구나 싶어 애란은 짠한 감정에 잠겼다. 세자는 작정한 듯 세자빈 옆에 풀썩 앉았다.

"정 문학이 그러시던데, 빈궁께서 내 일생의 문우가 될 만하다고."

세자가 손을 뻗어 세자빈이 읽고 있는 책을 당겼다. 세자빈은 놓지 않았다. 둘의 사이가 닿을 듯 가까워졌다. 애란은 손끝에 검푸른 물이 든 손을 꼼지락거렸다. '일생의 문우'는 세자가 아니라 애란이 되었어야 했다. 저 책은 〈목란사〉가 아니다.

세자는 그 잘난 얼굴을 세자빈에게 들이댔다. 백 마디 말보다 설득력 있는 얼굴이었다. 누구라도 그 얼굴을 보면 화를 낼 수 없을 터였다. 세자빈이 책을 들어 세자의 얼굴을 가렸다.

"사람 취급도 안 하고 박대하시면서 '문우'요? 저하만 저랑 가례 올리기 싫었는 줄 아세요? 저는 뭐 세자빈이 되고 싶었는 줄 아세요? 부모님께서 저를 시집보내지 않으시려고 바느질과 길쌈도 안 가르치시고, 이런 답답한 조선 말고 대국으로 가서 혼자 잘 살라고 만주어도 배우게 하셨는데 결국 이런 새장 같은 궁궐에 갇혀 늙어 죽게 생겼네요."

"바느질과 길쌈을 안 해도 되는 세자빈이 되기는 했군요. 만주어도 배우셨다더니 예의가 오랑캐 같으시고. 방금 말투가 세자한테, 아니 지아비한테 할 수 있는 말투입니까? 책만 아니면 진짜 상종도 안 했을 텐데. 책이나 얼른 양보해 주시고 각자 갈 길 갑시다."

세자빈은 사랑채에서 자랐고 세자는 아버지가 왕이 되기 전 어린 시절을 궁 밖에서 보내서, 둘 다 단정한 궁중 어법이나 규방 말씨와는 한참 차이 나는 말투로 유치하게 부부 싸움을 하고 있었다.

"양보해 드리지요. 약속 하나 하시면요. 임금이 되시면, 제가 내명부 일은 신경 쓰지 않게 해 주세요."

"후궁을 들이지 말라는 뜻이군요. 좋지요. 저는 조소용 같은 후궁을 들여 어마마마를 마음고생시키는 아바마마 같은 사람은 되지 않겠다고 다짐했으니까."

"그리해 주신다면 이 책을 같이 읽고 토론하면서 공부해 드리지요."

세자빈과 세자는 서고에 붙어 앉아 나란히 책장을 넘겨 가며 이 구절에는 이런 주석을 달아야 한다 아니다, 서로 의견을 주고받다가 같은 곳을 짚어 손이 닿기도 하고 괜히 어깨를 부딪히며 웃기도 했다. 세자가 은근히 말을 놓았다.

"왜 혼인을 안 하려고 했어?"

세자빈도 편하게 받았다. 마치 오누이 같았다.

"남편 일찍 여읠 팔자, 정확히는 남편 잡아먹을 사주라고 해서."

세자빈이 머뭇거리며 말했는데 세자는 별일 아니란 듯 웃어 버렸다.

"천생연분이네. 나는 요절할 사주랬는데. 아바마마께서 궁합이 맞다 하여 혼인을 추진하셨나 보네. 그런데 나는 사주 같은 거 안 믿어. 조선 팔도에 한날한시에 태어난 사람이 얼마나 많겠어. 그런데 그 사람들 다 똑같이 살진 않잖아."

"'남편 잡아먹을 팔자'는 있어도 '아내 잡아먹을 팔자'는 없는 것도 이상하고."

"점괘는 그걸 믿는 사람한테만 효력이 있으니까 네가 그 사주를 안 믿으면 나는 안 잡아먹혀. 아니다, 그냥 잡아먹어. 암

사마귀가 교미 후에 숫사마귀를 잡아먹듯이."

세자빈의 옷고름에 손을 대던 세자가 자제력을 발휘해서 옷매무새를 정돈했다. 세자와 세자빈은 같은 신분, 다른 성별의 사람들끼리 할 수 있는 걸 할 뿐인데 왜 애란이 박탈감을 느끼는지 모르겠다. 명나라에서 세자빈이 조선으로 돌아가겠다고 했을 때 애란은 세자빈의 손을 잡고 도망쳤어야 했다. 모든 것들로부터. 아니면 세자빈의 손을 잡고 맞섰어야 했다. 모든 것들에 대항해서. 그랬으면 은주는 애란의 것이 될 수 있었을지도 몰랐다. 애란은 눈앞에 다가온 새를 놓쳤다. 은주가 새장 속 새가 된 줄 알았는데 실상은 한 쌍의 앵무새였다.

"대체 정 문학이 어떻게 너의 학식이 고매한 줄 아는 거야? 그 샌님이 사람 보는 눈은 있네."

"어렸을 때 아버지가 정 문학 모셔다가 나랑 형제들 가르치게 하셨거든. 정 문학은 과거급제 전부터 명성이 자자했으니까. 정 문학이 날 두고 '여중 군자'라고 하길래 내가 '아닌데요. 저는 그냥 군자인데요' 했지."

세자와 세자빈 모두 정뇌경을 신뢰했다. 정뇌경이 애란을 봤다면 뭐라고 했을까. 세자보다 먼저 은주의 '일생의 문우'가 되어야 했던 건 애란이었는데. 세자는 '여중 군자'도 아닌 '그냥 군자'가 궁에 틀어박힌 게 괜히 미안한 모양이었다. 은주가 "너는 세자가 아니라면 어떻게 살 것 같아?"라고 묻자 전기수가 이야기책 읽듯이 흥미진진하게 얘기하는 걸 보아하니.

"도끼 메고 상소 올리면서 '즈언하아, 금도끼와 은도끼 중에 어느 도끼가 전하의 도끼옵니까아' 하다가 산 좋고 물 좋은 데로 귀양 가서 낮에는 '강호에 병이 기퍼 듁림에 누웠더니 역군은이샷다' 이런 거 쓰고 밤에는 파계한 스님과 팔선녀가 환생해서 인연 맺고 부귀공명 누리다가 깨어 보니 꿈이었다 같은 이야길 쓰고 살겠지."

"그게 꿈이었어?"

"나는 국경을 넘을 생각까지는 못 하고, 한량처럼 조선 팔도 쏘다니고 싶었지. 내 미모면 장터에 돗자리 깔고 앉아서 복면 쓰고 있다가 엽전 한 닢에 얼굴 한 번 보여 주기만 해도 노잣돈은 충분히 벌 수 있어."

세자가 툭툭 털고 일어나면서 용포 자락을 휙 휘날렸다. 어려서부터 잘난 얼굴로 주목받고 살아온 사람다운 맵시 있는 몸놀림이었다. 세자가 손을 내밀어 세자빈을 일으켜 주는 척하면서 얼른 반대편 손으로 세자빈의 손에서 책을 채 갔다. 세자빈이 아이처럼 입을 크게 벌리며 와하하 웃었다. 애란은 괜히 손톱 옆 거스러미를 뜯다가 피를 봤다.

'내가 왜 멋대로 세자빈이 불행할 거라고 상상했지. 왜 내가 맘대로 구해 주리라고 다짐했지. 저렇게 웃는 걸 보면서 안도해야 하는데 왜 나는 그게 안 될까.'

세자가 세자빈의 귓가에 밀어를 속삭였다.

"오늘 밤에 갈게. 책 가지고. 밤새워야 할 거 같아. 뭘 하든."

세자와 세자빈이 깍지 낀 손을 잡고 나가다가 서고 문 바로 앞에서 손을 놓았다. 세자빈과 세자가 각자 꿈꾸던 대로 국경을 넘고 팔도를 떠돌았으면 애란은 오늘 이런 꼴을 안 봤을 것이다.

애란은 문을 열고 나가는 신혼의 부부를 따라가지 않고 좁은 서가 사이에 그대로 주저앉아 중얼거렸다. 혜원 말대로 은주를 다시 만나지 말걸. 해 줄 수 있는 게 아무것도 없는데. 그러면서도 애란은 발길을 돌리지 못하고 세자의 처소 그림자 아래 숨어들었다. 세자와 세자빈은 공부를 하겠다더니 책은 밀어 둔 채 잡담을 나누고 있었다.

"내가 아는 역관이 명나라는 망할 거라고 했어. 왜란 때처럼 파병할 일도 없다고 했어."

애란은 자기 손등을 꼬집었다. 높으신 세자빈에게 애란은 그저 '아는 역관'이었다. 그래도 세자빈이 애란을 '역관'이라고 해 주었다. 애란은 빨갛게 부은 손등으로 벌게진 눈가를 문질렀다.

"나도 정 문학 말씀대로 만주족이 결국 명나라를 꺾을 거라 생각해. 명나라는 조그마한 조선도 지켜 줄 수 없어. 아바마마께선 설마 하시면서 애써 모른 척하시고."

세자는 중원의 왕조가 교체될 거란 세자빈의 말에 동지애를 느꼈다. 궁 안에서는 절대 꺼낼 수 없는 말이었다.

애란은 입궁 전 역관들이 했던 요청을 떠올렸다. 역관들이 교류하던 명나라인들을 통해 대국의 정세를 읽고 애란에게 전했다. 지금처럼 명나라가 왜란 때처럼 도와주겠거니 하고 있다가는 오랑캐에 침탈당하는 건 시간문제이니 조소용을 통해 임금을 움직여서 전쟁에 대비해야 한다고. 안다. 한낱 궁녀인 애란도 알고 역관들도 알고 다 안다. 조소용도 알고 임금도 알고 세자도 알고 신하들도 안다.

하지만 이것도 다 안다. 지금의 임금은 절대로 청나라를 인정할 수 없다. 나라가 망하더라도 그건 안 된다. 세자 시절 왜란을 겪은 폐조의 외교정책은 오랑캐인 청나라에 기울었다. 적어도 폐조가 즉위한 후에 왜란은 일어나지 않았다. 그게 폐조의 유일하고 절대적인 치적이었다. 폐조를 폐하고 왕위에 오른 임금은 무조건 폐조와 반대여야 했다.

정통성이 약한 임금은 실리보다 명분에 집착할 수밖에 없었다. 언제나 백성의 목숨보다 임금의 자리가 중했다. 폐조가 친청을 하였으니 반정으로 집권한 왕은 절대 청에 조아릴 수 없었고, 정상적으로 즉위하지 않은 자신을 책봉해 준 명에 의리를 지켜야 한다며 뭐든 폐조와 반대로 하고 어린애 심술부리듯 뻗댔다.

조소용은 임금의 절대적인 신뢰를 얻을 때까지 전략적으로 임금에게 굴종하겠다 했지만 늙은이는 죽을 때까지 아무도 믿지 않을 놈이었다. 세자와 세자빈은 임금과 조소용과는 반대의 길을 가려 했다. 언젠가 애란은 선택해야만 할 것이다.

9 날개를 찢긴 비익조

언젠가 올 줄 알았던 날이 결국 왔다. 앞머리를 모두 밀고 댕기 머리를 길게 땋아 늘인 우스꽝스러운 머리모양을 한 오랑캐들이 국토에 검은 그림자를 드리우고 병아리를 채 가는 독수리처럼 집을 불태우고 집집마다 사람들을 끌어냈다. 왕과 신하들이 산성 속에 틀어박혀 척화니 주화니 입만 놀리는 동안 포로로 끌려가는 사람들이 발을 끌고 몸부림치고 울고 한숨 쉬는 소리가 산천마다 귀곡성처럼 울려 퍼졌다. 그들의 머리는 산발이고 옷은 흙과 먼지투성이고 신발은 망가지고 얼굴엔 체념이 어렸다.

오직 궁에 있는 사람들만 무사했다. 그러니 백성들의 한 서린 소리가 왕과 신하들에겐 들리지 않았다. 하늘 높이 나는 새는 땅 위 미물들의 꿈틀거림은 신경 쓰지 않는 법이다. 어제 같은 오늘과 오늘 같은 내일을 살던 사람들이 어느 날 갑자기 다시는 돌아올 수 없을지도 모르는 곳으로 가는 길을 강화도로 피란한 왕이 상상이나 할 수 있을까. 오랑캐들이 사족 아녀자들까지 닥치는 대로 납치하고 나서야 신하들은 발등에 불이 떨어졌음을 알아차렸지만 불을 끌 의지도 용기도 방법도 없었다.

늙은 왕의 총애를 받는 후궁, 이제 겨우 자리를 잡아 가던 세자빈, 궁녀 애란은 다른 왕실 여인들과 함께 피란길에 올랐다. 궁 안에서만 지낸 높고 귀한 여인들은 금세 발이 부르트고 손등이 갈라졌다. 애란과 혜원은 얼굴에 진흙을 바르고 옷을 찢어서 혹시라도 미모가 오랑캐의 눈에 띄지 않도록 위장했다. 애란은 가락지 낀 손으로 혜원의 손을 잡았다. 애란에게는 언어라는 무기가 있었다. 말이 통하는 상대는 죽이기 어렵다. 물집 잡힌 혜원의 맨발에 실을 꿰면서 애란은 다른 사람의 발을 떠올렸다.

오랑캐들은 양반이든 상놈이든 사내든 계집이든 가리지 않고 닥치는 대로 사람을 사냥했다. 그들의 눈에는 그런 구분이 아무 상관 없는 듯했다. 아니면 오랑캐들은 그저 피와 비명에 굶주린 독수리들이었는지도 모르겠다.

애란과 혜원은 배고픔을 참다못해 잠깐 왕실 여인들의 행렬에서 빠져나왔다. 빈집에 혹시 남은 식량이 있는지 찾아보려다가 인기척에 급히 담 너머에 숨어 개구멍으로 집 안을 보왔다. 오랑캐는 멸문당한 역적의 집안처럼 텅 빈 대갓집을 마구 헤집었다. 신발을 신은 채 마루에 오르고 방 안을 뛰어다녔다. 이미 오래전에 다들 피란 갔는지 고방은 텅 비어 있었고 별당에 댕기를 땋아 내린 여인이 가구처럼 홀로 앉아 치마에 기러기를 수놓고 있었다. 기러기가 겨울을 보내고 고향으로 돌아가는 철새이듯, 지금 떠나더라도 언젠가 다시 조선으로 돌아오게 해 달라 염원하는 듯했다. 청나라 병사들이 다가오자 그 여인은 실을 매듭짓고 순순히 일어나 따라 나갔다.

혜원이 애란을 돌아보았다.

"네가 궁녀가 안 되고 그대로 역관의 딸로 살았으면 네 신세도 저와 다르지 않았을 거다."

"혜원이 관비였어도 저 신세였겠지요."

별당에 있던 걸 보니 첩의 딸인 듯했다. 가족들이 피란 가면서 빈 장독 놓고 가듯 놓아둔 여인은 집 안을 둘러보지도 않고 앞만 보며 갔다. 조선을 떠나기 위해 이 순간을 기다려 왔던 것처럼. 양반가 여인들은 외간 남자에게 낯을 드러내면 안 되어서 청나라 병사에게 끌려가는 길에 미처 너울이나 장옷을 챙기지 못한 여인들은 머리를 풀어 헤쳐 얼굴을 가렸다. 그 모습이 마치 귀신 같아서 심히 참혹하였다. 그러나 그 여인은 얼굴을 그대로 드러내고 울지도 않고 아무 절망도 희망도 없는 눈으로 청나라로 향했다. 장옷을 생각하다가 애란은 은주의 도포를 떠올렸다. 돌려준다 돌려준다 하면서도 가지고 있다가 무심결에 피란 봇짐에 넣어 왔다.

조소용은 굳이 애란을 시켜 왕에게 서신을 전하게 했다. 조소용은 서신에 왜란 때 선조가 세자에게 분조를 이끌게 했듯 호란 때도 세자에게 분조를 맡겨 종묘사직을 지켜야 한다고 썼다. 조소용은 애란이 간 먹으로 쓴 서신으로 간곡히 늙은이를 설득했다. 젊은 세자는 잘생긴 얼굴을 들고 다니기만 해도 전란에 지친 백성에게 위로가 될 것이라고. 지금은 정치적 이익과 계산보다는 일단 민심 수습이 우선이라고. 전쟁에 피폐해진 백성을 더 몰아가면 민란이 일어날지도 모른다고.

조소용은 이 전란을 세자빈에게서 세자를 앗아 갈 기회로 여겼다. 산성 안에 안전하게 있는 세자를 밖으로 끄집어내겠다는 의도였다. 세자가 이끄는 분조가 불운하여 국토 여기저기를 헤집어 대는 청나라 군대와 마주치는 바람에 어쩌다 세자가 죽기라도 하면 세자빈은 끈 떨어진 갓 신세가 될 게 자명했다. 세자가 포로로 잡히면 분조도 제대로 못 이끄는 세자가 장차 조정을 다스리겠냐고 조소용이 임금을 들쑤실 터였다. 세자가 분조를 잘 이끈다면 전란을 피하지 못한 임금과 비교되어 임금에게 위협이 될 것이다. 이러나저러나 세자에게 분조를 맡기면 세자에게 득이 될 게 없었다. 물론 세자의 아내인 세자빈에게도.

조소용의 속셈을 알면서도 애란은 서신을 전했다. 애란도 세자의 변고를 원했다. 세자가 혹시 전쟁 통에 화살을 잘못 맞아 죽기라도 하면 애란은 세자빈이 상복을 얼마나 오래 입어야 하네 마네 신하들이 쓸데없이 떠드느라 정신없는 틈에 세자빈에게 도포를 돌려주고 남장 시켜 함께 국경을 넘겠다고 혼자만의 계획을 세웠다. 그러면 세자빈은, 은주는 자유로워질 것이다. 이런 기회가 아니면 궁을 떠날 수 없었다. 지금 아무리 금슬이 좋아도 언젠가 세자도 다른 사내들처럼 여러 평계를 대며 첩질을 할 것이다. 세상에서 제일 믿으면 안 되는 게 사내의 약속이다. 은주에게는 궁중 암투보다 너른 세상에서 책 장사를 하며 시문을 읊는 일이 더 어울렸다.

　"선조 때 세자였던 폐조가 분조를 이끌었듯이"라고 적힌 조소용의 서신을 보자마자 늙은이는 갑자기 자애로운 아버지가 되었다. 세자가 아직 어려 멀리 떼어 놓을 수 없다고 했다. 신하들은 가례까지 올리고 대를 이을 아들도 하나 있는데 어리긴 뭐가 어리냐고 했다. 늙은이는 세자가 폐조처럼 분조를 너무 잘 이끌어 백성들이 패전한 임금과 임금을 대체할 세자를 비교할까 봐 겁먹었다. 임진왜란을 극복한 건 선조가 아니라 이순신이었다. 임금은 임금보다 위대한 신하를 경계했다. 무능한 임금 아래엔 더 무능한 신하만 남는다. 김류와 김자점은 무능하기에 전쟁 통에 임금의 오른손과 왼손이 될 수 있었다. 임금은 남한산성에 틀어박혀 세자에게 분조를 맡길지 말지 신하들에게 격론을 시켜 놓고 정작 자신은 침묵했다. 세자의 운명이 어떻게 결정나든 역사와 백성은 신하들만 기억하고 원망할 것이다. 임금은 신하들에게 책임과 부담을 떠맡기고 자신은 힘없고 불쌍한 척했다. 애란은 조소용을 부추겼다. 이 전쟁이 김류와 김자점을 밀어내고 조소용이 임금의 참모가 될 기회라고.

"역관인 제 아비가 보셨어요. 청군에는 색목인들을 통해 들여온 대포인 홍이포가 있어요. 탄환이 거위알만 하여 이십 리 떨어진 곳에서 발사해도 성벽을 무너뜨릴 수 있대요. 남한 산성쯤은 홍이포 앞에서는 매 앞의 병아리일 뿐이지요. 늙은 이에게 계속 서신을 보내세요. 혹여나 귀하신 옥체에 불똥이 라도 튈까 두려워 죽겠다고요. 세자를 밖으로 내보내서 적들 이 세자를 노리게 하고 임금은 안전했으면 좋겠다고요."

애란은 자신이 조소용의 서찰을 들고 가서 임금을 배알하 겠다며 농담처럼 말했다.

"늙은이를 죽여서 호란을 끝낼까요? 궁녀나 임금이나 목 숨은 하나인 건 마찬가지인데, 저를 늙은이에게 가까이 보내 주시면 어떻게든 늙은이를 독살할 기회를 엿볼게요."

"내게는 임금이 필요해. 신하는 두 임금을 섬길 수 있지만 후궁은 두 임금을 모시지 못하니까."

애란도 모실 주인이 없으면 손에 염료나 물들이는 궁녀일 뿐이었다. 임금의 신하가 되고 싶다던 조소용은 임금의 후궁 일 뿐이었다. 임금은 정말 중요한 결정에는 후궁을 끼워 주지 않았다. 애란은 그런 후궁의 궁녀에서 멈추고 싶지 않았다.

　세자는 분조를 이끌고 전주로 가게 되었다. 팔도를 유람하고 싶다던 세자는 이렇게라도 궁 밖으로 나갈 수 있겠구나. 중원에서 왕조의 교체를 직접 겪고 싶다던 세자빈을 남겨 두고. 애란은 달빛 아래 홀로 〈목란사〉를 읊었다. 목란이 전쟁터로 떠나는 장면이었다. 아비가 목란을 부르는 소리는 들리지 않고 다만, 황하가 흐르는 소리가 들려올 뿐. 다만, 오랑캐의 말발굽 소리가 들려올 뿐.

10 갈퀴를 다친 물새

영의정 김류는 아들 김경징을 강도검찰사로 임명했다. 영
의정의 아들이란 이유만으로 이루어진 파격적인 인사였다. 김
류가 아들을 강화도에 배치한 이유는 뻔했다. 가족과 친지가
강화도로 피란 왔을 때 때 편의를 봐주기 위해서였다. 뭍과 섬
을 오가는 나룻배가 끝없이 이어지는 세간과 재물을 실어 날
랐다. 모두 김씨 일가의 짐이었다. 물가에서 발을 구르며 애원
하는 백성들의 간청에도 배는 사람들을 싣지 않았다.

혜원의 고운 손이 부르틀까 봐, 작은 발이 동상에 걸릴까
봐 애란은 연신 손을 비벼 혜원의 손발을 감쌌다. 임금의 젊은
첩년에게는 미모가 가장 빛나는 재물이니까. 혜원이 초췌해
보이지 않게 할 수만 있다면 애란은 자기 살을 저며 먹일 수도
있었다. 그 순간, 영의정의 아들을 누구 집 종놈 부르듯이 큰

소리로 부르는 목소리가 들렸다.

"경징아! 경징아! 네놈이 어찌 이따위로 함부로 굴 수 있단 말이냐!"

세자빈이 다들 들으라고 나서서 소리치고 있었다. 그제야 나룻배가 세자빈과 왕실 사람들부터 실어 나르기 시작했다. 애란은 저러다 세자빈이 김류에게 원한을 살 텐데 하는 계산을 했다. 아마 혜원이었다면 자기가 직접 나서는 게 아니라 애란을 시켜서 김류의 아들에게 은비녀라도 찔러 주며 자기만 먼저 실어 보내 달라고 조용히 청탁했을 것이다.

후궁들과 그들을 모시는 궁녀들까지 강화도로 건너가고 나서 나룻배가 물가의 백성들을 태우려던 그때, 청나라 군대가 들이닥쳤다. 강화도는 요새라고 했다. 나가기도 어렵고 들어가기도 어려웠다. 청나라 군대가 길을 막자 아무도 배를 탈 수 없었다. 변발한 군사들이 칼을 휘둘렀다. 희망에 차서 나룻배를 기다리던 사람들은 모두 죽거나 끌려갔다. 김류와 김경징 일가의 재산은 무사히 강화도로 건너갔으나 나루에서 차례를 기다리던 사람들의 얼마 안 되는 패물과 피란 짐은 밥그릇 하나까지도 모두 강탈당했다. 청나라 군인들은 진로에 방해되는 시신들은 바다로 던져 버렸다. 바다에 둥둥 뜬 시체들을 오작교처럼 밟고 섬으로 건너갈 수 있을 것 같았다.

"생과 사가 찰나에 갈렸으니 죽고 사는 것이 다 하늘의 뜻이로군요."

애란의 말에 혜원이 비웃었다.

"바보 같은 소리 하지 마라. 경징이가 제 욕심만 차리지 않고 사람들부터 실어 날랐으면, 빈궁이 영의정 아들이라고 고민하지 않고 더 빨리 경징을 꾸중하였으면, 청나라 군대가 무장하지 않은 왕실 여인들은 죽이지 않고 포로로 잡아 임금과 협상을 하였을 거라 예상하고 백성들부터 배에 태웠으면, 모두 살았을 것이다. 하늘은 아무것도 하지 않는다."

모든 일에 사람 탓을 하는 사람은 일이 안 풀리면 애꿎은 사람을 잡곤 한다. 언젠가 일이 잘못되면 조소용은 애란에게 죄를 물을 사람이었다. 조소용은 절대로 총신의 아들을 백성 앞에서 꾸짖어 망신 주지 않을 사람이었다. 조소용은 늙은이가 죽을 때까지 고분고분하게 일월오봉도 병풍 뒤에서 조용히 웅크린 채 권력을 쥐고 애란에게 부스러기를 흘려 줄 수 있을 것이다.

하지만 애란은 큰소리를 내는 세자빈의 목소리를 또 듣고 싶었다. 역관은 통역할 때 절대로 사신보다 목소리를 크게 내지 않아야 했다. 역관 집안에서 자란 애란은 살면서 큰소리를 낸 적이 없었다. 하지만 세자빈 곁에 있으면 언젠가 세자빈처럼 큰소리로 말할 수 있을 것 같았다.

11 깃갈이하는 유조

남한산성을 포위한 청군이 홍이포를 쏘았다. 남한산성 안에서 웅크려 속닥대던 길고 긴 입씨름의 승자가 판정 났다. 참 오래도 걸렸다. 드디어 임금이 항복한다.

처음부터 무기도 군사도 열세였음을 인정하고 괜한 자존심 내세우지 말고 폐조가 어쩌고 하지 말고 임금이 조아렸으면 백성들이 고생하고 죽고 끌려가지 않아도 되었다. 분조도 필요 없었다. 더 일찍 왕이 무릎 꿇었어야 했다. 하루걸러 서로를 향해 "잡아다 국문하소서", "복주하소서", "주살하소서", "관작을 삭탈하소서" 모함해 대는 궁에서, 임금은 주리 틀려 무릎뼈가 살을 찢고 튀어나온 죄인들과 무릎 꿇린 다리 위에 사금파리를 얹고 무거운 돌을 더하고 그것도 모자라 형리가 그 돌 위에 올라서는 바람에 무릎뼈가 산산이 부스러지던 죄인들을 차갑게 지켜봐 왔다. 그런 사람이 자기 무릎은 뭐 그리 귀하다고 아끼느라 그깟 삼세번을 못 꿇어서 버텼단 말인가.

세자는 전사하지도 포로가 되지도 않고, 민가에 부담이 없도록 진창길에 깔아 둔 짚을 거둬 말에게 먹여 가며 검박하게 버티는 모습으로 민심까지 얻어 임금에게 돌아왔다. 임금은 세자가 무사히 돌아왔는데도 반기지 않았다. 세자빈 덕에 강화도에서 무사히 배를 타고 넘어온 후궁들과 궁녀들은 궁으로 돌아가는 길에 혹여나 미소라도 보였다가 백성들에게 돌 맞을까 봐 애써 들뜬 기색을 눌렀다.

임금은 항복하는 자리에서 보란 듯이 이마를 바닥에 찧어 피를 흘리면서 삼배구고두례(三拜九叩頭禮)를 했다. 과함은 예가 아니었고, 항복하는 패장의 자세는 더더욱 아니었다. 청나라 용골대 장군은 이마에 핏줄이 설 정도로 격노했다. 애란은 격분한 용골대가 뱉어 낸, 역관이 차마 통역하지 못한 만주어를 알아들었다. 비참한 군주 행세를 해서 백성들의 동정을 얻어 내면 쪽팔리지도 않느냐는 말이었다.

세자는 절간에서 백팔 배를 하듯이 경건하게 삼배구고두례를 해냈다. 급하게 죄인의 옷인 청의를 구해야 해서 애란이 쪽빛으로 염색한 은주의 도포를 내놓았다. 해쓱한 얼굴로 몸에 맞지도 않는 청의를 입고 애써 담담하게 끝까지 위엄을 지키려고 하는 세자가 어린애 심술부리듯 머리를 바닥에 박아

대는 임금보다 훨씬 더 어른스러웠다. 조소용은 세자를 두고 "아비가 이마에 피를 내면 아들은 혹이라도 나야 할 거 아니냐. 반항하는 것도 아니고, 굳이 아비와 반대로 굴 이유가 있는가. 저러다 늙은이한테 밉보이지"라고 했다.

왕과 세자와 대군의 삼배구고두례로는 성에 차지 않았는지 용골대는 세자빈과 대군 부인도 나와서 절하라고 했다. 예법에 따르면 세자빈과 대군 부인은 외간 사내에게 함부로 얼굴을 보일 수 없었다. 하물며 오랑캐에게는 만무할 일이었다. 그렇다고 용골대의 명령을 거역할 수도 없었다. 그 순간, 혜원이 새초롬하게 애란을 훑었다.

"란아, 네가 수를 내 보아라. 날도 추운데 언제까지 높으신 분들이 여기 가만히 서 있어야 한단 말이냐, 응?"

애란은 조소용과 똑같은 눈빛으로 마주 보았다.

"강화도에서 세자빈 덕분에 목숨을 건졌으니 빚을 갚아야겠지요. 제가 세자빈의 옷을 대신 입고 세자빈 대신 나아가 조아릴게요. 용골대는 세자빈의 얼굴을 모르니까 잘되었네요."

혜원이 애란의 두 손을 모아 잡았다. 사근사근한 웃음에 애란이 치를 떨었다. 관비로 굴러떨어질 뻔했던 멸문한 가문의 딸은 정말로 소용 조씨가 되었다.

평시였다면 어림도 없는 일이었겠지만 다들 정신없는 와중이라 구석에 엉성하게 만들어 놓은 천막 안에서 세자빈과 궁녀 단둘이서 옷을 바꿔 입어야 했다. 항복하는 마당에 청나라를 속인 행동이 발각되면 이걸 빌미로 청나라가 또 무리한 요구를 할 게 뻔했다. 이 일은 극비리에 몇 명만 알아야 했다.

맨바닥에 급히 장대를 세우고 천을 둘러 세운 천막 안에는 급하게 들인 조그만 화로만 달랑 놓여 있었다. 발그름한 불씨만 남은 화로는 손을 데우기에도 부족했다. 속곳만 입은 채 바들바들 떨면서 미약한 화롯불에 김 굽듯이 옷을 한 벌 한 벌 데우고 있던 세자빈은 애란을 보자마자 한눈에 알아보고 끌어안았다. 오래 헤어져 있어도 처지가 변했어도 잊을 수 없는 사람이 있었다.

"애란아, 너 어쩌다 궁녀가 된 거야. 아니다. 살아 있으니 되었다. 피란길에 어디 아프거나 다친 데는 없지?"

애란은 서운함이 왈칵 목구멍까지 올라왔다. 그동안 한 번도 애란이 어찌 지내는지 궁금해하지도, 애란을 찾아보지도 않더니 이제 와서 새삼스레 걱정해 주는 모습이 원망스러웠다. 그런 세자빈의 모양새가 초라하고 불쌍하여 열이 올랐다. 세자빈은 애란이 궁녀가 된 줄도 몰랐고, 일국의 세자빈에게 한낱 중인 계집의 안부 따위가 중요할 리 없다는 걸 너무 잘 알면서도 애란은 어린애가 심통 부리듯 심술이 났다. 애란은 말 안 해도 알아서 자기 심사를 알아차려 달라는 듯, 괜찮냐는 세자빈의 물음에 답하지 않고 말을 돌렸다.

"발은 괜찮으세요? 제가 없었는데."

"물집이 잡힐 때마다 네 생각이 났어."

왜 좋을 때는 생각이 안 나고 아플 때 생각이 났는지 애란은 그마저도 섭섭했다. 이상한 일이었다. 그저 반갑기만 할 줄 알았는데, 반갑지 않은 건 아닌데, 이 서러운 마음을 뭐라 해야 할지 몰라서 애란은 마음을 들키지 않으려 일부러 툭툭 쏘아 뱉었다. 철부지처럼. 이 사람에게는 철없어 보여도 괜찮을 것 같아서.

"저를 기억하고 계시다니 놀랍네요. 궁에서는 물집 잡힐 일 없이 비단신 신고 다니셔서 제 생각이 안 나셨나요? 제가 이 두 손으로 궁에서 뭘 하고 지냈는지 궁금하지 않으세요?"

"네가, 대국에서 날아다녀야 할 재주 많은 네가 어쩌다 궁녀가…"

"제가 궁녀가 될 줄은 꿈에도 모르셨나 보네요. 저를 만나니 반갑지 않으세요?"

"미안해, 네가 궁녀가 되지 않게, 아니, 내가 궁에서 네 근황을 챙겼어야 했는데, 그랬으면 네가…. 아니다. 미안해. 내가 늦어서."

은주는 세자빈이 되고 나서도 체면 차리지 않고 애란을 오랜만에 재회한 벗처럼 대하며 착잡한 심경을 숨기고 애란을 안심시키려 애썼다. 화로를 혼자 끌어안고 있어도 모자랄 판에 궁녀에게 입힐 옷을 데우면서. 세자가 입었던 청의가 원래는 자기 옷이었다는 사실도 모른 채.

"나는 얼굴 좀 팔리면 어떠냐고 했는데 주변에서 하도 안 된다고 하지 뭐냐. 전하께서 세자빈이 정조를 지켜야 한다고 하셨다고. 너무 오랜만에 만났더니 계속 미안할 일만 생기는 구나. 신분이 낮은 여인에게도 지켜야 할 정조가 있는데, 나라를 지키지 못한 전하와 사내들의 체면을 지키느라 외적 앞에 얼굴 드러내고 예를 갖추는 치욕을 나 대신 너에게 강요해서…."

세자빈은 임금을 꼬박꼬박 '전하'라고 칭했다. 절대 시아버지라 부르고 싶지 않다는 투로 선을 그었다.

애란은 속곳 바람인 세자빈을 흘끗거렸다. 세자를 두고 백옥 같다 하였는데 세자빈의 속살이야말로 백옥 같았다. 진창에 굴러도 백옥은 백옥이지. 고생하느라 볼살이 빠져서 갸름해진 얼굴이 얼핏 세자랑 닮았다. 애란은 저도 모르게 세자빈의 맨살에 손을 댔다. 세자빈이 애란의 손에 얼굴을 기대 왔다. 애란은 냉혈한이 아니라고 항변하듯이 세자빈을 안고 체온을 나누었다. 세자빈이 화급히 중얼거렸다.

"추운 데에 있었더니 옷이 차가워져서 데우려고 했는데 마음만 급하고 잘 안되네, 이게…."

"잠시만 가만히 앉아 계세요. 춥잖아요. 감기 걸리면 어쩌시려고요."

뜨거운 입술에서 나오는 입김이 하얗게 세자빈의 얼굴을 가렸다. 애란은 쑥스러운지 굳은 몸을 비트는 세자빈을 힘주어 잡고 떼어 놓지 않았다. 찬바람에 트고 거친 손을 모아 잡아 비볐다. 애란의 몸에서 가장 부드럽고 따듯하고 섬세한 부분으로. 깃 없는 새끼새들처럼. 세자빈의 얼굴에 열이 올라 벌게졌다.

추위로 인한 떨림이 가라앉은 세자빈이 애란에게 포옥 안겨 들자 애란이 세자빈을 놓았다. 애란이 세자빈의 옷을 뺏듯이 낚아챘다. 서고에서 세자가 세자빈의 손에서 책을 낚아챘을 땐 크게 웃었던 세자빈이 이번엔 웃지 않았다. 세자빈이 애란보다 키도 크고 팔다리도 길어서 옷을 바꿔 입으니 어째 꼴이 이상했다. 세자빈은 소맷단이 깡총한데, 애란은 소매가 손을 덮고 치마도 바닥에 끌려서 누가 봐도 남의 옷 빌려 입은 꼴이었다. 은주가 중얼거렸다.

"정말로 목란처럼 멀리 떠나게 되었구나. 그때 다른 시를 읊을 걸 그랬나."

애란이 만주어로 말을 걸었다.

"도련님. 우리, 그냥 남장하고 도망갈래요?"

도련님이 〈목란사〉로 화답했다.

"베 짜는 소리는 들리지 않는데 오로지 여인의 탄식만 들리네. 집에는 장성한 아들이 없고 목란은 오라비 없으니 안장과 군마를 구하여 아버지 대신해 전쟁에 나가네."

"원나라 오랑캐들이 고려 세자를 데려가서 원나라 공주들과 혼인시켰듯이 청나라가 조선 세자를 황제의 딸과 혼인시키

고 조선을 부마국으로 만든다는 소문이 있어요. 빈궁마마께
서는 첩으로 내려앉으시거나 쫓겨나시겠죠. 그 굴욕을 당하시
겠어요?"

"내가 가지 않으면 누군가가 세자빈이 되어 그 굴욕을 당
할 거야."

"황제의 사위가 조선의 임금보다 청나라에서 더 후한 대접
을 받겠죠. 그 꼴을 조선 임금과 조정이 봐주지 않을 거예요.
저하는 중간에 애매하게 껴서 아무것도 못 하실 거예요. 만약
그런다 해도, 가실 거예요?"

"가야지. 우리 둘 다 피란길에서 봤잖아. 청나라에는 끌려
가서 노비가 된 백성들이 있어. 그런데 세자와 세자빈이 노비
보다 훨씬 나은 처지인 인질로도 못 가겠다고 할 수는 없어."

"패전하고 '오랑캐'에 굴욕당했다고 불쌍한 척하면서 도리
어 백성들에게 동정받으려고 하는 임금은 세자가 '아비의 원
수'인 청나라와 조금이라도 친하다면, 백성을 위해 뭔가 한다
면 세자를 물어뜯을 거예요. 세자가 불쌍한 백성들을 위해 뭘
하려고 하면 할수록 조선의 조정에선 단지 세자를 겁박하기
위해 백성을 외면할 거예요."

"세자와 세자빈이 함께 타향살이를 한다는 사실만으로도
낯선 타국에 끌려간 불쌍한 백성들에게 위로가 될 수 있지 않
겠니."

"그렇게 아무나 다 불쌍하게 여겨서 구해 주고 싶어 하면

빈궁마마께는 뭐가 남아요? 알량한 우월감? 같잖은 동정심?"

"꼭 뭐가 남아야 해? 텅 빌 때까지 다 퍼 주면 안 되는 거니? 나는 내 나름대로 유복한 집에서 고명딸로 맘대로 살았어. 그런데 세상엔 안 그런 사람이 더 많잖아. 그럼 내가 누린 거 조금 덜어 줄 수도 있지."

"정뇌경이가 그러라고 가르쳤어요?"

"나는 그런 걸 책으로 배웠어. 성현들 말씀에서."

애란은 짜증이 났다. 정뇌경이 좋은 거 가르쳤나 보다. 책. 지랄 맞은 염병할 그놈의 책. 그렇게 책이 좋으면 북경에서 책이나 팔며 살았어야지.

궁녀 옷을 입은 세자빈은 손수 애란의 옷매무새를 가다듬어 주었다. 아직 자기 옷은 다 입지도 못한 채로. 애란이 팽개치다시피 벗어 놓은 차가운 옷을 입고 알아서 옷고름을 매면서. 애란은 혜원을 씻기고 입혀서 늙은 왕에게 보냈고 세자빈은 애란을 치장해서 오랑캐에게 보낸다.

"빈궁마마, 조소용에게 저를 요구하세요. 사내인 역관을 통할 수 없는 안채의 은밀한 일을 처리하려면 만주어를 하는 궁녀가 필요하다고. 조소용은, 이역만리로 떠나신다고 온 나라의 동정을 한 몸에 받고 계신 세자빈이 하는 부탁을 거부할 수 없을 거예요."

"너 왜 나를 따라오려고 하니."

"마마께서는 책임지실 필요 없는 멸문한 가문의 규수도 챙기시는 분이시잖아요. 심양에서도 불쌍한 사람 보면 구해 주려다 사달을 낼 게 뻔하니 빈궁마마께서 하시려는 일 제가 다 막으려고요. 그게 나라와 조정과 조소용을 위한 길이니까요."

세자빈은 애란의 말뜻을 알아챘다.

"백성을 위한 건 아니구나."

"저는 궁 안의 사람이지 궁 밖의 백성이 아니니까요."

'나라와 조정과 조소용'이라는 말속에는 마찬가지로 '궁 안의 사람'인 애란도 속해 있었다. 애란이 세자빈을 막는 건 애란을 위함이기도 했다. 세자빈은 애란의 동행을 받아들였다.

"결국 너와 나는 만나고 또 만날 인연이었나 보다. 애란아, 오늘의 이 은혜는 후일 꼭 갚으마."

애란은 추위에 몸살 기운은 없는지 진맥하는 척 세자빈의 손을 잡아 봤다. 담을 사이에 두고 잡아야 했던 손을, 이제야, 제대로. 세자빈은 끝내 버선을 바꿔 신지 않았고 물집 잡힌 발도 보여 주지 않았다.

세자빈이 화롯불을 끄려 했다. 지아비와 시부가 찬 바닥에 무릎 꿇고 이마를 대며 오랑캐에게 치욕을 당했는데 혼자 화롯불을 쬐고 싶진 않겠지. 애란만 아니었으면 화로를 들이지도 않았을 터였다. 애란은 일부러 건방지고 무례하게 쏘아붙였다.

"그렇게 계시면 이따가 원래 자기 옷으로 갈아입을 때 제가 차가운 옷을 입게 되잖아요. 아까처럼 덜덜 떨며 옷 벗어서 급한 빨래 말리듯 그러고 계시지 마세요. 제대로 옷 입고 화롯불을 쬐고 계세요. 그래야 체온이랑 불기운이랑 합쳐져서 옷에 찬 기운이 빨리 없어지지요."

미약한 화롯불이 고요히 타고 있었다. 애란은 세자빈의 옷을 입고 오랑캐 앞에 세 번 절하였다. 돌아와서 세자빈이 벗어준 따뜻한 옷을 입었다. 세자빈이 떠난 후 애란은 쪼그려 앉아 치마폭에 얼굴을 묻고 크게 숨을 들이마셨다.

12 떠나가는 철새

용골대는 세자빈과 봉림대군 부인, 아니 궁녀들이 절을 마치자마자 인질들이 청나라 군대와 함께 당장 심양으로 가야 한다고 우겨 댔다. 세자를 분조로 보낼 때는 세자가 어리다며 품 안의 자식처럼 대하던 늙은이가 돌변하여 병든 궁녀를 궁에서 내보내듯이 가차 없이, 국가 간 조약을 가벼이 여기지 말아야 한다고 했다. 이에 세자가 달리 무슨 할 말이 있을까. 세자는 분 바른 광대처럼 하얗게 질린 낯으로 눈을 감고 핏기 없이 떨리는 입술로 임금 앞에서 준비한 말을 읊었다.

"진실로, 사직을 편안히… 하고, 군부(君父)를, 보호할 수만, 있다면… 신이… 어찌… 그곳에… 가기를, 꺼리겠…습니까."

심양으로 떠나는 짐에 배냇저고리를 넣었다가 뺐다가 하던 세자빈이 조선 땅을 떠나기 전 마지막으로 간청했다. 임금 앞에서 의연하게 해야 하는 말만 했던 세자처럼 담담하게 애끓는 애원을 했다.

"강화도에서 내관의 등에 업혀 보낸 후로 상봉하지 못한 원손을 기다렸다가 한 번만 안아 보고 떠날 수 있겠습니까. 아직 부모 얼굴도 기억 못 하는 갓난아기입니다."

애란은 속으로 불경하게 불평했다. 청나라가 정해진 일정에 맞춰야 한다며 재촉한다 해도 세자의 아버지이자 세자빈의 시아버지이며 원손의 할아버지는 청나라에 한 번만, 단 한 번만 더 숙이면 되었다. 부모와 아기가 서로를 눈에 담을 잠깐의 시간만 허락해 달라고. 그까짓 무릎 따위. 어차피 늙으면 관절염에 걸려서 꿇고 싶어도 못 꿇을 무릎, 아직 성할 때 한 번 더 꿇으면 뭐 어떠한가. 그러다가 옥체가 상해 일찍 죽더라도 좋으면 좋았지 나쁠 일 있겠는가.

아니다. 조소용에게는 아직 임금이 살아 있어야 했다. 늙은이가 죽으면 조소용은 쓸모없는 존재가 된다. 임금이 죽으면 후궁이란, 특히 뒷배 없는 후궁이란 뒷방 늙은이만도 못한 신세다. 늙은이가 죽기 전까지, 조소용은 심복을 심양에 함께 보내서 다음 왕이 될 세자의 약점을 잡아 놓아야 했다. 애란도 조소용의 상황을 잘 알았다. 애란은 무릎을 꿇고 조소용을 설득했다.

"제가 갈게요. 고려 때 원나라가 그랬듯이 청나라가 임금을 갈아 치우고 세자를 꼭두각시 왕으로 올릴 수도 있으니 세자 쪽에도 줄을 대야지요. 게다가 늙은이는 세자와 세자빈을 견제하려 하니까 그들의 내밀한 이야기를 혜원에게 고할 사람도 필요하고요."

조소용이 애란의 눈을 빤히 보았다. 애란은 그 시선을 피하지 않았다. 조소용의 손아귀 안에서 치마가 구겨졌다. 애란이 입에 꿀을 머금고 무슨 말을 하건 애란의 눈이 바라보는 사람은 혜원이 아니라 은주임을 눈치채고 있었다. 하지만 그런 말을 하며 애란을 붙잡으면, 혜원이 애란의 마음을 다 알고 있다는 사실을 입 밖으로 내면, 애란이 조선에 한 조각 미련도 남겨 두지 않고 홀가분하게 세자빈에게 가 버릴까 봐 혜원은 아무 말도 하지 않았다. 그 대신 조소용은 자기가 믿고 싶은 말을 내뱉었다.

"네가 세자빈과 나 사이에서 이중 첩자 행세를 하겠다는 거냐."

"그런 거라고 해 두죠."

"늙은이에게는 내가 특별히 신임하는 궁녀를 세자빈에게 붙여 보내서 공식적인 장계에는 올라오지 않는 세자 내외의 사소하고 치명적인 흠결들을 보고하겠다고 해 두겠다. 나에겐 솔직하게 편지를 써서 보내라. 그래야 세자빈이 쓸데없이 일을 벌이고 다니더라도 너를 내가 보호해 줄 수 있으니."

이중 첩자니 뭐니 그런 건 다 핑계고 구실이다. 조소용의 궁녀가 세자빈을 따라가는 게 이상해 보이지 않을 만한 위장에 불과하다. 애란은 혜원을 궁 안에 버려 두고 세자빈을 따라 멀리 가려는 것뿐이다. 애란은 조소용에게 여지를 남기듯 조소용이 준 가락지를 아직도 손가락에서 빼지 않았다. 조소용은 이중 첩자 말고, 애란이 자신을 가엾이 여길 만한 이유를 댔다.

"란아, 청나라에서 짐독을 구해 와 줘. 너는 짐새를 알아볼 수 있겠지. 짐새는 독수리만큼 크고 왜가리처럼 목과 부리와 다리가 길고 발톱은 세 개고 머리엔 벼슬이 있고 부리는 붉고 깃털은 보랏빛이 돈다는데. 짐새가 날면 그 그림자 아래 있는 풀과 나무가 말라 죽고 만지거나 스치기만 해도 죽는다더라. 짐새의 분변이 닿으면 강철도 부식된다더라…. 그래, 나는 짐새 같은 사람이야. 그러니 나를 떠나 멀리 가 버려."

짐새 고기를 먹으면 즉사한다. 그래서 아무리 굶주린 사람이라도 도마 위에 김이 오르는 짐새 고기에는 입도 대지 않는다고 했다. 하지만 혜원은 이미 허기에 져 버려서 짐새의 심장을 먹은 사람이었다. 혜원은, 아직도 손안에 잡히지 않고 날아가려는 애란에게 집착해서, 그리고 애란이 없는 궁에서 자신을 지키기 위해 독을 품었다.

"청에 가면… 아무도 믿지 마라. 나는 궁에서 기다리겠다. 네가 돌아올 때까지 너보다 높은 사람으로 남아 있을 테니."

조소용은 애란 앞에서 문을 닫았다. 조소용은 짐새가 아니었다. 늙은이의 앵무새였다. 늙은이가 시킨 말만 따라 했다.

애란은 다짐했다. 청나라에 가서 누구나 두려워하는 크고 강한 짐새가 되어 돌아오리라. 애란이 떠나면 혜원은 이제 늙은이의 입속에 혀를 넣어 썩은 이를 더듬고 목구멍의 악취를 참을 것이다.

늙은이는 멀리 떠나 언제 다시 볼지 모르는 아들과 며느리에게 단 한마디만 했다.

"화내지 말고, 가볍게 보이지 마라."

정뇌경이 세자와 동행했다. 삼공육경●은 아들들만 질자로 보내고 자기네들은 배종하지 않았다. 그리하여 일행 중에 세자보다 나이 많은 어른은 정뇌경뿐이었다. 정뇌경이 세자에게 일부러 진지하게 엄포를 놓았다.

"궁 밖에서라도 가르치겠다 약속했으니 심양에 동행하는 것이옵니다. 그러니 저하께서도 놀 생각 마시고 심양관에서도 공부를 놓지 마시옵소서."

세자빈이 슬쩍 말을 붙였다.

"정말로 그게 유배나 다름없는 심양행을 자처하신 이유인가요? 심양행이 좋은 거였으면 시강원 강원들이나 삼공육경이 앞다퉈 가겠다고 나섰겠지요."

정뇌경은 재회한 제자 앞에서 눈꼬리를 살짝 내리며 서글

● 　삼정승(영의정, 좌의정, 우의정)과 육조(이조, 호조, 예조, 병조, 형조, 공조) 판서.

프게 천천히 말을 꺼냈다.

"어차피 한양에 남아 봤자 김류, 김자점이 버티고 있는 조정에서는 문학보다 높은 자리로는 못 올라가옵니다. 좁다란 나라 안에서 한 줌뿐인 조정 관료들이 서로 죽고 죽이는 꼴 보기도 싫고, 다 버리고 넓은 세상으로 떠나 버리고 싶어서…."

그건 은주가 세자빈이 되기 전 만주어를 배우고 싶어 했던 이유였다. 그 말을 하던 무렵엔 은주도, 정뇌경도 이런 날이 올 줄은 몰랐다.

세자와 대군과 빈궁과 대군 부인과 궁인들과 질자들의 행차가 향하는 길에는 강화 이전에 잡혀서 청에 끌려가는 피로인●들이 가득하여 하루에 삼사십 리를 나아가기도 어려웠다. 적병들은 말을 재촉하던 채찍으로 뒤처지거나 큰소리를 내는 포로들을 쳤다. 포로들은 눈물이 말라 버려서 입으로 곡을 하다가 그마저도 못 하게 되자 제 손으로 입을 틀어막았다. 세자는 죄인처럼 고개를 푹 숙이고 있었다.

"고개 빳빳이 들어. 백성들이 너를 길잡이처럼 의지하고 따라갈 수 있도록."

세자빈의 속삭임에 세자가 등을 세우고 긴 목을 펴고 눈물 고인 눈을 애써 부릅뜨고 바들바들 떨리는 입술에 힘을 주

● 청나라 군대가 호란 중에 끌고 간 조선인.

었다. 너무나 애달프도록 젊고 잘생긴 얼굴이었다. 머리를 수그린 채 발을 질질 끌며 가던 피로인들이 쉽게 보기 힘든 세자의 얼굴을 보느라 고개를 들었다. 그들이 원망을 하건 위로를 바라건 구조를 요청하건 세자가 할 수 있는 행동은 고작 그 정도였다. 세자빈은 가마 안에서 몸을 밖으로 내밀어 이 모든 상황을 지켜보며 누가 혹시 알아듣지 못하도록 애란에게 만주어로 말했다.

"임금이 이 참상을 보았어야 해. 어딘가에 틀어박혀 외면하거나 회피하지 말고. 임금은 용골대 장군 앞이 아니라 이 백성들 앞에서 무릎 꿇고 머리를 조아리고 곡을 했어야 해."

전란 중에 청나라 군병은 특히 양반가 처첩과 딸들을 찾아헤맸다. 김류가 국토를 짓밟고 임금과 조정을 욕보인 용골대 장군에게 웃는 낯으로 살랑거리며 포로로 잡힌 첩과 딸을 구해 주면 천금을 바치겠다고 한 후로 양반가 여자들이 돈이 된다는 소문이 청나라 군대에 퍼졌다.

"그나마 다행이다. 포로로 잡은 조선 여인들을 그들의 가족과 친인척들에게 비싼 값에 팔기 위해 함부로 첩으로 삼거나 능욕하거나 학대하지 않고 가만히 놓아둘 테니."

세자빈이 고개를 숙인 채 나직이 중얼거렸다. 무슨 용기가 솟았는지 아니면 악에 받쳤는지 애란이 감히 높으신 분에게 대들었다.

"그러면 뭐 합니까. 오랑캐에게 손목 잡히기만 해도 정조를 잃었다고 비난하니 애꿏은 여인들이 오랑캐가 온다는 소문만 들어도 미리 자진하고 그걸 또 열녀라고 치켜세워 준 걸 잊으셨어요? 친정에서 몸값 내고 그들을 속환하면 시집에서 정조를 잃었다고 내쫓겠지요. 그나마 부유한 집안 여인들은 돌아올 수라도 있지, 가난한 여인들은 기루에 팔리거나 노비가 되겠지요."

세자빈이 고개를 들고 말끝에 힘을 주어 눌러 가며 말했다.

"나라가 백성을 지키지 못하니 책임져야 할 못난 자들이 가장 만만한 여인에게 분풀이를 하는 것이다. 딸을 속환한 김류조차도 사돈댁이 며느리를 내치면 국법으로 엄하게 이혼을 금지하자고는 못할 것이다. 애초에 그들을 피로인이 되게 한 임금의 책임을 묻지는 못할 테니까."

"절대로 조선말로 이런 위험한 말씀 하지 마세요. 그럼 임금이 책임지고 세자 저하께 양위라도 해야 한다는 건가요?"

"전하께서는 폐조의 폭정에 반정으로 책임을 물으셨다. 그렇다면 자신의 학정과 무능에는 어떻게 사죄하고 책임을 지실 것인가."

"빈궁마마, 원래 폭군은 곁에 간언하는 충신 없이 간신만 두고 자신의 잘못을 인정하지 않아서 폭군인 거예요. 마마께서 당장 궐문을 열어젖히고 임금을 용상에서 끌어내리고 사약, 아니 유배형이라도 내리실 거 아니면 함구하세요. 현실 정치는 승경도놀이가 아니에요."

"백성들은 임금의 패정으로 왜란과 호란을 당하면서도 왜 민란을 일으키지 않지? 임금은 배, 백성은 물이니 물은 배를 띄울 수도 뒤집을 수도 있다 하였는데 백성은 왜 배를 뒤집지 않을까?"

"시냇물은 거북선을 뒤집을 수 없어요. 백성들 백만 명이 모여서 광화문 앞에서 횃불이라도 들고 우리 좀 살려 주소 제발 좀 살려 주소 해 봤자 임금이 귓구멍이나 열 것 같아요?"

흉년에 초근목피 뜯어 먹고 전쟁 통에 부모와 자식이 헤어지고 지어미와 지아비가 찢어지고 형제자매가 갈라지는 백성의 삶은 임금이 바뀌어도 나아지지 않는다. 끌려가는 사람들을 보면서도 할 수 있는 게 아무것도 없다. 계집이 사내의 옷을 입었다가 다시 계집의 옷을 입고, 양반이 역적으로 몰려 하루아침에 관비로 전락했다가 후궁이 되고, 조선의 백성이 청나라의 노비가 되기도 한다. 오랑캐가 중원의 주인이 되며 충신은 떠나고 간신은 남는다.

2부

심양으로

1 덫에 걸린 새

세자, 세자빈, 애란, 세자의 동생인 봉림대군과 그 부인, 삼공육경의 질자들, 세자와 약속했던 대로 세자를 가르치겠다며 굳이 따라온 정뇌경 등 단출한 일행이 심양관에 도착했다. 심양관은 견고한 담이 내부와 외부를 단절시키고 모든 건물이 중정을 향해 있으며 안에서 밖을 내다볼 수 없고 밖에서 안을 들여다볼 수 없는 구조였다. 세자빈이 애란에게만 들리게 만주어로 혼잣말을 했다.

"조선에선 새장 속의 새더니 심양에선 덫에 걸린 새로구나."

전쟁이 끝나자 심양관을 담당하게 된 용골대 장군은 관소에 발을 디디자마자 "장수가 전쟁터에 나가지 못하고 이런 손바닥만 한 관소나 들락거려야 하다니…"라며 툴툴댔다. 용골대 옆에 빈대처럼 붙어 있는 조선인이 "내 말이 곧 황제 폐하의 뜻"이라는 용골대의 만주어를 통역했다.

호가호위하는 자칭 역관의 조선 이름은 '정명수'라고 했다. 아마 본명은 정명수가 아닌데, 종놈다운 천한 이름은 버리고 주인집 족보에 있는 이름을 멋대로 갖다 썼을 것이다. 원래 노비였다가 전쟁 통에 오랑캐들에게 잡혀서 만주족 군대에서 구르면서 말 그대로 실전에서 익힌 몇 마디 만주어로 용골대의 눈에 들어 떵떵거리며 역관 행세를 하는 꼴을 보니 애란은 아니꼽기가 이루 말할 수 없었다. 진짜 역관들은 말문을 떼고 나서부터 외국어로 시와 역사를 읽으며 십 년 넘게 공부해서 역과에 급제한 뒤 사행에 따라다니며 윗분들이 쓰는 고아한 말투와 문체를 익힌다. 그런데 병졸들이 전쟁터에서 떠들어 대는 천박한 말투나 겨우 입에 붙인 수준으로 세자와 장군의 말 사이를 어떻게 오가겠다는 걸까. 정명수가 부러 무게를 잡고 한 손은 뒷짐 지고 다른 손으로 수염을 쓸며 느릿하게 말했다.

"내 이름은 '고아마홍'이오. 나는 조선말을 하는 청나라인이고 여기서는 노비가 아니라 역관이고 내 말이 곧 용 장군의 뜻이오."

높으신 분이 아랫것의 일에 나서면 위신이 떨어지는 법이라 질자로 따라온 판서댁 아들의 노비가 나서서 호통을 쳤다.

"네 어미 아비 형제가 다 조선에서 종살이하는데 너 혼자 오랑캐한테 붙어서 비단옷 입는다고 종놈이 아닌 줄 아느냐."

고아마홍은 여전히 느릿했다.

"나에게 밉보이면 내가 일부러 용 장군에게 오역을 전달하여 조선의 높으신 분들을 궁지로 몰아넣을 수도 있는데, 감히 나에게 이러는가."

애란이 고아마홍에게 다가가서 공손하게 용골대에게 '조선의 높으신 분들'을 소개해 달라고 청했다. 세자빈의 궁녀가 숙이고 들어오니 기세등등해졌던 고아마홍은 통역을 시작하자마자 입술만 달싹였다.

"시강원 강원 정뇌경… 시강원… 시강원이 뭐 하는 데인지 알아야 통역을 하지…."

고아마홍이 만주족 병졸들에게 찔끔찔끔 배운 일상 회화에서는 '시강원 강원'이나 '병조판서의 질자' 같은 말을 입에 올릴 일이 없었다. 애란은 고아마홍 옆에 바짝 붙어서 귓속말로 복잡하고 어려운 관직명의 의미와 호칭을 만주어로 차근차근 알려 주었다. 그리고 관직명 사이사이에 밀담을 나누었다.

"노비였던 분은 미천한 실력으로 역관을 하시는데, 계집은 역관 가문 출신이어도 역관을 못 하네요."

고아마홍은 고마운 기색 없이 애란이 알려 준 단어들을 활용해 통역한 뒤 입을 벙긋거리며 속닥였다.

"혹시 모르지. 세상이 한 번 더 뒤집히면 계집도 역관이 될 수 있을지. 불만 품을 시간에 노력해서 나처럼 기회를 잡으시게. 기회를 놓치지 않게 이국에서 정신 차리고 살아야지."

애란도 맞대꾸했다.

"역관님도 애써 잡은 기회 놓치지 않게 정신 차리시지요. 역관 집안 계집애가 어려운 단어로 역관님을 궁지에 몰아넣을 수 있으니. 역관님께서 심양관 사람들을 곤란케 하면 제가 입 다물고 도와드리지 않겠단 뜻입니다."

관소 사람들을 소개받은 용골대는 세자에게 뜰에서 무릎을 꿇고 황제의 명을 받들라고 명령했다. 그 명령이 노비 출신 조선인의 입을 거쳐 나왔다. 다들 아무 말도 아무것도 못 하고 가만히 있었다. 지금 여기서 무릎을 꿇으면 앞으로 얼마나 자주 무리한 요구에 굴종해야 할지 몰랐다.

"세자의 무릎은 황금으로 만들었나. 무릎뼈가 부러져야 꿇으려나."

고아마홍이 불경하게 비아냥댔다. 계집보다 만주어를 못해서 빈정 상했는지도 모르겠다. 세자빈이 고아마홍과 용골대 앞에 나섰다.

"비록 이역에 와 있지만 한 나라의 세자이시다. 네가 어찌 감히 이토록 협박하는가? 죽고 사는 것은 천명에 달려 있으니 그따위로 협박하지 마라."

대치 상황에서 세자가 반항하듯이 옷자락을 탁 털어 펄럭이며 보란 듯이 털썩 무릎을 꿇었다.

"전하께서도 삼배구고두례를 하셨는데 내가 무릎 꿇지 못할 일이 뭐가 있겠느냐."

용골대가 고아마홍의 입을 거쳐 말했다.

"이제부터 세자를 조선의 왕 대하듯 하여 조선과 관련된 일을 상의하겠다."

세자가 황급히 머리를 조아렸다.

"조선에서 세자는 임금께 문안드리고 학문에 힘쓰는 것 외에는 하는 일이 없소."

"조선의 임금이라면 마땅히 백성 한 명이라도 더 속환하려 애써야 할 텐데, 삼배구고두례 한 것 가지고 군주로서 할 일을 다 했다고 손 놓고 있으니, 세자가 왕을 대신해 조선인 포로들의 속환을 협상하지 않겠는가."

용골대가 조롱하듯 떠보는 말에 세자빈이 애란에게만 들리게 속닥였다. 조금이라도 정치적으로 위험할 만한 발언은 조선에서 따라온 사관들이 기록하거나 삼공육경의 질자로 따라온 양반가 자제들이 고국에 전하지 않도록 애란이 만주어로 해야 했다.

"세자빈께서 말씀하시길, 내가 청의 황제라면 배포 크게 조선인 포로들을 아무 대가 없이 고향으로 돌려보내겠소. 큰 나라가 작은 나라를 상대로 사람 장사를 하면 어찌 대국이라 하겠소. 황제께서 하해와 같은 은혜로 피로인들을 귀국시켜 주신다면 조선이 어찌 감읍하며 진정으로 충성을 다하지 않겠소. 이것이 바로 덕으로써 천하를 얻는 법이라 하십니다."

용골대가 얼굴에 주름이 질 정도로 크게 웃었다.

"소국의 세자빈은 아직 젊군. 돈으로는 거짓된 미소라도 살 수 있지만 덕으로 얻을 수 있는 건 배반밖에 없지. 청에서 지내는 동안 그걸 잘 깨닫길 바라네."

만주족이 유목민족이라 농사짓는 땅이 얼마나 있어야 하는지 계산이 안 되는지 아니면 이때만큼은 배포 크게 불러 보았는지 용골대가 심양관에 온 목적을 꺼내 놓았다.

"심양관에 사람은 많고 물자는 부족하니 한 사람이 천 일 동안 갈아야 다 갈 수 있는 '천 일 갈이 밭'을 주겠다. 거기서 나온 수확으로 관소의 식량을 해결하고 생활비도 해결해라. 천 일 갈이 밭에는 세금을 걷지 않을 것이니 그 땅에서 나오는 것은 세자 일행이 심양에 있는 동안 모두 심양관의 것이다."

세자빈이 급하게 치맛자락을 잡고 나섰다.

"혹시 생각이 바뀌실지도 모르니 문서에 글로 써서 도장을 찍어 주십시오."

"아니 됩니다!"

질자들이 한목소리로 반대 의견을 내놓았다. 밭 한 뙈기 없던 집에서 자란 고아마홍은 세금도, 주인집에 뜯길 소출도 없는 천 일 갈이 밭을 일평생 언제 가져 볼 수 있을까 하며 벌써 마음속으로 풍작 든 너른 들판을 그리면서 떡을 빚고 막걸리를 마시고 있었다. 그러다 손에 흙 묻혀 본 적 없는 양반들이 귀한 기회를 놓치려는 꼴을 보고 눈빛으로 욕을 퍼부었다. 고아마홍의 속을 알 리 없는 양반들이 다급하게 항의했다.

"저희는 잠시 머물다가 귀국할 텐데 어찌 붙박여 농사지을 땅을 주십니까!"

예상치 못한 반응에 용골대가 고아마홍을 돌아보았다.

"세자는 우리가 명나라를 완전히 정복하고 중원의 주인이
되어 조선 따위는 신경 쓰지 않게 되어야 귀국할 것이다. 그게
한두 해 내에 되겠느냐. 농사지을 시간은 충분하다."

질자로 온 삼공육경의 자제들은 청 황제의 명으로 강제로
인질로 왔으니 청에서 식량과 생활을 책임져야 한다는 말을
하고 싶은 기색이었다. 그러나 세자가 입 다물고 있으니 이래
저래 말을 돌렸다.

"관소에 사람이 몇이나 된다고 천 일 갈이 밭을 내립니까.
심양은 조선과 기후도 토질도 다른데 관소에는 농사를 아는
사람이 없사옵니다."

용골대는 그들의 본심을 눈치채지 못하고 대수롭지 않게
대꾸했다.

"아, 그건 걱정할 필요 없다. 조선에서 농사짓던 이들 중에
포로로 끌려온 사람들이 많지 않은가. 그들을 속환해서 농사
짓게 하면 되지 않겠는가."

심양관 사람들이 세자를 다그쳤다.

"보십시오! 용 장군의 진짜 목적은 속환금을 벌어들이는
것이옵니다, 저하!"

애란은 부자는 망해도 삼대는 간다는데 아무리 망조가 들
었다 한들 거대한 명나라가 설마 몇 년 내에 망하겠냐는 생각

이 들었다가, 늙은이가 일찍 죽으면 세자가 귀국해야지 별수 있겠냐는 지점에도 생각이 미쳤다. 짐독을 구해서 혜원에게 보낸다면… 혜원은 애란을 위해 늙은이를 죽여 줄 수 있을까. 애란이 없는 사이에 혜원이 늙은이 편이 되는 건 아닐까. 세자는 여전히 꿇어앉은 채로 상황을 정리했다.

"일단 심양관에 문서를 두고 가시면 빠른 시일 내에 검토해서 답을 드리겠소."

그러나 용골대는 아직 돌아가지 않았다.

"관소 살림을 장만해야 하니 다들 함께 장을 보러 가는 게 어떠한가."

세자가 세자빈에게 눈짓을 했다. 괜찮다고 고개를 끄덕여 보인 뒤 대답을 했다.

"나는 다리가 아파서 혼자 쉬어야겠소. 무릎을 너무 오래 꿇었나…."

용골대는 작정하고 초반에 기싸움을 해서 기강을 잡으려는 듯했다. 아니면 전쟁이 끝난 후에 '심양관 관리인'이 되어 버린 자기 처지가 한심스러워 분풀이를 황제가 아니라 관소에 하는지도.

"그럼 세자는 빼고, 그다음 서열이 세자빈인가?"

질자들이 세자빈 앞을 막아섰다.

"조선에서 여인들은 규방에 머무르고 바깥출입을 삼갑니다. 그런데 낯선 사람들이 바글거리는 시장이라니요."

용골대는 코웃음을 쳤다.

"조선 여인들은 전족을 하지 않으니 우리 만주족처럼 발이 자유롭지 않나. 청에서는 황제의 딸들도 말을 타고 사냥을 하니 심양에서는 청나라의 풍속을 따라야 한다."

세자빈이 애란과 눈을 마주쳤다. 이제는 시장에서 낯선 사람들 속으로 사라질 수 없는데. 더는 서책을 고르며 비밀을 공유할 수 없는데. 애란이 세자빈 옆에 붙었다. 고아마홍이 용골대를 따르듯이. 세자빈이 예전에 애란이 가르쳐 줬던 대로 말에 올랐다.

"세자빈 다음 서열을 찾을 필요는 없소. 저하께서 무릎을 꿇으셨는데 내가 어찌 용 장군의 권유를 거절할 수 있겠소."

관소 문을 나서자마자 용골대가 세자빈과 애란의 얼굴을 번갈아 보더니 씩 웃었다.

"조선에서 뵌 세자빈께서 심양에선 궁녀 행세를 하시는군. 여인네들이 배포 크게 청나라의 장군을 속여 넘기다니. 고아마홍 역관도 나랑 옷 바꿔 입고 장군 행세 한번 하여 볼 텐가."

"문제 삼을 셈이오?"

긴장한 세자빈의 물음에 용골대는 껄껄 웃었다.

"천하의 용골대가 여인네들에게 속았다고 하면 웃음거리가 될 테니 묻어 두겠소."

용골대는 시장을 향해 앞서서 말을 달려 나갔다. 세자빈과 애란도 용골대를 따라서 말을 재촉했다.

심양의 시장에는 책도 비단도 없었다. 그 대신 사람이 있었다. 찢기고 해진 조선 옷을 입은 피로인들에게 값이 매겨지고 있었다. 고아마홍이 세자빈에게 만주어로 이죽댔다.

"뭘 새삼 놀라고 그러십니까. 조선에 계실 때 집안 노비들 사고팔리는 거 보셨을 거 아니옵니까. 저들 중에 조선에선 주인이었으나 여기선 노비가 된 자들도 있겠군요."

애란과 세자빈은 조선에 있는 가족이 속환금을 가져올 때까지만 기다려 달라는 애원을, 절망한 침묵을, 전쟁 통에 헤어진 가족을 혹시 봤는지 묻고 다니는 비참함을 듣지 않으려 조선말을 아는 귀를 닫았다.

애란과 세자빈은 심양관으로 돌아오는 내내 서로 한마디도 하지 않았다. 애란은 이국에서 겨우 세자빈 곁에 머무를 수 있게 되었다. 애란은 세자빈과 함께 살아서 조선으로 돌아가야 했다. 그러기 위해서는 얼마든지 세자빈의 뜻을 거스르고 손에 무엇이든 묻힐 작정이었다.

세자빈은 관소 문지방을 넘자마자 애란과 갈라져 홀로 세자의 처소로 향했다. 세자는 의자에 앉아 있었다. 낯선 건물 안엔 지치고 힘겨울 때 퍼질러 누울 온돌도 마루도 없었다. 세자가 빈손으로 돌아온 세자빈을 보더니 입꼬리를 끌어올려 웃어 보였다.

"나 아까 도포 자락 휘날린 거 좀 괜찮지 않았어?"

은주는 의자를 끌어와 마주 앉은 뒤 남편의 신발과 버선을 벗기고 맨발을 자기 무릎에 올리고 고운 발에 잡힌 물집에 색실을 꿰었다.

"국경을 넘는 먼 길은 처음이지? 좁은 조선 안에서만 다니다가 넓은 대국에 처음 오면 이래. 내 자매가 알려 줬어."

"남동생들밖에 없잖아?"

"역관들의 외국어 교재인 《노걸대》에는 사해(四海)가 다 형제라고 쓰여 있어. 그러니 내게 이걸 알려 준 이도 자매지."

《노걸대》의 그 구절은 "사해가 다 형제이니 이제 이별한대도 후에 다시 만나리라. 이후 다시 보면 좋은 형제가 아니고 무엇이랴"라는 이별 인사였다. 하지만 세자빈은 굳이 전체 문장을 인용하지는 않았다. 그 대신 시장에서 봤던 피로인들 얘기를 했다.

"청나라의 마음이 바뀌기 전에 천 일 같이 밭을 받자. 조선의 조정에선 나라 밖 백성들을 속환하는 데까지 국고를 쓰진 않아. 천 일 같이 밭으로 돈을 벌어서 속환을 해야 해. 피로인들이 모두 고아마홍처럼 운이 좋을 순 없어."

조선은 속환 문제가 나오면 고아마홍을 언급했다. 국가가 해 준 게 없는데도 자수성가한 고아마홍 같은 자도 있는데 왜 국가가 피로인을 구해야 하는가. 피로인들이 혹시 고아마홍처럼 변절자가 되면 어쩌려고 국고를 쏟아붓는가. 세자는 움찔하더니 발이 아픈 척했다.

"임금도 하지 않는 속환을 세자가 하면 '세자가 재물로써 민심을 얻고 사람들의 환심을 사서 자기 세력을 키운다' 하여 역적으로 몰릴 수 있어. 임금이 내게 경고하기 위해 질자의 아비를 역적으로 찍어 낼 수도 있지. 나는 나 때문에 심양까지 온 질자들을 지켜야 해."

세자빈이 세자 발의 물집에 실을 하나 더 끼워 넣었다.

"그럼 가만히 있자고? 직접 논밭을 갈지 않고 식량을 받아먹는 건 유배 온 죄인이나 하는 짓이야. 청나라가 수틀려서 식량 배급을 끊으면 굶어 죽을 거냐고. 먹고살기 위해 비굴해질 수는 없어. 우린 여기에 죄인으로 온 게 아니야."

세자는 발을 감싸 쥐었다.

"관소 사람들의 속내를 읽어. 농토의 땅심을 높이려면 몇 년 걸려. 그동안은 돌아가지 못한다는 뜻이기에 두려워하고 있는 거야. 여기서 오래 버티려면 금방 돌아갈 수 있다는 희망을 줘야 해. 사람은 헛된 희망이라도 있어야 버틸 수 있어. 천 일 갈이 밭 문제는 관소가 안정될 때까지 가만두자."

관소가 소란스러워졌다. 높은 담으로 가린 관소 안의 소리가 밖으로 새어 나갈까 봐 세자는 진물을 닦아 내지도 못한 채 급히 버선에 신을 신었다. 세자빈도 절뚝이는 세자의 그림자를 밟으며 따라 나갔다. 아직 시절이 수상하니 밤마다 젊은 사내들인 질자들에게 관소 순찰을 돌라고 했는데 질자들이 병조판서의 아들과는 함께할 수 없다 하여 싸움이 붙었다.

한눈에 들어오는 멀끔한 미남자가 까마귀 떼 같은 다른 질자들에 둘러싸여 떨리는 목소리로 언성을 높이고 있었다. 볏도 없으면서 수탉처럼 몸을 부풀리려 애쓰는 병아리가 삐악대는 꼴이었다. 갸름한 얼굴에 호리호리한 체형에 청초한 낯빛이라 치마폭에 폭 감싸 주고 싶게끔 유약해 보이는 젊은 사내였다. 해사하니 기생오라비처럼 곱상하게 생겨서 세자와는 다른 결로 관소 여인들이 흘끔거리는 미남이었다.

"내 옷에 손대지 마라. 병판 대감께서 귀하신 적자 도련님 대신 얼자인 나를 적자인 척 속여서 질자로 보내느라 마련해 주신 귀한 비단옷이니까. 병판 대감께서 군주에게 충성을 바치시듯 나도 아버지를 아버지라 부르는 효성스러운 아들이 되려고 험한 길 나선 건데, 이러지 말자고."

내용은 거친데 목소리는 고왔다. 다른 질자들이 물러나지 않자 '적자인 척하는 얼자'가 꽃잎 같은 입술에 어울리지 않는 시정잡배 같은 욕을 해 댔다. 양반집 도련님들이 평생 누구에게서도 들어 보지 못했을 상스러운 욕이었다.

"개새끼들아, 뭘 꼬나봐? 왜, 얼자 따위가 적자들한테 욕하니까 불경해? 그럼 나를 쳐 죽여! 얼자랑 같이 다니기 싫다며. 내가 죽으면 적자 형님께서 나 대신 질자로 오실 테니까. 불만 있으면 너네도 부친께 졸라서 얼자를 대신 보내라고. 시발 새끼들아."

병조판서가 한눈에 반해 첩으로 들여 앉혀 놓고 금방 질려서 내팽개쳤다는 기생의 아들이랬다. 병조판서가 얼자를 보내어 청나라 황제를 기만했다고 떠들어 대는 양반가 자제들의 작태가 한심하기 그지없었다. 임금이 용골대 앞에서 치욕을 당한 지 얼마나 되었다고. 애란이 세자빈에게 쪼르르 달려가 붙어 속닥댔다.

"청나라에 얼자임이 들키는 건 금명간일 듯한데, 얼른 치워 버리죠. 우리가 그때 하려고 했던 걸 해요. 저 얼자가 제 옷을 훔쳐 입고 여장해서 몰래 도망쳐 강으로 갔다가 발을 헛디뎌 빠져 죽었다고 해요. 여장까지 했는데 어떻게 알아보고 막겠어요. 용 장군도 저하나 빈궁마마께 관리 책임을 묻긴 어려울 거예요."

세자빈은 애란이 농담처럼 꺼낸 추억에 웃지 않았다. 그 시절은 벌써 까맣게 지나가 버렸다. 세자빈이 옷을 바꿔 입고 도망가기에도 이미 늦어 버렸다. 애란도 도망갈 수 없었다. 세자빈이 과거의 일을 다시 수면 아래로 가라앉히려는 듯 애란을 보고 물었다.

"그다음엔, 병조판서가 얼자 대신 또 누굴 적자로 속여서 보낼까?"

"종놈 하나 빡빡 씻기고 비단옷 입혀서 보내겠죠."

"그것도 들통나면?"

"병조판서가 실각하겠죠."

세자빈이 먼 곳에 시선을 두었다. 세자빈으로 있으면서 궁 안에서 익히 봐 온 작태로 미루어 보아 정당한 처벌은 없을 게 뻔했다.

"아니. 대신들 사이에 꼼수가 공유되겠지. 질자들에게 사고를 가장하여 탈주하든 꾀병을 부려 귀국 허락을 받아 내건 해서 일단 돌아오라고 한 후에 서얼들을 대신 보내겠지. 병조판서는 산 좋고 물 좋은 데로 잠깐 유배를 가장한 유람이나 갔다가 돌아오고."

"패전에 책임이 없다고 할 수 없는 병조판서가 꼼수를 썼는데, 설마 면피성 유배로 끝날까요. 아니, 끝나겠네요. 삼공육경 모두가 병판처럼 하고 싶을 테니까. 우리는 이제부터 그런 놈들의 자제들과 매일 얼굴을 맞대야겠네요."

"세자빈이 궁녀와 옷을 바꿔 입고 청나라에 속임수를 썼는데 신하가 임금을 속인다고 뭐라 할 말이 있겠니. 이 일 때문에 청나라와의 약속을 이행하지 않았음이 발각되면 이후로 청나라는 조선을 의심하여 처음부터 필요한 것보다 더 많은 것을 요구할 거야. 애란아, 병조판서의 질자를 불러와 주겠니."

애란은 얼굴이 화끈거렸다. 강직하고 고매하신 빈궁마마께서는 아무리 오랑캐라 해도 타인을 기만하느니 치욕을 감내하려고 했는지도 모른다. 그런데 잔머리나 굴리는 조소용의 궁녀가 세자빈과 옷을 바꿔 입어 준다고 유세를 떨었다. 용골대가 마음을 바꿔 그 일을 문제 삼는다면 청나라에 책잡힐 빌미가 된다. 그때, 옷을 갈아입지 않고 끝까지 버텼다면 어땠을까. 임금 앞에서 세자빈이 오랑캐에게 무릎 꿇는 꼴을 보였다면, 임금은 며느리를 정조 잃은 환향녀 취급했을 게 뻔했다. 그게 세자빈의 약점이 되었을 것이다. 그때 애란은 대체 어떻게 했어야 했을까. 애란은 세자빈의 얼굴을 보지 않으려 얼른 자리에서 일어나 질자를 찾으러 갔다.

내심 누가 이 싸움을 말려 주기를 간절히 바라고 있었는지 얼자는 세자빈이 불렀다는 말에 혼나는 어린애처럼 고개를 푹 숙이고 애란을 졸졸 따라왔다. 애란이 혀를 쯧쯧 차며 얼자의 옷을 정돈해 주었다. 세자빈은 마치 조선에 남겨 둔 형제를 보듯 말을 건넸다.

"자 혹은 호가 무엇이니."

"천한 얼자에게 그런 게 있겠사옵니까. 그저 '이기훈'이라는 이름만 있을 뿐이옵니다."

"적자가 되고 싶니. 질자로 여기 남는다면 적자로 만들어 줄 거야."

얼자는 망설이지 않고 바로 대답했다.

"네. 어차피 조선에는 소인을 반길 사람도 없사옵니다. 어머니도 일찍 돌아가셔서… 소인이 적자가 된다면 야산에 버려진 제 어미의 묘를 선산으로 이장할 수 있겠지요."

"병조판서에게 얼자를 적자로 족보에 올리라고 명할게. 병조판서는 적자를 질자로 보낸 거야. 어차피 조상들이 보기엔 적자나 서얼이나 다 같은 자손 아니겠니."

이기훈이 착잡한 낯으로 중얼댔다.

"하루아침에 얼자가 적자가 되는 게 가능한 일이었사옵니까. 이리도 간단한 일이었는데 그동안….."

다른 질자들의 집안 어른들은 몇 년 안에 부모가 갑자기 위중하다느니 혼인을 해야 한다느니 별의별 핑계를 만들어서 아들을 귀국시키는 꼼수를 부릴 게 뻔했다. 하지만 집안에서 내다 버린 이기훈의 귀국을 챙겨 줄 식구는 없을 것이다. 이기훈은 세자와 세자빈과 애란과 끝까지 청나라에 남아 있다가 함께 귀국하게 될 것이다. 언제 귀국할지 모르는 타국살이는 절대 호락호락하지 않을 것이다. 세자빈이 보란 듯 화통하게 웃었다.

"나라를 위해 공을 세우면 신분을 높여 주는 예는 전부터도 있어 왔는데 집안에서 부모 형제를 위해 희생하는 아들 하나 족보에 못 올리겠느냐."

"그래도 다른 적자들이 소인에게 시비를 걸 것이옵니다. 그러면 소인은 맞서 싸울 수밖에 없사옵니다. 죽은 척하고 살 수는 없사옵니다. 그건 사는 게 아니옵니다."

세자빈 옆에서 잠자코 있던 세자가 나섰다.

"기훈아, 나와 함께 따뜻한 차 한 잔 마시면서 담소나 나누며 마음 좀 가라앉히려무나."

세자가 직접 이기훈의 찻잔에 차를 따랐다.

"세자인 내가 여기 있는 동안 네 의형제가 된다면 관소 안의 누구도 너를 얕보지 못할 거다. 청나라엔 사해가 다 형제라는 말이 있다더라."

이기훈은 미세하게 떨리는 손으로 들고 있는 찻잔에 얼굴을 박다시피 한 뒤 술인지 차인지 모를 것을 홀짝거렸다. 세자가 아비의 관심을 두고 경쟁하지 않아도 되는 의형제에게 다정히 말을 걸었다.

"아우야, 너 앞으로 어떻게 살려고 하니. 언젠가 귀국할 수 있다면."

이기훈이 고개를 들고 결연한 눈빛으로 답했다.

"저는 제 아비처럼만 안 살면 됩니다. 저 같은 서얼 계집이랑 혼인해서 아무도 모르는 곳에 자리 잡고 아이 낳아 오순도순 살면서 아내한테는 다정한 지아비, 아이들에겐 친근한 아비가 되어 소박하게 살다가 양지바른 곳에 묻히는 게 일생의 꿈입니다."

세자가 그 눈빛을 그대로 받았다.

"그래, 나의 꿈도 그러하지."

그런 날이 오면 정말로 세자와 이기훈이 나란히 아담한 집을 지어 서로 형제처럼 드나들며 오래오래 살다가 어느 볕 좋은 날 뒷산에 묻힐 수 있을까.

2 텅 빈 고목을 쪼는 딱따구리

용골대는 장수가 말을 달리지 않으니 허벅지에 살이 찐다고 툴툴대면서 생색내듯 관소 인원수에 딱 맞춰 쌀과 부식을 가져다주었다. 고아마홍은 용골대의 투덜댐은 옮기지 않고 용골대가 하지도 않은 황제와 용 장군의 은덕에 감사하라는 말을 했다.

아무것도 하지 않고 관소에서 밥만 축내는 날들이 이어졌다. 이따금 세자만 홀로 용골대와 고아마홍을 따라 황제를 배알하러 나갔다가, 일부러 도포 소맷자락을 날갯짓하는 새처럼 크게 흔들며 돌아왔다. 세자빈은 이 무기력을 어떻게든 쫓아내려 재주 많은 이기훈을 불러다 뭐라도 해 보라고 했다. 이기훈이 누가 기생 아들 아니랄까 봐 세자가 꿇어앉았던 관소 중정에서 판소리 〈적벽가〉 중 〈새타령〉을 불렀다. 조조가 제갈량의 화공에 대패한 후, 조조의 병졸들이 죽어서 원조(怨鳥)라는 새가 되어 패장 조조를 원망하는 대목이었다.

"적벽 화전에 패군지장 순금 갑옷은 어데 두고 살도 맞고 창에 찔려 속 텅 빈 고목 안고 뾰쪽한 저 부리로 오르며 딱따구리 때그르르 또드락 꾸뻑 찍걱 처량하다. 조조가 새소리 듣고서 탄식을 허되, 저게 모도 다 내 장졸이 죽어 나를 원망하고 울음 운다."•

세자가 손뼉을 쳐서 노래를 끊었다.

"이국에서 고향 노래가 들리니 사면초가가 따로 없구나."

세자빈은 이죽대는 세자와 눈을 마주치지 않고 애란을 불렀다.

"그럼 네가 이국의 노래를 해 보려무나."

천 일 같이 밭 문제로 대립한 이후로 세자와 세자빈 사이는 아직 냉랭했다. 애란이 〈목란사〉 말고 다른 노래를 고르고 있는데 정뇌경이 이 숨 막히는 분위기에 끼어들었다. 어른이 없는 심양관에서 가장 높은 사람들인 세자 부부를 말릴 만한 사람은 세자의 스승인 정뇌경뿐이었다.

"저하, 빈궁마마, 왜 애먼 아랫사람에게 화를 푸십니까. 저하께선 용골대 장군에게는 '세자의 일은 문안과 공부뿐이다' 하며 둘러대시더니 문안드릴 윗분이 계시지 않은 이곳에서 시

•   임방울제 정철호 판본 〈적벽가〉 중 〈새타령〉.

강마저 거르시는 진짜 이유는 무엇이옵니까. 오늘도…."

아랫사람들 앞에서 보란 듯 스승에게 혼이 난 세자는 능글맞게 빠져나가려 했다.

"아니, 제가 일부러 시강을 빼먹었습니까. 날이 궂어서, 몸이 좋지 않아서, 황제를 배알하느라 그랬지요."

깐깐한 선생인 정뇌경은 그냥 넘어가지 않았다.

"그게 핑계가 됩니까. 지붕 밑에서 공부하는데 날씨가 무슨 상관이며, 감기 정도는 약 드시고 일어나 앉으시면 되고, 황제는 낮에 잠깐 알현하고 돌아오셔서 공부하시면 되는데."

"스승님, 제가 황제 앞에서 주는 음식과 차와 술이나 받아먹고 속 편하게 노닥거리다가 오는 줄 아십니까."

세자는 고작 몇 살 더 많은 정뇌경 앞에서 어린애처럼 설움을 터뜨렸다.

"황제라는 작자는 공작새 같은 귀한 짐승을 억지로 보여주고서 '조선에도 이런 게 있느냐'라고 물어 '없습니다'란 대답을 굳이 말하게 하여 망신을 주니 조선의 세자란 황제의 전리품 중 하나일 뿐. 전리품 따위가 공부는 해서 뭐 합니까."

"전리품이 아니라 사람이니까 공부를 하셔야지요."

세자가 냉큼 '잘 걸리셨다'라는 투로 받아쳤다.

"그렇다면 여인도 신분이 낮은 자도 공부를 해야겠군요. 사람이니까."

정뇌경은 망설임 없이 고집부리듯 바로 답했다.

"그렇습니다."

드디어 세자가 깔아 놓은 판에 정뇌경이 올라왔다.

"그럼 제가 시강에 참석하지 못하는 날엔 심양관 사람들을 가르치시지요. 어차피 여기서는 달리 할 일도 없는데 정 문학께서도 심심하지 않고 좋지 않습니까."

거기서 마무리될 줄 알았는데 정뇌경은 세자의 명을 받들어 수업을 하겠다며 심양관 사람들을 불러 모았다. 애란은 '사내들의 호승심이란' 하며 뒤에서 혀를 찼다. 정뇌경은 사랑채에 발을 치고 여인과 사내를 분리했다. 질자들은 언제 또 세자를 가르치던 시강원 강원에게 배워 볼까 싶어 기회를 놓치지 않고 자리를 잡았다. 세자빈이 발을 걷었다.

"스승님께서는 제가 어렸을 때 제 남동생들과 저를 한자리에서 가르치셨는데 왜 지금은 남녀유별이라 하십니까. 제자들 얼굴을 보셔야 누가 집중하는지 누가 갸웃거리는지 아실 수 있잖습니까. 저희도 목소리만 듣는 것보다 스승님 눈빛을 봐야 이해가 더 잘되지 않겠습니까."

"빈궁마마께서는 사내들만큼 명철하셨으니까 그랬지만…."

정뇌경은 세자빈이 어린 소녀였던 시절, 자신이 아직 벼슬길에 오르기 전 새파랗게 젊었던 시절로 잠깐 돌아가 느릿하게 끝을 끌지 않는 빠르고 가벼운 원래 말투로 농담을 했다.

"여인네들은 지금 스승의 눈빛이 아니라 반반한 사내 얼굴 보려는 거 아닙니까."

여인네들의 흘긋거리는 눈길을 받는 이기훈이 광낸 마룻바닥보다 뺀질거리며 순진한 척을 했다.

"스승님, 첫 연정 애기나 해 주세요."

"반가에서 연심 같은 게 어디 있습니까. 그냥 때 되면 집안끼리 맺은 혼약대로 혼인해서 사는 거지. 책이나 펴십시오."

이기훈은 질자들과 거리를 벌리다 못해 슬금슬금 방석을 여인네들 쪽으로 밀었다. 애란이 살짝 비켜서 자리를 내주었다. 이기훈은 냉큼 애란 옆에 자리를 잡았다. 심양관에서도 과거 공부를 붙들고 있는 질자들의 기대가 무색하게도 정뇌경은 공자, 맹자는 제쳐 버리고 노자의 《도덕경》을 들고 강의하기 시작했다. 절대 과거 시험에는 출제되지 않을 책이었다.

"덕을 갖춘 이는 물과 같다. 물은 만물을 이롭게 하면서도 다투지 않고 싫어하는 곳에 처하니 도(道)와 가깝다. 성인은 처신을 겸손히 하며 마음은 고요히 맑게 하며 타인은 인자하게 사랑하며 말할 때는 신실하며 정치할 때는 치세를 이루며 일을 할 때는 무위함과 같으며 세상과 다투지 않고 원한을 사지 않는다."

세자빈이 세상 물정 모르고 천방지축 날뛰던 왈패 같은 계집아이로 돌아가 끼어들었다.

"저는 급류이며 해일인데요. 다투고 휩쓸어 가는 사나운 물이요."

애란은 세자빈이 밖으로 내지 않은 말을 속으로 중얼거렸다. '그리고 배를 뒤집을 물이요.' 정뇌경은 제자의 대꾸가 익숙한 듯 강의를 이어 갔다.

"세상에 물보다 부드럽고 약한 것은 없습니다. 하지만 빈궁마마 말씀대로 강하고 단단한 무언가를 쳐서 마침내 무너뜨리는 데에도 물을 능가할 수 있는 건 없지요. 세상 사람들은 부드러움이 단단함을 이기고 약함이 강함을 누른다는 걸 이해하지도 실행하지도 못합니다. 그러므로 성인께서 이르기를 '일국의 군주는 능히 온 나라의 치욕을 감수하고 천하의 군왕은 능히 온 나라의 화난을 감당한다' 하셨습니다."

어린 계집아이가 다시 세자빈으로 돌아왔다.

"하지만 아무리 성인이라도 언제까지나 치욕과 화난을 감당할 수는 없잖습니까."

정뇌경은 다시 《도덕경》을 인용했다.

"광풍도 폭우도 하루 종일 몰아치지는 않습니다. 천지의 광포함도 하루를 못 가거늘 사람의 포악함이야 오래가 봤자 얼마나 오래가겠습니까. 세상일이란 먼저 되는 것도 있고 나중에 되는 것도 있습니다. 강할 때도 있고 약할 때도 있고 올라갈 때도 있고 내려올 때도 있습니다."

심양관 사람들은 정뇌경이 해석해 주는 문장들을 마음속 가장 깊은 곳에 가라앉혔다. 언젠가 광풍과 폭우가 몰아치는 날에 그 문장이 문득 생각나고 그 문장을 읊던 정뇌경의 목소리가, 다닥다닥 붙어 앉았던 사람들의 체온이, 마당에 살랑 떨어지던 이파리 한 장이 떠오르겠지.

정뇌경이 천지를 논할 때 애란은 혜원을 생각했다. 강화도에서 살아남은 게 하늘의 뜻이라고 했을 때 애란에게 하늘의 뜻 같은 건 없다고 했던 혜원을. 정뇌경은 강의를 이어 갔다.

"천지는 어떤 것도 사사로이 사랑하지 않으니 만물을 제사 후에 태우는 짚 인형 대하듯 한다."

애란은 손을 들어 질문했다.

"그럼 너무 허무하지 않나요."

"그 무엇도 하늘의 그물을 빠져나가진 못합니다. 하늘은 아무것도 버리지 않습니다."

"경전 말고 스승님의 생각이요. 스승님은 하늘의 뜻이란 게 있다고 생각하세요?"

정뇌경은 잠시 생각하다가 불 위를 맨발로 걷듯 조심스레 답했다.

"하늘이 있어야 슬픈 사람이 바르게 서고, 외로운 사람이 기댈 곳이 있지 않겠습니까."

세자빈이 경연을 마친 스승을 붙잡았다.

"제 낭군이 스승님에 대해 뭐라고 하는지 아십니까. 스승님이 아니라 큰형 같다고 했습니다. 저하는 장남이시라 형이 없어서 스승님이 형님 같나 봅니다. 그러니 겨우 몇 살 더 많으시면서 '스승님'이라고 혼자 너무 어른스레 온갖 고민을 짊어지지 마십시오."

"빈궁마마께서도, 저하보다 겨우 한 살 더 많으시면서 큰 누나처럼 다 돌보고 보살피고 책임지려고 하지 마십시오."

삼정승과 육조판서는 질자들만 보내고 자기네들은 안온한 조선에 남았다. 만백성의 아버지인 임금은 어른들 없이 젊은이들만 먼 곳에 보내 버렸다. 미처 날아다니는 법을 배우지 못한 어린 새가 둥지에서 밀려나 버렸다. 세자도 세자빈도 정뇌경도 아직 너무 젊었다. 애란은 눈싸움하듯 눈물 고인 눈을 깜박이지 않고 서로 마주 보고만 있는 세자빈과 정뇌경 사이에 끼어들었다. 그제야 정뇌경이 고개를 돌려 눈물을 닦아 내고 질문이 있냐며 웃었다. 애란이 얼른 질문했다.

"《도덕경》에 '짐새'도 나오나요?"

"짐새는 《산해경》에 나오는데, 그건 기이한 이야기를 모아 놓은 책입니다. 그 책에 가슴에 구멍이 뚫렸다는 '관흉인'이 나옵니다. 소중한 사람을 잃으면 가슴에 구멍이 뚫린 듯 아프잖습니까. 옛날 사람들은 그걸로 관흉인이라는 이야기를 만들어 낸 겁니다. 마찬가지로 누군가를 격렬하게 미워해서 죽이고 싶은 사람들이 짐새를 만들어 냈고요."

정뇌경은 말을 이었다.

"진나라 법상 스님의 불경 낭송에 감동한 태산의 산신이 비단 백 필을 시주하자 스님은 가난한 사람들에게 나눠 주고 월성사로 가서 왠지 방탕하게 놀았다고 합니다. 제 짐작엔 아마 스님에게서 재물을 받은 사람 중에 감사하는 사람도 있었지만 이것밖에 안 되냐는 등 원망하고 불평하는 사람도 있었을 거 같습니다. 그게 사람이니까. 아무리 고매한 스님이라도 실망하고 불경을 덮었을 겁니다. 그게 사람이니까. 그런 스님을 본 사마염이란 장군이 스님을 불러다가 짐새의 독을 세 번이나 쏘였으나 스님은 아무렇지도 않았다고 합니다. 사마염은 부끄러워하며 참회했고."

짐새도 죽이지 못하는 사람이 있다. 애란은 안도했다. 짐독으로 죽는 사람이 아무도 없을 것 같아서. 짐독은 그저 이야기 속에나 나오는 허구니까. 애란은 한 번도 빼먹지 않고 수업에 모두 출석했다. 실용적인 만주어, 정치, 염색 기술 말고 실생활에 하나도 쓸데없는 뜬구름 잡는 문장들을 그저 마음에 묻어 두는 게 좋았다.

시험도 숙제도 없는 공부는 즐거웠다. 질자들은 과거급제에 도움이 되지 않을 공부는 시간 낭비라 하여 나오지 않았다. 봉림대군과 그 부인도 질자들을 따라 나오지 않았다. 봉림대군은 형인 세자가 이기훈과 의형제를 맺었는데도 이기훈 보기를 천한 얼자 보듯이 했다. 빈자리는 주인을 따라온 궁인들과 노비들이 채웠다. 고아마홍도 종종 뒷자리에 앉았다.

정뇌경은 수업 중에는 신분과 성별 상관없이 모두에게 존대를 했다. 공부하는 동안은 사내와 여인, 양반과 노비가 모두 서로에게 정중해야 했다. 정뇌경은 "함께 공부하면 모두 다 학우"라고 했다. 세자와 세자빈은 정뇌경을 스승이라 부르지 않고 '정 문학'이라고만 했다. 그러나 여인들, 얼자, 노비들이 정뇌경에게 '스승님'이라고 부른 순간 정뇌경의 운명은 바뀌었다. '스승'이니까 제자들 보기 부끄럽지 않게 살아야 했다. 그래서 정뇌경은 '옳은 일'을 했다.

어김없이 용골대가 쌀과 부식을 나눠 주려고 온 어느 날이었다. 용골대는 평소와 다를 바 없었다. 특별히 기분이 좋아 보이거나 나빠 보이지 않았다. 용골대는 아무렇지도 않은 말투로 조선에서 사과와 배 각 사천 개, 도합 팔천 개를 공물로 바치라고 명령했다. 고아마홍은 양손 손가락 네 개씩을 흔들어 보였다. 세자는 곧바로 무릎을 꿇고 머리를 조아렸다.

"전쟁으로 국토가 황폐해진 지 얼마 되지도 않았는데 쌀이 아닌 과일 농사에 쏟을 여력도 없고, 청나라까지 먼 길 오는 동안 중도에 상할 수량을 고려하면 조선에서 출발할 때는 각 오천 개, 도합 일만 개의 과일을 보내야 하니 지금 조선의 형편으로는 도저히 무리입니다."

용골대는 세자의 간청을 가볍게 무시했다.

"조선의 세자는 문안과 공부만 한다더니?"

세자가 제대로 교섭에 나서는 순간 조정에서는 세자가 감히 임금 노릇을 한다며 역적으로 몰아갈 게 뻔했다. 세자에겐 아무 권한도 조언해 줄 원로대신도 없었다. 쓸데없는 과일 농사에 동원되고 과일값이 폭등하여 조선 백성들이 불만을 터뜨리려 하면 임금은 세자가 청나라에서 그것 하나 제대로 처리 못 했다고 불만의 방향을 돌릴 것이다. 뭘 어떻게 해도 손해 볼 수밖에 없는 장사였다. 그러나 세자에게는 장사가 아니었던 모양이다.

"경전에만 머무르고 현실로 나오지 못하는 공부가 공부겠습니까. 백성의 부담을 덜 수 있다면 삼배구고두례가 아니라 백팔 배는 못 하겠습니까. 세자의 무릎이 황금으로 만들어진 것도 아닌데."

호란 때 남한산성에서 문 닫아걸고 그토록 치열하게 항복할지 말지 싸웠던 대신들은 전쟁이 끝난 후에는 아무 말도 없었다. 전란으로 백성의 삶이 곤궁하니 아무것도 할 수 없다던 임금은 백성의 삶이 곤궁하니 청나라에 진상품을 줄여 달라고 하지 않았다.

3 달 없는 밤의 까마귀

"조선이 단시일 내에 사과 삼천 개, 배 삼천 개를 마련하여 진상한 노고를 치하하여 황제 폐하께서 관소에도 청나라의 과일을 하사하셨으니 감사히 받으라."

얼마 후 나타난 용골대가 관소에서 읽은 황제의 문서를 듣던 애란과 세자빈은 만주어로 '삼천 개'라고 들은 게 맞나 서로 눈빛을 주고받았다. 세자빈이 관소 사람들 앞에서 고아마홍을 추궁했다.

"조선에서 출발한 사과와 배는 각 오천 개. 아무리 길이 험하고 날씨가 궂어 상해서 버린 것을 제외한다 해도 황궁에 넉넉히 각 사천 개는 도착했을 텐데 중간에 감히 누가 과일을 빼돌렸단 말인가."

고아마홍은 아무렇지도 않은 말투로 대답했다.

"용골대 장군께서 각 오백 개, 내가 각 오백 개씩 나누어 가졌소."

조소용이 세자빈의 자리를 가지지 못했다는 이유로 애먼 세자빈과 애란을 시기하듯, 용골대도 호란 후 토사구팽당하다시피 한 자기 처지에 대한 울분을 재물 축적으로 풀었다. 용골대는 고관대작들에게 뇌물을 바쳐서 다시 말을 타고 변발을 휘날리며 피를 보고 싶어 했다. 조선에서 온 아삭한 사과와 배도 어느 담장 높은 집으로 갔을 것이다. 고아마홍의 사과와 배는 어디로 갔을까.

"조선에 있는 어버이와 형제들을 면천시켜 줬소. 나 혼자 이역만리에서 양인이 되어 살고 싶은 대로 살면서 편히 누워 잘 수는 없잖소. 어떻게 가족을 외면하겠냔 말이오."

아무도 고아마홍을 비난할 수 없었다.

애란은 그 순간 기발한 생각을 떠올렸다. 조선의 과일은 청나라에서 인기 있었다. 한양의 시장에서 과일을 사들이면 폭등한 가격을 감당할 수 없으나, 조소용은 궁에 진상된 사과와 배를 거저나 다름없는 값으로 구할 수 있었다. 조소용이 과일을 애란의 아비에게 보내면, 역관들이 인삼 장사하듯 애란이 아비와 책문에서 만나 전달받아 세자빈 몰래 시장에 내다 팔아 비자금을 마련할 작정이었다. 심양에 있다 보면 분명히 조선의 조정에 알리지 않고 속환이든 뭐든 해야 할 상황이 올 것이다. 그때 애란이 쌈짓돈을 세자빈에게 찔러주면 세자빈이 얼마나 고마워할까. 애란은 조소용에게 첫 번째 편지를 보냈다. 황궁에서 조선의 사과와 배를 맛본 황제의 후궁들이 심양관에 추가로 사과와 배를 요구했으니 '수라간에서' 사과와 배를 각 오십 개씩만 더 보내 달라고. 궁에서 닳고 닳은 조소용이 수라간 궁녀를 겁박하든 구슬리든 과일을 오천 개도 아니고 겨우 백 개 빼돌리는 게 그리 어려운 일은 아닐 것이다. 애란은 조소용에게 편지를 보냈다고 세자빈에게 알리지 않았다. 어차피 세자빈이야 애란이 뭘 하건 "애란아, 믿는다. 알아서 해라" 할 게 뻔했다.

그런데 조소용의 답장은 오지 않고 갑자기 세자빈이 애란을 불렀다.

"애란아, 봉림대군이 그러던데. 용 장군과 고아마홍이 빼돌린 과일 중에 네 몫도 있었다고."

애란은 후다닥 세자빈 앞에 납작 엎드려서 머리를 굴렸다. 조소용은 애란의 편지를 그대로 믿지 않고 봉림대군에게 따로 사실이 맞는지 검증했다. 만약 조소용이 애란의 편지를 곧이곧대로 받아들였다면 아무것도 묻지 않고 사과와 배를 보냈을 것이다. 그러나 조소용은 애란을 신뢰하지 않았다. 애란은 조소용의 속마음을 알아 버렸다. 조소용은 애란이 편지에 거짓을 썼듯이 봉림대군을 통해 거짓을 전해 세자빈과 애란을 이간질하려고 한다. 세자빈은 봉림대군이 비밀리에 고한 말을 그대로 애란에게 전함으로써 애란에게 신뢰를 보였다. 혼내는 게 아니라 그저 궁금할 뿐인 말투였다. 이럴 때 부인하는 건 좋은 전략이 아니었다. 애란은 고개를 들었다.

"어렸을 때 제사상에 올라가는 사과랑 배가 먹고 싶었는데, 음복은 아들만 하잖아요. 저도 아버지가 깎아 주는 사과랑 배가 먹고 싶었어요. 탐이 났어요. 이런 기회에 사과랑 배를 왕창 저만 아는 곳에 몰래 숨겨 놓고 그냥 썩어 가는 거 바라만 봐도 좋을 것 같았어요."

그 말은 진실이었다. 애란은 어느새 자기 말에 자기가 취해서 울음이 터질 듯했다. 세자빈은 어린애 달래듯 애란의 눈가를 손으로 쓱쓱 닦아 주었다.

"나도 남매들 중에 맏이고, 남동생들과 같이 배우고 자랐지만 제사상 앞에서 절을 할 수는 없었지. 너랑 나는 장손 역할을 하는데도 아들이 될 수는 없구나."

세자빈은 관소의 텅 비어 있는 고방 문을 잠그고 부엌을 뒤져서 과일 몇 개를 찾아내 윗부분을 깎아 상 위에 올렸다. 그리고 밥그릇에 수저를 꽂아 소꿉놀이하듯 제사상을 차렸다. 위패에 붙인 하얀 종이에는 아무것도 적혀 있지 않았다.

"마음속으로 네가 좋아하는 분 이름을 써넣어 봐. 예를 들면 너를 예뻐해 주셨던 할머니라든가."

"마마께선 누구를 쓰셨어요?"

"호란 때 죽었으나 제사상을 받지 못한 모든 사람들. 임금이 차리지 않은 제사상을 감히 세자빈이 차리는 것은 역모이니 텅 빈 위패를 세우고 남몰래 과일을 올릴 뿐."

"저는 떠오르는 조상님이 없으니 이 제사상에는 마마의 위패를 놓아요. 빈궁마마께서 절을 올리셨다가 혹여나 누가 문틈으로 보기라도 하면 빈궁마마께 역심이 있다 거짓으로 고변할 수도 있으니 제가 절을 올릴게요."

애란은 두 번 절하고 한 번 읍했다. 귀신들이 제사상에 다녀간 후 애란이 음복을 했다. 세자빈이 손수 과일을 깎아 손으로 집어 새끼새처럼 아 하고 벌린 애란의 입에 쏙 넣어 주었다. 애란은 입술에 닿는 세자빈의 손끝을 느꼈다. 아주 잠깐 스친 그 촉감이 이 세상의 어떤 과일보다, 약과보다 더 달았다.

사과와 배 일은 그냥 그렇게 끝날 줄 알았다. 어느 날 형부에서 심양관에 들이닥쳐 수업 중이던 정뇌경을 죄인처럼 결박하여 끌고 가기 전까지는.

"굳세고 강한 데에 용감하면 죽고, 부드럽고 약한 데에 용감하면 산다. 둘 중 하나는 이롭고 하나는 해롭다. 하늘은 전자를 싫어하지만 누가 그 까닭을 알겠는가?"

정뇌경은 물처럼 부드럽고 낮게 흘러 몸을 낮추고 아무것도 안 하고 유유히 살 줄 알았다. 홀로 밤늦게까지 불을 밝히고 무엇인가 쓰고 있어서 순찰하던 이기훈이 뭘 그리 열심이시냐고 찔러 봐도 수업 준비라고만 해서 만류하지 못했다. 이런 일이 일어날 줄 알았다는 듯이 선선히 일어난 정뇌경이 순순히 묶일 줄은 몰랐다. 세자빈이 급한 마음에 강화도에서 김경징에게 호통쳤듯이 만주어로 곧바로 청나라 관원들을 멈춰 세웠다.

"일국의 세자가 계신 곳에 함부로 들이닥쳐 무슨 짓인가! 정 문학이 무슨 죄를 지었건 세자의 스승 자격으로 왔으니 심양관에 두고 조선의 법으로 다스릴 것이다."

"정뇌경은 조선인으로서 무고한 청나라의 용골대 장군과 역관 고아마홍을 횡령으로 허위 고발하였으니 청나라를 기만한 죄를 가벼이 볼 수 없다."

용골대의 과일은 뇌물이 되었고 고아마홍의 과일은 이미 노비문서와 함께 사라졌으니 정뇌경이 허위 고발한 게 아니라는 증거를 내놓을 수 없었다. 정뇌경은 아무렇지 않게 말했다.

"스승으로서 옳지 못한 일을 보고도 넘기라고 할 수는 없잖습니까."

세자빈이 다급히 정뇌경을 잡았다.

"정 문학, 고아마홍은 효를 다한 겁니다."

정뇌경은 묶인 채로 고개를 저었다.

"고아마홍을 위해서라도 이렇게 해야 합니다. 과거 급제하고 나면 족보에서 이름만 본 먼 친척까지 찾아와서 이것저것 해 달라고 들러붙는데, 면천된 고아마홍의 가족, 친지들이 그다음엔 무엇을 원하겠습니까. 매관매직도 원하겠지요. 고아마홍이 사돈의 팔촌에게까지 관직을 줘여 주기 전에 여기서 끊어 내 줘야 합니다."

정뇌경이 속절없이 관소에서 끌려 나간 그날 저녁 늦게야 고아마홍이 관소에 혼자 왔다. 무릎에 흙이 묻어 있었다.

"너무 걱정들 마시오. 스승님은 잠깐 고생하고 나면 세상을 좀 알게 될 테니. 청나라 형부에선 스승님의 고발문을 보자마자 먼저 나와 용 장군에게 보여 주었소. 그러게, 왜 정정당당하게 공식적인 절차를 밟았는지 모르겠군. 청나라 관리들이 청나라 편이지 조선 편이겠나. 할 거면 인맥 동원해서 뇌물을 먹였어야지. 젊은이들, 그게 어른의 방식일세."

그 말에 관소 사람들은 안심했다. 그런데 일이 급박하고 이상하게 돌아갔다. 용골대와 고아마홍이 허둥대며 여기저기 쑤시고 다녔다. 청나라 조정에서는 조선이 화친한 지 얼마 되지 않아 세자의 신하가 감히 청나라 관료를 거짓으로 무고했으니 이는 불충이라며 정뇌경을 참수하고 효수하여 본을 보이겠다고 했다. 세자는 직접 떨리는 손으로 붓을 잡고 조선 조정에 장계를 쓰고 임금에게 서찰을 썼다. 봉림대군은 세자의 성화에 건조하게 몇 글자만 적었다. 세자는 질자들에게도 정뇌경을 위해 한 글자라도 쓰라고 닦달했다. 그러나 정뇌경은 그들에겐 스승이 아니었다.

정뇌경이 가르친 노비들은 아직 글자를 몰랐다. 궁인들은 글자를 알았으나 누구에게 편지를 보내야 할지 알 수 없었다. 세자빈은 중전과 강석기에게 정뇌경은 조선 백성의 노고가 안

쓰러워 일을 벌였으니 쌀도 없는 판국에 과일 농사를 지어야 했던 백성들의 참상에 대해 증언을 모아 달라고 부탁했다. 시어머니와 친정아버지가 백성들과 한참 먼 곳에 산다는 걸 알면서도. 이기훈은 스승님은 양반이고 과거에 급제한 신하이니 조선 조정이 버리지 말아야 한다고 병조판서에게 애원했다. 애란은 아버지에게 아무것도 쓰지 않았다. 아버지라면 사과와 배를 정뇌경과 교환하는 거래를 하라고 할 것이다. 애란은 혜원에게 단 한 줄만 썼다. "이 편지에 답장하지 않는다면 다시는 내 편지를 받을 수 없을 거예요." 가락지를 빼서 편지에 동봉했다. 애란이 달 없는 밤의 까마귀처럼 울었지만 조소용은 답신을 보내지 않았다. 백지라도 보냈으면 좋았을 텐데. 조선에서는 단 한 장의 답신도 오지 않았다.

세자빈은 용골대와 고아마홍은 재물 욕심이 많으니 '어른의 방식'으로 뇌물을 주면 해결책이 나오지 않겠냐고 했다. 세자빈은 자꾸만 기억을 더듬었다. 스승님이 세자가 형님처럼 여기며 의지한다는 말에 책임감을 느끼고 아무에게도 말하지 않고 혼자 일을 저질러 버린 게 아니냐며. 애란은 세자빈을 끌어안고 다독였다. 스승님이 풀려나시면 두부나 한 모 대접하자고.

고아마홍은 여기저기 청탁을 하고 사과와 배를 각 삼백 개씩 빼돌렸다고 축소하여 자백했지만 청나라에서 이미 이 일을 일벌백계로 삼기로 작정한 후라 그 자백은 무시당했다. 고아마홍은 처벌받진 않았지만 암묵적으로 더 이상 위로 올라가기는 어려운 처지가 되었다. 세자는 괜히 먼 하늘만 보고 있는 용골대의 옷자락을 붙잡았다.

"용 장군, '군사부일체'라 하여 조선에서 스승은 임금과 아버지와 같으니 정 문학은 조선의 임금이나 마찬가지입니다. 그러니 제발 호란 때 조선의 임금을 죽이지 않고 살려 주신 황제의 은혜로 정 문학을 살려 주십시오."

세자빈은 조금이나마 정뇌경의 옥살이를 편하게 해 주려고 옥지기와 청나라 관원에게 줄 뇌물을 마련하고 감옥에 반입할 솜이불과 사식을 챙기느라 조선에서 가져온 패물을 다 내놓았다. 임금이 가례를 검박하게 치르라 해서 얼마 있지도 않았던 노리개와 가락지와 비녀들이 이국땅에서 흩어졌다. 세자빈은 시아버지를 원망했다. 가례를 성대하게 치렀다면 패물이 더 많았을 텐데. 세자빈은 용골대의 손에 패물을 억지로 쥐여 주었다.

"일단 이 패물을 받으시고, 부족하면 머리카락을 잘라 팔아서라도 돈을 마련하겠습니다. 천금을 내라면 내고 관소를 팔고 거리에 나앉으라면 그렇게 하겠습니다. 얼마가 들든 상관없습니다."

용골대가 손을 펴서 패물을 바닥에 떨어뜨렸다.

"형부에서는 아무리 많은 돈을 주어도 사형을 면해 줄 수 없다며 완고하오."

정뇌경의 제자들은 다 각오한 듯 편안한 낯으로 그들을 맞이하는 정뇌경을 면회했다. 세자는 차마 정뇌경의 손을 잡지 못하고 감옥 창살만 잡았다.

"스승님, 저를 끌어들이십시오. 세자가 시켰다고 하십시오. 저들이 설마 세자를 죽이겠습니까."

정뇌경은 옅은 미소를 띠며 고개를 가로저었다.

"이 일은 절대로, 반드시, 혼자서 한 일입니다."

세자가 간절하게 옥문에 매달렸다.

"저를 이렇게 무력하게 홀로 남겨 두지 마세요. 어떻게 해서든 살아서 나오시면, 정말로 공부 열심히 할게요. 그러니 제발 저를 팔아넘기세요."

이기훈은 옥문 사이로 손을 넣어 정뇌경의 손을 잡았다.

"저는 천한 얼자라서 이국땅에서 이 한 몸 죽는다 해도 아무렇지 않습니다. 그러니 제가 스승님의 이름을 적어 냈다고 하세요. 문학의 이름을 써서 고발하면 잘 먹힐 것 같아서 그랬다고요."

정뇌경은 이기훈의 손을 맞잡았다.

"우리 기훈은 절대 예전의 천한 얼자가 아닙니다. 공부를 한 사람은 다시는 절대 예전처럼 살 수 없습니다."

세자빈은 정뇌경이 강의한 내용을 인용했다.

"무모한 용기는 죽음을 재촉할 뿐이고 하늘의 길은 싸우지 않고 이기는 것인데, 왜 그리하셨습니까!"

정뇌경도 맞받아 인용했다.

"부서질 걸 알면서도 부딪쳐야 할 때가 있지요. 결국엔 부드럽고 작고 약한 것이 단단하고 강하고 큰 것을 이길 것입니다. 하늘은 늘 선한 사람의 편이라는 것을 믿으십시오."

정뇌경을 홀로 남겨 두고 떠나기 전, 세자가 겨우 창살 틈으로 정뇌경과 무릎을 맞댔다.

"분명 조선에서 기별이 올 것이니 너무 심려치 마시고 몸 돌보시면서 조금만 더 버텨 주십시오."

청나라가 이 일로 조선을 길들이기로 작정한 이상, 이 일은 정뇌경의 돌출 행동이나 단순한 무고죄가 될 수 없었다. 세자가 직접 청나라와 조선에 정뇌경의 구명을 요청한 이후 정뇌경을 살리는 것은 세자의 뜻이요 죽이는 것은 청나라의 뜻이 되었다. 조선의 임금은 오랑캐에게 무릎 꿇고 이마를 찧은 지 얼마 되지 않아 고작 시강원 강원 하나 구하자고 다시 청나라에 허리를 숙일 순 없었다. 세자에게 임금의 신하를 구했다는 자랑거리를 줄 수도 없었다.

일이 커지고 꼬이자 애매해진 건 청나라였다. 조선의 임금이 세자와 한목소리를 내 준다면 대국의 아량으로 한 번쯤 용서해 줄 수 있을 텐데, 이 지경이 되니 세자든 임금이든 둘 중 하나를 택해서 힘을 실어 줘야 하는 상황이 되어 버렸다. 임금을 택하자니 기껏 인질로 잡아 놓은 세자의 가치를 떨어뜨리는 짓이고, 세자를 택하여 임금을 적으로 돌리면 아직 명나라가 패망하지 않은 상황에서 신발 속에 조선이라는 잔돌을 두는 격이니 둘 중 하나를 쉽게 고를 수 없었다.

애란은 정뇌경의 목숨을 두고 고민했다. 하늘의 뜻이 아니라 인간의 이익을 계산하면 정뇌경이 사형당하기 전에 옥사로든 자결로든 죽는 게 가장 좋은 해결책이었다. 괜히 청나라와 분란 만들 필요 없었다. 정뇌경의 고발 덕에 청나라도 앞으로는 진상품의 수량을 철저히 점검할 것이다. 이쯤에서 끝내는게 외교적으로도 두 나라 모두 무탈한 방법이다. 정뇌경에게 그 말을 할 수 있는 사람은 애란밖에 없었다. 애란은 얼굴에 먹칠을 하고 손에 피를 묻히고 입에 숯을 삼킬 작정을 하고 홀로 옥에 갇힌 정뇌경을 면회했다.

"저하께 말씀 좀 해 주세요. 이제 제발 그만하시라고. 저하께서 스승님을 위해 여기저기 쏘다니며 뭔가 하실수록 청나라와 조선 모두 곤란해지잖아요."

정뇌경은 희미하게 웃는 얼굴로 말했다.

"저하를 내버려두십시오. 모든 죽음은 남은 자들에게 후회를 남기니까, 하고픈 대로 다 해 봐야 그나마 한이 덜 남을 겁니다. 얼마 남지 않았습니다. 애란, 내게 짐새의 독을 구해 주십시오. 나는 조선 사람이니 청나라 황제의 명으로 죽지는 않을 겁니다. 참수되기 전에 독으로 죽어야 시체라도 온전히 보전할 수 있겠지요."

정뇌경은 애란이 다른 말을 하지 못하도록 유언을 남겼다.

"애란, 공부는 성인이 되려고 하는 겁니다. 성인은 악인도 선하게 대하고, 신의가 없는 사람도 신의로 대합니다. 이게 수제자를 위한 마지막 수업입니다."

애란은 고아마홍에게 단박에 고통 없이 사람을 죽일 만한 극약을 구해 달라고 부탁했다. 아직 심양에 온 지 얼마 되지 않아 현지 암시장을 잘 모른다며. 그런다고 죄책감이 덜어지고 손이 깨끗해지기라도 할 듯이. 자신의 비겁함을 잘 알면서. 까마귀에 밀가루를 칠한다고 백로가 되는 게 아닌데. 고아마홍은 애란의 뜻을 이해했다. 추운 이역의 감옥에서 정뇌경은 독을 삼켰다.

한 모금.

"목구멍이 타는 듯하구나. 독주처럼 약기운이 핏속으로 퍼지는⋯."

두 모금.

"복통이 너무 심하고 온몸이 경련하고⋯."

세 모금.

"죽을 것 같아. 그런데 죽지 않아. 짐새의 독이 세 번 스쳤는데도 죽지 않았으나 참회하는 자가 없구나."

애란은 정뇌경이 갇혀 있는 옥문을 붙들고 소리 없이 울었다. 제발 빨리 죽어요, 제발. 스승님, 제발. 후회는 제가 할게요. 제발. 그러나 정뇌경은 죽지 못했다. 애란은 정뇌경을 남겨두고 어린애처럼 눈가를 훔치며 심양관으로 달려갔다. 세자빈과 세자가 애란과 함께 감옥으로 향했다. 세자빈은 떨리는 손

으로 애란을 끌어안고 진정시켰다. 애란도 떨리는 목소리로
변명했다.

"고아마홍이 너무 싸구려 독약을 구해 준 거예요."

"그래, 안다. 알아. 너는 잘못한 게 없어. 스승님께서 원하신
일이야."

세자는 용골대를 통해 형부에 청을 넣었다. 사형 집행을 앞
당겨 달라고. 한시라도 빨리 스승의 고통을 끝내 달라고. 청나
라는 참수형을 교수형으로 감해 주었다. 조선의 세자와 임금
사이에서 절묘한 균형이었다. 세자는 죽음을 앞둔 정뇌경 앞
에서 차마 말을 끝맺지 못했다.

"제가 괜히, 저 때문에 여기까지 오셔서…."

정뇌경은 고통 속에서 목소리를 쥐어 짜내어 가엽고 불쌍
한 제자에게 유언을 남겼다.

"왕은 외로운 고아, 짝 잃은 사람, 굶주린 사람입니다. 낮음
이 없으면 높음이 없고 천함이 없으면 귀함이 없습니다. 그러
니 옥이 아닌 길가의 돌멩이처럼 담담하게 사시면 하늘과 땅
의 원리에 반하지 않을 것입니다."

정뇌경은 새벽에 죽었다. 조선에서는 관을 짤 널판 하나 오
지 않았다. 조선의 제사상에는 여전히 사과와 배가 올라갔다.
세자빈은 돈이 더 있었다면 스승님께 마지막으로 떡도 고기
도 넣어 드릴 수 있었을 거라고 했다. 애란을 탓하지 않고 돈
을 탓했다. 돈이 더 있었다면, 더 비싼 독을 구했다면 스승님

은 잠들듯 평온하게 단박에 숨이 끊어질 수도 있었을 거라고. 세자빈이 결연히 다짐했다.

"천 일 갈이 밭을 받자. 반드시 풍작이 나게 할 거야. 돈 때문에 누군갈 보내지 않을 거야. 이제 더 이상 단 한 사람도 잃지 않을 거야."

세자는 천 일 갈이 밭문서에 피처럼 붉은색으로 도장을 찍었다. 장례를 치러야 하는데 관도 없고 수의도 없었다. 세자가 용포를 벗어 수의를 대신하고 상주가 되어 장례를 치렀다. 이기훈이 세자를 위로했다.

"원래 좋은 사람은 늙어서 추해지기 전에 요절한다지 않습니까."

심양관에서는 천 일 갈이 밭 한가운데 정뇌경의 무덤을 팠다. 멀리서도 보이게 봉분을 높이 올렸다. 제자들은 스승이 생전에 가르쳐 줬던 구절을 천도재에 불경 외듯 읊었다.

"죽어서도 그 도와 덕이 잊히지 않는 사람은 영원히 산다."

애란은 정뇌경이 묻힌 땅을 볼 수 없어 하늘을 올려다보았다. 하늘은 있다. 그래야 슬픈 사람이 바르게 서고 외로운 사람이 기댈 곳이 있으니까.

4 종종대는 메추라기

천 일 갈이 밭에 봄이 오자 심양관의 일상은 정신없이 돌아갔다. 반가에서 재산을 불리고 관리하는 건 맏며느리의 일이라 여기서도 세자빈이 천 일 갈이 밭을 책임지게 되었다.

농사를 시작하려니 일할 사람이 많이 필요했다. 세자빈은 급한 대로 용골대에게 돈을 꾸어 용골대를 통해 조선인 포로들을 속환하기로 했다. 심양관에서 누구를 속환하든 정치적으로 해석될 테니 심양관에서 속환하는 게 아니라 용골대가 돈을 뜯어내려고 속환할 사람들을 심양관에 데려와 억지로 속환금을 받아 내고 속환을 강요하는 걸로 위장했다. 용골대에게 어떤 사람을 속환해 달라고 할지 정하느라 정뇌경이 죽은 후로 오랜만에 심양관이 시끄러웠다. 용골대는 조선에서 농사지어 본 사람 손 들라고 한 다음에 경험 많은 늙은이 조금,

힘 잘 쓰는 젊은이 많이 데려오면 되는 거 아니냐고 했지만 그
게 그렇게 간단한 일이 아니었다. 애란이 큰 소리로 의견을 내
놨다.

"고관대작의 아들딸과 처첩들을 속환하셔야 조선에 인맥
을 다져 놓으실 수 있겠지요."

이기훈이 다 들리게 혼잣말을 했다.

"그 잘난 고관대작들이 스승님을 구해 줬으면 우리도 그들
의 가족을 속환해서 은혜를 갚고 싶겠지."

고아마홍이 말을 얹었다.

"고관대작들은 자기들 돈으로 속환금을 바칠 수 있으니 돈
많은 가족이 없는 피로인들을 속환해야 하오."

애란이 반대 의견들을 눌렀다.

"고관대작들이 빨리 가족들을 속환하려고 부르는 대로 웃
돈을 얹느라 속환금이 자꾸 높아지기만 해요. 이 기회에 용
장군의 힘을 빌려 시세보다 헐값에 귀한 집 식구들을 속환하
면 속환금 시세가 내려갈 것이고, 우리는 더 싼 값에 더 많은
일손을 사들일 수 있겠지요."

세자가 관자놀이를 짚었다.

"사족 출신 피로인들만 속환하면 전하께서는 내가 역심을
품고 기반을 다지려 돈으로 사대부들의 환심을 사려 한다고
의심하실 거다. 용골대 장군까지 개입했다고 우기시면서. 하지
만 평민, 노비 출신들만 속환하면 사대부들이 입을 비죽대겠

지. 그냥 공평하게 다 섞자."

세자빈이 텅 빈 천 일 같이 밭에 홀로 솟은 무덤을 바라보았다.

"스승님께서 살아 계셨다면 뭐라고 하셨을까."

정뇌경이라면 아마 길을 잘 가는 사람은 자취를 남기지 않고, 셈을 잘하는 사람은 산가지를 쓰지 않고, 묶기를 잘하는 사람은 끈으로 칭칭 매지 않아도 아무도 그 매듭을 풀 수 없으니 성인은 항상 사람들을 잘 교화해 그 재능을 다하게 하므로 버려지는 사람이 없다면서 모두 구하라고 했을 것이다.

조선에서의 신분을 모르는 용골대는 계집, 사내, 젊은이, 늙은이 할 거 없이 그날그날 보이는 대로 속환을 해 왔다. 세자빈은 속환된 피로인들 앞에서 큰 소리로 말했다.

"조선에서 양반이었든 노비였든 청나라에선 똑같이 노비 신세였지 않으냐. 과거는 조선에 남겨 두어라. 여기서는 모두 동등하게 손에 흙을 묻히고 땀을 흘리거라. 새벽부터 저녁까지 농사짓는 만큼 땅을 줄 것이다. 수확량을 심양관과 반분하면 나머지는 마음대로 해도 좋다."

양반이었던 이가 딴에는 자기 나름대로 비장하게 앞으로 나와 꿇어앉아 외쳤다.

"체면과 도리라는 게 있는데, 어찌 아랫것에게 농사일을 배우란 말씀이십니까. 아무리 노비가 역관이 되어 거들먹거리는 오랑캐의 땅이라고 해도…."

세자빈은 정뇌경의 말을 빌렸다.

"오랑캐의 나라라고 해도 조선과 같은 하늘 아래 있지 않은가. 하늘은 편애하지 않고 만물을 동일하게 대한다. 나도 하늘의 뜻을 따를 것이다."

정뇌경이 생전에 가르쳤던 구절이었다. 이렇게 복습을 잘하는 제자를 봤다면 뿌듯해하셨을 텐데. 애란은 청나라에서 도망치려 했다가 잡혀서 발뒤꿈치를 잘리는 형벌을 받은 조선인들을 치료했다. 애란과 세자빈이 심양에서 했던 일들 때문에 후일 조선에서 그들은 발뒤꿈치가 잘리게 될까. 진작에 발뒤꿈치를 잘랐다면 이 먼 곳으로 오지 않을 수 있었을까.

조선에서의 신분은 잊으라 세자빈이 명하였는데도 조선인끼리 모이자마자 양반 출신과 평민 출신과 노비 출신이 반목했다. 양반 출신들에게 땅을 분배해 주지 않자 그제야 그들도 열심히 손발을 놀리기 시작했다. 봉림대군과 질자들은 심양관에 들어앉아 밭에 나오지 않았다. 무위도식하러 여기까지 왔냐는 말을 아무도 감히 하지 못했다. 세자빈은 손마디가 굵고 손등이 거친 이들을 심양관 방 안에 앉히고 농사에 관해 봄부터 겨울까지 꼼꼼하게 물어보았다. 구할 수 있는 모든 농서를 구해다 읽었다. 애란은 세자빈과 이마를 맞대고 농서를 읽으면서 은주가 아직 〈목란사〉를 외울지 묻고 싶은 충동을 목구멍 아래로 눌러 삼켰다.

애란은 역관들을 통해 조선의 텃밭에서 심던 작물들의 종
자를 받아 왔다. 오랜만에 아버지를 봤는데 아무렇지도 않았
다. 아무것도 궁금하지 않았다. 아무 말도 하고 싶지 않았다.
계산은 정확하게 했다.

심양의 천 일 같이 밭에서 조선의 밥상에 오르던 채소와
과일이 자랐다. 사과와 배는 심지 않았다. 세자빈은 직접 무명
옷을 입고 땡볕 아래에서 손톱 밑에 흙이 끼어 가며 일했다.
애란도 함께 돌을 나르고 잡초를 뽑았다. 몸이 힘드니 마음이
덜 힘들었다. 관소 사람들은 매일 밭 한가운데 무덤에 대고 빌
었다. 이 밭에는 홍수도 가뭄도 피해 가라고. 다른 사람들도
밭에 나올 때마다 무덤에다가 빌었다. 이 밭에는 흉년이 비켜
가라고.

자기 땅이 생긴 사람들은 알아서 열심히 일했다. 사람에
비하면 농사는 정직했다. 농사꾼의 손길이 닿을수록 가지가
뻗고 잎이 커졌다. 뻗대던 양반들도 옆 사람 밭보다 자기 밭의
잡초가 무성한 걸 보면 부지런해지기 시작했다. 여기선 부릴
종놈이 없었으니까.

애란도 천 일 같이 밭 귀퉁이를 받았다. 그리고 은밀히 암
시장에서 구한 독초를 심었다. 세자빈에게는 꽃밭이라고 했다.
독초에도 꽃은 피니까. 애란은 독초의 절반을 나누었다. 독초
의 꽃은 심양관의 화병에 꽂고 독성이 있는 뿌리와 줄기와 잎
은 몰래 갈무리했다. 독초라도 꽃병에 꽂으면 꽃이 되었다. 애

란은 고운 것을 사랑했다. 고운 꽃 속에 숨은 독은 더 사랑했다. 애란은 잠깐 생각했다. 조소용은, 잘 살고 있나. 언젠가 독약이 필요한 날이 또 올까. 그때에는 실패하지 않을 것이다. 농사꾼은 새를 쫓아내야 하는데 애란은 독초를 심은 밭에서 짐새를 기다렸다. 짐새가 날아와 독초를 쪼아 먹고 독이 든 깃털을 남기고 날아가면 그 깃털을 주우려고.

세자는 자주 심양관을 비웠다. 매일 황제나 청나라 장군들, 고위 관리들이 베푸는 연회에 참석하고 사냥에 따라다녔다. 그들과 친분을 다져서 조선 조정에 속환사를 보내 달라는 말 한마디라도 넣어 보려는 의도였다. 조선 왕실 재산을 털어서라도 속환금을 내 달라고. 세자와 세자빈이 사적으로 찔끔 찔끔 알음알음 속환하는 게 아니라 조선 조정에서 청나라와 정식으로 협상해서 속환을 해 달라고. 피로인들이 모두 하루 빨리 조선으로 돌아가게 해 달라고. 조선에서는 세자가 오랑캐에 빌붙는다고 험담하고, 천 일 같이 밭에서는 세자가 날마다 밖으로 돌며 천 일 같이 밭에서 뼈 빠지게 고생해도 못 갚을 빚을 늘린다고 악담했다.

애란은 세자를 이해할 수 없었다. 정뇌경 사건 때 그리 호되게 당하고도 아직도 조선을 믿는 건가. 왜 참혹한 일을 겪고도 사람은 변하지 못하고 교훈을 얻지도 못할까. 그러나 만류하지 않았다. 정뇌경이 유언처럼 남긴 말을 곱씹었다. 세자가 하고 싶은 대로 하게 두자. 그래야 여한이 남지 않지.

세자빈과 세자는 끊임없이 고민했다. 조선의 임금은 세자가 이러고 다니는 걸 알면 청나라에 빌붙어서 빨리 귀국한 뒤 왕위를 찬탈하려 한다고 의심할 텐데. 그렇다고 아무도 만나지 않고 아무것도 하지 않고 심양관에만 틀어박혀 있을 수는 없었다. 정뇌경처럼, 부서질 걸 알면서 부딪쳐야 했다. 하지만 궁궐에 원손이 인질로 잡혀 있는데. 잠이 오지 않는 밤이면 세자와 세자빈은 사람들을 모아 두고 정뇌경이 남긴 책들을 읽었다. 임종을 지킬 때 열심히 공부하겠다고 약속했으니까. 이기훈은 그 자리에 참석하지 않았다. 아침이 오자 세자빈은 애란의 물집 잡힌 발이 아니라 굳은살 박인 손을 쓰다듬으며 짐새의 깃털을 부탁했다.

"너는 회임을 막는 약이나 이미 들어선 아기를 지우는 약도 알지? 그 약을 내게 줘. 저하와 나는 아이를 갖고 싶지 않아. 조선은 아무도 지켜 주지 않을 거야. 어른은 그나마 괜찮지만, 어린애는 너무 가엾잖니. 우리 원손, 석견이는 이미 낳았으니 어쩔 수 없지만."

"여염에서도 대를 이으려고 아들을 많이 낳는데 왜…."

"이미 원손이 있고, 봉림대군도 있고, 군들도 있고, 왕실 종친도 있어. 아니면 누군가가 반정이라도 일으키든지. 애란아, 나와 저하에게 남은 시간은 길지 않을 거야. 그 시간을 임신과 출산을 반복하다가 허비할 수는 없어."

"심양관에 어린아이가 있으면 좋을 텐데요."

"먼 곳에서 외로이 있는데 어른들도 없으니 누구든 정분이 나지 않겠니."

애란은 의원의 집안에서 배웠던 지식들을 세자빈에게 사용했다. 회임한 병부상서의 애첩을 극약으로 죽이고 궁녀에게 가짜 임신 약을 먹였던 그 시절로부터 멀리 온 줄 알았는데. 더 이상 태아든 누구든 죽이는 일이 없을 줄 알았는데.

5 알 품는 수탉

고아마홍은 정뇌경이 죽은 후 조선의 피붙이들과 연락을 피했다. 고아마홍의 친인척들은 고아마홍이 청나라에서 뭐 대단한 인물인 양 거짓말을 해 가며 사람들을 등쳐 먹고 있었다. 고아마홍이 청나라에서 보내는 돈은 얼마 되지 않았다. 정뇌경 사건으로 출셋길이 막힌 고아마홍은 주머니가 말랐다. 친인척들이 집에 기와를 올리는 돈은 그들이 고아마홍의 이름을 팔아서, 어떻게라도 청나라에 사로잡혀 있는 가족들과 연락해 보려는 간절한 사람들의 돈을 받아 챙긴 것이었다. 그런데 조선의 높으신 분들은 그 사기꾼들 말을 믿고 벼슬을 줬다. 그게 언젠가 고아마홍의 발뒤꿈치를 자를 것이었다.

조선과 연이 끊어진 고아마홍은 관소에서도 겉돌았다. 사람들은 청나라 장군에겐 찍소리도 못 하면서 만만한 조선인 역관에게만 화풀이를 했다. 고아마홍은 높으신 분들과는 어울릴 수 없고 고아마홍을 질시하는 노비들과도 가까이하지 못하니 그나마 신분이 비슷한 이기훈 주변을 얼쩡거렸다.

정뇌경이 죽고 나서야 이기훈은 병조판서에게서 답신을 받았다. 적자인 큰아들이 계속 과거에 낙방하고 있으니 형을 위해 청나라에 있는 김에 만주어를 배워서 역관이 되라고 했다. 조선에 있는 고아마홍, 아니 정명수의 친인척들이 노비 신세에서 벗어나 벼슬도 한자리씩 하고 있고 정 역관이 청나라에서 보내는 돈도 어마어마하다고. 그러니 역관이 되어서 장남의 뒷바라지를 하라고. 이기훈은 그 답신을 박박 찢어 버렸다. 홀로 밤늦게 갈 데 없는 걸음을 어쩌지 못하여 관소를 순찰하던 이기훈은 마침 주위를 돌던 고아마홍이 들고 온 술병을 받아 빈속에 술을 들이부으며 한탄했다.

"저는, 대감님께서 이런 곳으로 보내서 미안하다고, 해 줄 수 있는 건 없지만 그래도 잘 지내라고, 제 어머니 묘는 잘 돌보고 있다고 적어 주실 줄 알았는데… 대감님께 저는 아직도 얼자네요. 아니, 서자로 겨우 올라갔네요. 서자는 중인이고, 중인이 할 수 있는 역관이 되라고 하시는 거 보니까."

고아마홍이 술병을 도로 빼앗았다.

"그렇게 급하게 마시면 빨리 취해서 혀가 꼬인단다. 그러면 꼬인 마음을 풀기 전에 다리가 먼저 풀려 주저앉아 주정이나 하게 되고, 그러면 술버릇 나쁘다고 소문나서 아무도 같이 마

164

셔 주지 않아."

"그런 건 마시기 전에 알려 주셔야지요."

"술을 처음 마셔 보느냐. 하긴, 어른에게 술 배울 일이 없었겠구나. 음복하면서 마실 일도 없었겠고."

이기훈은 이미 꼬인 혀로 똑바로 말하려 애썼다.

"그런 것도 배워야 해요?"

"사람은 계속 배워야지. 걷고 먹고 입고 말하는 것부터 다. 봐라. 나도 만주어 배워 놓으니까 여기서 이러고 살잖냐."

이기훈은 땅바닥에 털썩 주저앉아 술기운을 빌려 꼬인 마음을 풀어 갔다. 스승님은 유언을 남기며 공부를 한 사람은 절대 예전처럼 살 수 없다고, 이기훈은 다시는 예전의 천한 얼자가 아니라고 했다. 그러나 조선의 대감님에게 이기훈은 여전히 얼자였다. 스승님은 절대로 틀리지 않았다. 그럼 틀린 사람은 이기훈이었다. 스승님이 틀렸다고 하는 게 두려워서 이기훈은 공부를 놓았다. 아무것도 하지 않으면 아무것도 틀리지 않는다. 고아마홍은 이기훈을 살살 달래면서 속으로 안타까워했다. 스승님은 강의 시간 밖에서는 통하지 않을 어설픈 위로나 남기지 말고 진짜 양반에게 있을 법한 자, 호 그런 거나 이기훈에게 지어 주고 가실 것이지. 스승님처럼 시문도 많이 아는 양반이 멋있는 뜻과 음으로다가 턱 지어 줬으면 다들 그렇게 부를 텐데. 족보상으로는 좋은 집안 진짜 아들인데 상놈처럼 아무한테나 이름자를 찍찍 불리고 있는 꼴이 뭐람.

고아마홍은 이기훈을 이름으로 부르고 싶지 않았다. 그럼 뭐라 해야 좋을까. 그 순간 혀끝에 떠오른 '아들'이라는 뜻의 만주어 단어를 고아마홍은 꿀꺽 삼켰다. 종놈 팔자 물려주기 싫어서 혼인을 하지 않고 전장에서 구르다 보니 팔자에 자식은 없겠다 싶었다. 그런데 조선의 진짜 아비가 내다 버린 아들이라면 고아마홍이 업둥이 들이듯이 차지하고 귀애해도 상관없지 않은가. 세자빈과 애란을 제외하면 이기훈과 고아마홍이 만주어로 서로를 아들과 아비로 부른다고 해도 알지 못할 텐데. 세자빈과 애란이야 이런 사소한 양부, 양자 관계야 그런가 보다 하며 넘길 테고. 고아마홍은 남몰래 가슴이 뛰었다.

"그래, 정 문학 말이 맞다. 너는 아직 젊으니까 공부를 더 해야지. 그럼 언젠가 인생이 바뀔 기회가 올 거야. 그렇지만 정 문학이 가르치던 책을 다시 펼치고 싶진 않을 거고 공자 왈 맹자 왈도 이런 세상에선 헛소리이니 내가 만주어를 가르쳐 주마. 내가 가르칠 수 있는 건 그거밖에 없으니까."

젊어서 그런지 이기훈은 술이 빨리 깼다. 어느새 꼬인 혀가 풀렸다.

"다른 것도 있잖아요. '어른의 방식' 같은 거."

"그건 나중에 천천히 배워도 된단다. 이 스승님이 때 되면 다 알려 줄게."

"저는 역관님을 '스승님'이라고 부르기 싫어요. 그건 그분께만 부를 수 있는 거예요."

"그럼 나를 '아마'라고 불러 다오. 만주어로 '아버지'라는 뜻이다."

"싫어요. 저는 '아버지' 같은 거 필요 없어요."

고아마홍은 부푼 마음을 가라앉혔다. 내 속으로 낳은 자식도 태어나서 부모를 알아보기까지 시간이 걸리는데.

"그럼 역관님 말고 아무렇게나 불러라. '저기요' 이러든지."

이기훈은 고집스레 고아마홍을 그 무엇으로도 부르지 않았다. 고아마홍은 시장에 나가서 '높으신 분들이 보는, 제일 어려운 책'을 사 와서 쭈뼛거리며 애란에게 다가왔다.

"저기, 내가 '시강원' 같은 어려운 말은 잘 몰라서, 그런 건 애란이 기훈이한테 가르쳐 줬으면 해서… 나는 역관에서 끝나겠지만 기훈이는 더 높이 갈 수 있지 않겠나."

애란은 고아마홍이 들고 온 책을 훑어보다가 쯧 혀를 찼다. 약삭빠른 시장 상인들이 척 봐도 학식 없어 보이는 고아마홍을 어수룩하게 보고 싸구려 잡서를 내줬다. 제대로 호구 잡혔다. 애란은 도련님처럼 입고 〈목란사〉를 골랐던 세자빈의 눈빛과 손길을 떠올렸다. 지금의 세자빈에게 책을 골라 달라고 했으면 그 안목으로 어떤 책을 집어 들었을까. 아니, 그때 그 '도련님'이 바랐던 대로 책 장사를 하고 있으면 애란이 '제일 높으신 분이 읽는 책'을 추천해 달라고 하고, 그 책을 받아 품에 안고 돌아와 머리맡에 두고 긴긴밤에 아껴 가며 읽을 텐데.

"이제 걸음마를 뗀 애한테 말타기를 가르치시려고요? 제가 역관 집안 자제들이 배우는 시문, 역사, 만주어를 차근차근 가르치지요. 그리고 기훈에게 출세 얘기 하지 마세요. 기훈의 아비인 병조판서처럼 보이니까."

애란은 상석에 놓인 방석에 앉아 어릴 적 아버지가 자신을, 할아버지가 아버지를 가르쳤던 그대로 이기훈을 가르쳤다. 애란이 아들이었다면 역관 집안의 아이들을 이렇게 가르치고 있었을 것이다. 아니다. 아들이 아니니 여기서 이렇게 역관 집안의 가부장이 하는 일을 할 수 있다. 고아마홍도 가끔 이기훈과 같이 애란에게 배웠다. 언제까지 시정잡배들에게 배운 만주어로 연명할 수는 없었으니까. 《노걸대》를 끝내고 책거리를 하면서 애란이 다음에 공부하고 싶은 책이 있냐고 묻자 이기훈이 장난스레 농담을 했다.

"애란 누님이 잘 알 거 같은데, 여자한테 속삭여 주기 좋은 남녀상열지사 같은 거."

"너는, 조선인 아저씨가 한참 어린 여자한테 자존심 굽히고 숙이는 게, 아니 사람이 자기가 부족하다는 걸 인정하는 게 얼마나 어려운 일인지 알기나 하니. 역관님이 나한테 너 가르치는 거 부탁할 때 어땠을지 짐작은 좀 해야 하는 거 아니냐. 여자 꼬실 궁리나 하는 생각 없는 녀석아."

애란은 친동생한테 하듯 기훈의 등짝을 아프지 않게 후려쳤다. 사내 녀석이 등짝이 넓지도 않으니 무거운 짐은 못 들겠고 평생 비단옷보다 무거운 건 걸치지 않고 곱게만 살아야 할 텐데 병조판서는 이런 애를 멀고 험한 곳에 잘도 보냈구나. 기훈이 등짝을 맞으며 물었다.

"나 기생 아들 같았지? 기생이 아양 떨듯 여자한테 살랑거리려고나 하고. 공부해 봤자 하나도 안 변했지?"

애란은 아차, 싶었다. 기훈이 애란을 시험하려고 낸 문제를 틀렸다. 애란은 오답을 수정하려 기훈의 등을 토닥였다.

"아냐. 사람은 변해. 고아 마홍 역관을 봐. 심양관에서 처음 만났을 때 오만한 척을 하던 그 양반이 아버지가 아들을 위해 이름난 선생 모셔 오듯 나한테 네 공부를 맡겼잖아. 어른의 방식으로. 어른스럽게."

"누님도 변했어?"

애란은 답할 수 없었다. 애란은 정뇌경의 유언대로 악인도 선하게 대하고 배신하는 사람도 신의로 대하는 성인이 될 수 있을까.

6 눈비 맞은 까마귀

농사는 풍작이었다. 가뭄도 홍수도 없었다. 하늘의 뜻이었다. 조선 채소는 청나라 시장에서 날개가 돋치다 못해 날아가 버릴 듯 팔렸다. 애란은 흥정을 잘했다. 상인들에게 감질나게 조금씩 맛만 보여 주어 값을 올리고 나서야 작물을 수레에 실어 날랐다. 용골대에게 빌린 돈을 이자까지 쳐서 갚고 나서도 돈이 남았다. 그 돈으로 쌀과 국거리와 반찬을 사서 조선에서 먹었던 밥을 먹었다. 천 일 갈이 밭에는 아직 호미가 닿지 않은 땅이 아주 많이 남아 있었다. 세자빈은 내년에 농사짓는 데 필요한 돈만 남기고 남은 돈을 탈탈 털어 속환을 하고 또 속환을 했다. 심양관의 방을 다 채우고도 속환된 사람들이 지낼 공간이 부족해서 천 일 갈이 밭 근처에 움막을 겨우 면한 집들을 지었다. 그랬더니 조선에서 온 사신 편에 경고장이 왔다.

"세자가 모든 행동을 청나라 사람이 하는 대로만 따라서 하고 가깝게 지내는 자는 모조리 천한 사람들이다. 학문을 강론하는 일은 완전히 폐지하고 오직 이익에만 눈을 돌리며, 또 토목공사를 일삼기 때문에 인망을 잃었다."

세자빈은 조목조목 반박했다.

"백성들을 흙바닥에 재울 순 없어서 새 둥지처럼 얼기설기 지은 집을 두고 토목공사라고 한다면 조선 궁궐에서 기와와 창호지를 갈아 끼우는 건 천지개벽이오? 모든 행동을 청나라 사람 하는 대로 따라서 하는 게 싫으면 믿고 의지할 수 있는 어른을 동행시켰어야 하오. 양반인 질자들이 먼저 멀어졌기에 그들이 아닌 다른 사람들을 가까이하였소. 그리고 농사를 지어 얻은 이익으로 백성들을 속환했소."

사신들과 함께 온 애란의 아비가 몰래 애란을 불러냈다.

"우리와 함께 귀국하자. 짐 챙겨라. 남장을 하고 역관들 사이에 끼어서 떠나면 된다. 세자빈의 궁녀로 있어 봤자 이익 볼 일 없어."

"저는 여기서 할 일이 있어요. 저는 역과에 응시하여 역관이 될 수 없으니 상인이 되어 제대로 장사를 할 건데요. 시장이 커야 이문도 크지요."

"무엇을 팔려고? 인삼? 비단? 책?"

"사람 장사요. 빈궁마마와 속환을 하겠어요."

"억만금을 벌더라도 하지 마라. 임금의 뜻에 반하면 역적으로 몰릴 수도 있어. 피로인들이 누구 때문에 오랑캐에게 끌려갔는데, 그 사람들이 조선에 돌아오면 누구를 원망하겠느냐. 그런 사람들이 많아질수록 민심이 불안하지 않겠느냐. 임금이 퍽이나 속환을 반기겠다."

"아버지, 충신은 두 임금을 섬기지 않고 열녀는 두 지아비를 모시지 않으나 역관은 두 나라의 말을 한다고 하셨지요. 저는 하나의 주인을 택하였어요."

애란의 아비는 궁녀로 입궁한 딸이 언제부터 어쭙잖은 양반 행세를 하게 되었나 가늠해 보았다. 애초에 사행길에 강씨 처녀와 동행한 게 잘못이었을지도 몰랐다. 딸은 그런 아비의 속을 모르는 척했다.

"사람에게 손이 두 개인 이유는 한 손에 줄을 하나씩 잡기 위해서라고도 하셨지요. 저는 아버지의 손을 놓고 빈궁마마의 손을 잡았어요. 역적으로 몰리시지 않도록 제가 빈궁마마를 지킬 거예요."

애란의 아버지는 애란에게 특상품 인삼을 작별 선물로 주고 돌아갔다. 이제 애란은 아버지의 딸이 아니었다. 애란은 어린애처럼 칭얼대며 세자빈을 졸랐다. 한 명 정도는 세자빈의 쌈짓돈으로 속환하고 싶다고. 세자빈이 어린애에게 엿을 내주듯 흔쾌히 돈을 내주자마자 애란은 이제는 청나라 말이 꽤 유창해진 이기훈에게 달려갔다. 얼자인 이기훈과 중인인 애란은 의남매 같았다. 세자에게도 애란에게도 의동생인 이기훈을 두고 세자빈은 '모두의 동생'이냐고 놀리곤 했다. 애란은 이기훈에게 세자빈이 준 돈을 쥐여 주었다.

"기러기가 수놓인 치마를 가진 조선 여인을 찾아 줘."

"아니, 그게 무슨 한양에서 김 서방 찾는 소리야."

"피란길에 집안에서 다 버리고 가서 혼자 남아 있었어. 속환해 줄 가족 친지가 없는 사람이야. 너처럼."

이기훈의 눈매가 부드러워졌다. 이기훈은 그동안 배운 만주어를 총동원해서 물어물어 마침내 그 여인을 찾아냈다. 마치 속환 따위는 자기와는 상관없는 일인 양 버림받는 것에는 익숙하다는 듯 초연히 공허한 낯빛으로 기러기가 수놓인 낡은 치마를 입은, 자신과 닮은 눈빛을 속환 시장 구석에서 발견했다. 사람은 사랑하는 타인에게서 자신과 닮은 부분을 찾아내고야 마니까. 기러기를 입은 얼녀는 여자들의 처소로 왔다. 그 애의 이름을 묻는 세자빈의 목소리가 다정해서 애란은 자기 이름을 입속에서 되뇌었다. 〈목란사〉를 외우는, 사랑할 애, 목란 란. 얼녀는 평탄한 목소리로 이름을 말했다.

"제 이름은… 노비 출신 첩이었던 어머니가 낳은 계집아이라서 집에서 이름 없이 '야', '이년아'로 불렸어요."

세자빈 대신 애란이 이름을 지어 주었다. 목란이 남장했을 때 이름이 뭐였을까.

"그럼 '송죽'은 어때요. 제 이름에 '난초 란'이 들어가니까. 소나무와 대나무처럼 눈이 내려도 푸르게 살라는 뜻도 있고."

송죽의 발에 잡힌 물집에 색실을 꿰면서 애란은 송죽의 사연을 들었다. 침모였던 송죽의 어미는 송죽에게 자수와 길쌈을 가르쳤다. 송죽의 아비가 계집종의 딸을 계집종으로 내버려두지 않고 별당에서 곱게 기른 이유는 뻔했다. 얼굴이 반반하니까 권문세가에 뇌물 바치듯 첩으로 들여보내려는 계산이었다. 송죽은 늙은 세도가의 젊은 첩이 되어 자신 같은 서자와 서녀를 낳고 살 팔자였다. 송죽의 어미는 병으로 죽기 전에 송죽의 손을 잡고 말했다. 언젠가 기회가 생기면 집을 나가 멀리 도망쳐서 혼자 살라고. 삯바느질로 굶지 않고 살 수 있을 거라고. 그러라고 바느질을 가르쳤다고. 전쟁이 터지자 집안사람들은 피란길에 입 하나라도 덜려고 송죽을 남겨 둔 채 피란을 떠났다. 피란길에 색색의 자수는 필요 없을 테니까.

세자빈은 "나는 양친께서 시집가지 못하게 바느질을 가르치지 않으셨는데 너는 모친께서 시집가지 말라고 바느질을 가르치셨구나"라며 송죽에게 수의를 한 벌 지어 달라고 했다. 송죽은 여기서 처음으로 짓는 옷이 수의라니 어쩐지 불길하다면서도 망자가 얼마나 키가 컸는지 물었다.

"저하의 옷을 덮고 묻히셨으니 저하만큼."

송죽은 완성된 수의를 세자에게 바쳤다. 정뇌경이 죽을 때 울지 못했던 세자는 그 무덤 앞에서 자기 키만 한 수의를 끌어안고 뒤늦게 통곡했다. 애란은 어쩐지 세자의 얼굴에 정뇌경을 겹쳐 보게 되었다. 불길하게. 죽은 사람을.

7 펄펄 나는 꾀꼬리

심양관에서 질자들은 밤마다 관소를 순찰했다. 문을 부수고 담을 넘어서라도 속환을 도와 달라며 애원하는 조선인들을 막으려고. 적자들 틈에서 혼자 얼자인 이기훈은 아직도 은근히 따돌림을 당하고 있었다. 다른 질자들이 두셋씩 짝지어 순찰을 돌 때 이기훈은 혼자 밤의 관소를 산책하듯 돌아다녔다.

송죽은 바느질을 하며 흥얼거리는 이기훈의 노래에 귀 기울였다. 이기훈의 미성에 가끔 송죽의 바늘이 멈췄다. 애란은 송죽의 손에 골무를 끼워 주었다. 정뇌경이 죽은 후로 한동안 멈췄던 이기훈의 노래를 다시 듣게 되어 마음이 놓이기는 세자빈이나 다른 궁인들도 마찬가지였다.

송죽은 이기훈의 노래가 어딘지 쓸쓸한데, 고향을 그리는 쓸쓸함이 아니라 태어날 때부터 어쩔 수 없는 외로움을 감추고 있는 것 같다고 했다. 장부를 검토하는 애란과 세자빈 옆에서 송죽은 자수를 놓을 비단옷을 골랐다.

"질자라면 삼정승 육조판서의 아들이니 이역만리에서 서로 기대어 외로움을 나눈다 해도 얼녀인 나는 그와 잘되어 봤자 첩의 신세겠지."

송죽은 소매가 넓은 도포를 지으려던 천을 접었다. 이기훈이 호적에 적자라고 올라 있긴 하지만 원래는 얼자라는 비밀을 이기훈이 자기 입으로 말하기 전에는 다른 사람이 말할 수 없었다. 이기훈의 기척이 느껴졌다. 이기훈은 늦은 밤까지 불빛이 새어 나오는 송죽의 처소에서 눈을 떼지 못했다. 송죽은 이기훈의 발소리가 자신의 처소 앞에서 오래 멈춰 있는 동안 숨을 참았다. 애란은 세자빈과 키득거렸다. 애란이 친언니처럼 송죽에게 조언을 해 줬다. 아주 오래전처럼 느껴지는 어느 날, 자신이 내지 못했던 용기를 송죽이 대신 내 주기를 바라면서.

"담장에 네 치마를 널어놓아."

다음 날 새벽, 송죽은 이기훈의 발걸음이 멈추던 담벼락에 기러기가 수놓인 치마를 널어 두고 디딤돌을 가져다 놓았다. 그날 밤, 관소를 돌아다니던 이기훈은 송죽의 처소 근처를 오래 서성이다가 디딤돌 위에 올라서서 말을 걸었다.

"왜… 기러기입니까."

송죽이 담 너머로 얼굴을 내밀었다.

"기러기는 철새라서 고향으로 돌아간다는 의미가 있고, 혼례에서는 일부종사의 의미가 있고, 오래 장수하고 평안하라는 기원의 의미도 있는데, 그 세 가지를 모두 버리려고 했어요. 기러기를 수놓은 치마를 태워서요."

송죽은 담 너머로 이기훈이 내민 손을 잡았다. 산책만 하는 거야. 산책만. 애란은 그때 은주와 담 너머로 손을 잡고 산책하는 척 달려갔어야 했다. 송죽도 끝없이 산책하고 싶겠지.

"나는… 반가의 여식이었어요."

말없이 나란히 달빛 아래를 걷다가 송죽이 뜬금없이 말했다. 거짓말은 아니었다. 양반 아버지의 딸이긴 하니까. 이기훈이 애써 아무렇지 않은 척했다.

"그런 게 여기서 무슨 상관이겠어요. 노비가 역관이 되고 얼자가 적자가 되고 양반이 노비가 되는 곳인데."

"조선으로 돌아가면 상관이 있겠지요."

"가 봤자 환향녀라고 손가락질이나 당할 텐데요. 기다리는 가족도 없다면서요."

"모르겠어요. 모두가 저를 버린 고향으로 돌아가고 싶지도 않고, 권세가에 팔리듯이 시집가고 싶지도 않고, 오래 살고 싶지도 않고."

"나랑 갈래요? 아무도 나를 모르는 곳으로. 내가 뭐든 될 수 있는 곳으로. 그곳이 어딘지는 아직 모르겠지만."

"내가 감히 판서의 아들과 뭘 할 수 있을까요."

"상관없어요. 나는 호적에만 적자로 오른 얼자니까. 내놓은 자식이지요."

이기훈은 반보 뒤처져 걸었다.

"저에 대해서 많이 들으셨지요?"

"노래를 잘 부르신다고…."

"왜 잘 부르는지도 들어서 아시겠지요? 기생인 제 어미를 쏙 빼닮아서 그런다고."

"제가 어쩌다 바느질을 잘하는지 궁금하지 않으세요? 어미가 바느질하는 종년이라 그렇다던데."

"우리 둘 다 어머니를 닮았네요. 어머니처럼 살고 싶지는 않은데."

둘은 비밀스레 만난다고 생각했지만 담장의 벽돌도 이들의 관계를 다 알았다. 애란은 이기훈과 송죽이 심양관에서 혼인을 하고 살림을 차리고 병아리들처럼 보송하고 종종대는 아기들을 낳고 살기를 바랐다. 심양관에 울려 퍼지는 아이의 웃음소리가 사람들의 위안이 되길. 날 때부터 적자인 질자가 아니라 이기훈이 심양관에서 아비가 되기를 바랐다. 송죽이 정조를 잃었다는 말도 안 되는 손가락질당하지 않고 행복한 아내가 되기를 바랐다. 버려지고 외로운 사람들끼리 보란 듯이 잘 사는 모습을 모두에게 보여 주고 싶었다.

조선의 세자와 세자빈이 조선인들을 속환한다는 소문이 퍼지자 심양관 문 앞은 시장 바닥처럼 북적였다. 양반 집안에서는 하루라도 빨리 처첩과 자식과 친척을 데려오고 싶어서 몸값을 올려놓았다. 그 바람에 입고 온 옷까지 벗어서 팔아도 도저히 속환금을 대기 어려운 사람들이 청나라 상인들에게 돈을 빌려 가족을 속환하고서는, 그 돈을 갚지 못하고 조선으로 야반도주해 버리기 일쑤였다. 청나라 상인들은 심양관 문을 두드리며 조선인들이 떼어먹고 간 돈이니 심양관에서 갚으라고 소란을 피워 댔다. 청나라 상인들은 애초에 그러려고 피로인들 몸값을 높게 부른 거니까. 세자빈은 용골대에게 빚을 져서라도 청나라 상인이 부르는 대로 돈을 내주라고 했다.

"개나 소나 속환해 주니까 이 난리 아닙니까! 형님께서 버릇을 잘못 들이셨습니다! 어딜 감히 오랑캐의 장사치 따위가 세자께서 계신 곳에서!"

봉림대군이 심양관 문에 빗장을 지르면서 채신머리없이 날뛰었다. 그동안 심양관의 모든 일에 눈 감고 귀 막고 입 닫았던 그가 겨우 이런 일에 격분했다.

"문밖보다 문 안이 더 시끄럽구나."

세자가 평온하게 대꾸했다. 그럴수록 봉림대군은 더 길길이 날뛰었다.

"형님께서 자주 자리를 비우시니 형수님께서 세자라도 되신 양 일을 벌이시는 거 아닙니까!"

세자빈은 봉림대군의 말을 막았다.

"여기서 빚을 갚아 주지 않으면 더 이상 조선에서 가족들이 오지 못할 것이오."

화가 풀리지 않은 봉림대군은 악담을 퍼부었다.

"두고 보십시오. 지금 형님의 은혜를 입은 자들이 조선에서 형님께 한 푼이라도 보태 줄 것 같습니까. 다들 왜 자기 식구를 더 빨리 안 빼내 줬냐고 원망이나 안 하면 다행이지요. 속환된 놈들 때문에 후일에 큰 곤욕 치르실 겁니다."

"대군, 우리가 결국 부서질 걸 알고 있소. 알면서도 부딪치고 있는 것이오. 부서지기 위해서."

애란은 세자빈이 여염에 시집갔으면 피란길에 끌려왔을까 상상했다. 그랬으면 애란은 은주를 속환하고 가락지를 만지작거리듯 곁에 두고 예뻐해 주고 쓰다듬어 주고 보살펴 줬을 것이다. 그리고 한 가지에 앉은 새들처럼 시를 노래하겠지. 너른 세상을 누비며. 아무 쓸모 없고 아름답기만 한 시를. 둘만의 언어로. 그때 정말로 담 너머로 손을 뻗어 잡고 함께 도망쳤으면 지금쯤 무엇이 되었으려나.

애란은 만주어를 할 줄 아니 속환 시장에서 통역을 해 주고 돈을 아주 많이 벌었겠지. 하지만 은주는 남의 불행과 슬픔으로 돈을 벌 사람이 아니었다. 애란과 은주는 많이 싸웠겠지. 하지만 그래도 반걸음씩 물러섰을 것이다. 애란은 돈을 벌어 은주가 원하는 대로 그 돈을 속환금으로 쓰고, 조금 남은 돈으로 책을 사서 머리를 맞대고 읽었겠지. 그러면 참으로 좋았겠지.

8 큰 날개 그림자 아래 촉새

박힌 돌이 굴러 들어온 돌에게 성을 냈다. 원래 천 일 갈이 밭에 있던 사람들이 나중에 온 사람들에게 텃세를 부렸다. 천 일 갈이 밭은 불붙기 직전이었다. 먼저 속환된 사람들은 이제 속환을 그만두고 그 돈으로 자신들을 귀국시켜 달라고 항의했다. 세자빈 눈에는 그 사람들이 우매하고 이기적으로 보였다. 하지만 속환된 사람들은 열심히 일해서 남 좋은 일이나 시켜 준다고 불만이었다. 하루라도 빨리 고향으로 돌아가고 싶은 그 마음을 이해하지 못하는 것은 아니나 귀국이 요원한 세자와 세자빈에게 할 말은 아니었다. 속환될 때는 청나라라인의 노비 신세에서만 벗어나면 된다고 했던 자들이었다. 세자빈과 애란은 농사로 얻은 이익으로 장사를 해서 심양관의 재산을 불려 보려고 했다. 이번에도 봉림대군은 반대했다.

"장사치가 되려고 여기까지 오셨습니까? 벌어도 좀 적당히 버십시오. 조선의 조정에서 뭐라고 생각하겠습니까. 뭔가 흑심이 있어 자금을 마련한다고 의심하지 않겠습니까. 애초에 땅을 받으면 안 되었습니다. 그 땅이 모든 화의 근원입니다."

애란도 이번에는 봉림대군 편을 살짝 들었다.

"은 몇백 냥을 들여야 겨우 한 명 속환하는 거 너무 손해 보는 장사 아닌가요?"

"그 한 명의 인생이 바뀌지 않니. 그래도 돈으로 사람을 구할 수 있으니 얼마나 다행이야. 돈으로도 구하지 못하는 사람도 있는데…."

세자빈이 한숨을 쉬었다. 누구를 떠올리는지 너무 잘 알겠어서 애란은 세자빈의 말에 반박하지 않았다. 은 몇백 냥이 아니라 몇만 냥을 들여서라도 정뇌경을 구할 수 있었다면 이득과 손해를 계산하지 않고 그리했을 텐데…. 세자가 아내의 편을 들었다.

"나도 안다. 내가 이곳에서 뭘 하든 조선에서는 엄연히 임금이 살아 있는데 세자가 왕 노릇하는 걸로 보일 거라는 거. 세자빈이 배후에서 조종하고 있다고 모함당할 거라는 거. 하지만 사람이 그렇게 참혹하게 끌려오는 걸 다 보아 버렸는데 어떻게 가만히 있을 수 있을까."

부창부수라고, 세자빈도 세자의 말에 기댔다.

"반청이니 친청이니 그런 건 관심 없소. 다만 호란이 할퀸 사람들과 그들의 찢어지는 고통을 보살펴야 한다는 건 잘 알고 있소. 호란에 패배한 건 과거고, 굴욕은 잊지 않으나 그것을 딛고 살아가야 하오."

봉림대군은 무릎을 뻣뻣하게 펴고 물러났다.

"이제부터 소신은 빠지겠사옵니다, 저하."

세자빈은 애란의 손목을 잡아끌어 함께 처소로 갔다. 그 손은 축축하고 차가웠다.

"너에게 못 할 짓을 할게. 독을 구해 줘. 고아마홍을 거치지 말고 네가 직접 움직여."

애란은 하고 싶은 말을 삼키고 손톱 밑에 낀 검푸른색을 빼내려고 했다. 그래, 이 손으로 궁녀를 죽이고 스승님에게 독을 드렸지. 하지만, 그게 괜찮지는 않았다.

'은주, 왜 사람들은 저에게 독을 구해 달라고 하는 걸까요. 왜 다들 제 앞에서 죽거나 죽이려고 하는 걸까요. 제가 그리 독해 보이던가요. 제가 정말로 사람을 죽여도 아무렇지 않은 사람으로 보이나요. 누가 제 앞에서 죽어도 눈 깜짝하지 않을 사람 같나요. 저는 다른 사람에게는 독해 보이려고 볏을 부풀리지만, 은주에게는 그런 사람이고 싶지 않은데. 왜 저를 알아봐 주지 않나요.'

애란의 손끝에 묻은 검푸른색은 애란에게만 보인다. 세자빈은 애란의 손톱을 보지 못했다.

"아까 저하의 말씀을 들었지. 조선으로 돌아가면 우리는 바위에 부딪치는 달걀처럼 부서질 거야. 너무 고통스럽지 않도록 그 전에 스스로 끝낼 수 있게 독을 구해 줘. 스승님 때처럼 실패하지 않게 청나라에서 구할 수 있는 가장 강한 독으로.”

짐새의 알은 바위를 부식시킨다. 독을 구해 달란 말은 제발 자신을 구해 달란 말로 들리기도 했다.

“너무 걱정하진 마. 나와 저하는 어렵겠지만 다른 궁인들은 가능하면 조선으로 돌아가지 말고 여기 남아. 용 장군에게 부탁해 놓을 테니. 그러면 안전해.”

천 일 갈이 밭에 고약하고 괴이한 소문이 돌았다. 세자와 세자빈이 천 일 갈이 밭에서 벌어들이는 돈을 조선으로 보내서 역모를 꾸민다고 했다. 자기네들이 보기에도 관소 살림이 군색해 보이니까 차마 심양에서 호의호식하는 데 그 돈을 쓴다고 할 수는 없었다. 조선에선 세자가 청나라 관리들과 사냥 다니면서 심양에서 뇌물을 뿌리며 돈을 펑펑 써 댄다고 모함하고, 심양에선 조선에 보낼 비자금을 조성하느라 돈을 빼돌린다고 모략했다.

“다른 사람은 몰라도 속환된 피로인들이 그러면 안 되는 거잖아요. 지들이 누구 덕분에 노비 신세에서 벗어났는데. 청나라 주인이 일 시킬 때는 꼼짝 못 하고 순순히 고개를 조아리던 양반 놈들은 조선 세자빈이 농사지으라 하면 입이 댓 발 튀어나와요. 청나라 주인처럼 발뒤꿈치를 자를 수 없다면 발

가락이라도 잘라야 충성을 바칠까요."

"애란아, 내가 직접 백성들과 얘기할게. 대화로 풀면 진심
이 통할 거야."

"빈궁마마, 참새에게 사람의 말을 가르쳐 보았자 찍찍댈 뿐
이고 병아리를 길러 보았자 닭이 되지 봉황이 되지 못하는 법
이에요."

속환된 조선인들이 호미를 던지고 몰려왔다. 세자빈은 순
진하게도 터놓고 대화를 나누면 그들을 설득할 수 있으리라
믿었다. 그러나 성난 백성들은 자신들을 벌하지 않는 세자빈
을 두려워하지 않았다.

"공짜로 얻은 땅이면서 절반씩이나 떼어 가는 건 너무 심
합니다."

세자빈이 애써 그들을 타일렀다.

"용골대 장군에게 속환금을 빌려서 자네들을 속환했고,
자네들이 농사지은 수확물로 그 빚을 갚았네. 속환할 때는 뭐
든 다 하겠다고 해 놓고 이제 와서 절반을 내는 게 아깝다고
하는 건가. 풍년이 들었지 않은가. 절반을 내도 쪼들릴 정도는
아닐 텐데."

"청나라 노비에서 벗어나나 했더니 심양관 노비가 되었잖
습니까."

"노비에게는 자유가 없지만 자네들에게는 자유가 있어. 싫
으면 여기서 일해서 돈을 모아 떠나면 되네."

"노잣돈이 없습니다."

"그럼 어쩌란 말인가."

"심양관에선 속환하러 온 가족들이 청나라 상인을 등쳐 먹은 돈도 갚아 주시지 않습니까."

그들이 잠시 말을 멈추고 머뭇거렸다. 세자빈은 말없이 그들의 말을 기다렸다. 마침내 누군가가 뒤에서 말했다.

"심양관에서 조선까지 갈 노잣돈을 주십시오. 아니면, 돈을 모을 수 있게 수확의 십분지 일만 바칠 수 있게 조정해 주십시오."

"그건 불가하네. 자네들이 바친 수확물은 거의 모두 피로인들을 속환하는 데 쓰고 있네. 자네들을 속환했듯이. 아직도 청나라에는 피로인들이 많고, 그들을 속환하려면 돈이 더 많이 필요해. 이해해 주기 바라네."

"얼마나 더 속환하실 겁니까!"

"가능한 한 많이. 마지막 한 명까지. 할 수 있다면. 그러니 도와주게."

"그건 불가능합니다. 저희를 불쌍히 여기셔서 이제 그만 속환하시고 그 돈으로 저희를 조선으로 돌려보내 주십시오."

"다들 옆을 둘러보게. 끌려온 피로인이 몇십만 명인데 속환된 사람은 한 줌밖에 되지 않아. 아직 속환되지 못한 사람들이 고향을 그리는 마음을 알지 않는가. 자네들이 피로인의 처지를 가장 깊이 이해하고 공감할 줄 알았더니."

"저희는 대체 언제 조선으로 돌아갈 수 있습니까!"

"여기 올 때 같이 왔듯이 돌아갈 때 같이 가겠네. 절대 한 사람도 두고 가지 않을걸세."

"그게 언제입니까."

백성들은 아무것도 하지 않는 조선의 임금은 욕하지 않고 뭐라도 하는 세자와 세자빈을 원망했다. 확답을 줄 수 없는 일은 시작도 하지 말았어야 했다.

"몇 명이라도 먼저 조선으로 보내 주십시오."

"그걸 누가 어떻게 선발할 수 있겠는가. 서로 아귀다툼하며 분란만 일으키려는 건가. 몇 명을 보낼 돈이라도 알뜰하게 모아서 한 명이라도 더 속환할 궁리나 하게."

"심양관에 돈이 많지 않습니까. 세자께서 계시는데."

"정말로 돈이 없네. 관소가 허물어져도 수리도 못 하네."

세자빈이 위엄 따위 버리고 솔직하게 말했는데도 그들은 믿지 않았다.

"장부를 보여 주십시오."

"기어이 속환해 준 은혜를 잊고 기어오르겠단 건가."

노비가 된 피로인들의 처우를 조금이라도 낫게 하고 속환금 시세를 낮추고 조선에서 속환사를 오게 하려고 세자가 청나라 고위직과 교류한 내용은 장부에 적을 수 없었다. 나중에 조선 조정에 꼬리를 잡히지 않기 위해서였다. 청나라와 조선 모두에 들키지 않아야 하는 게 또 있었다. 청나라 장군과 황제의 동생과 아들들이 심양관에 담비 가죽 등 비싼 선물을 억지로 안기면 심양관에서는 그걸 암시장에 팔아 수달 가죽, 청서 가죽 등의 답례품을 마련하여 주는 식으로 일종의 돈세탁을 비밀리에 할 수밖에 없었다.

이제 세자빈과 조선인들 사이에는 불신이 생겼다. 하지만 상관없었다. 속환된 피로인들이 원하는 것은 진실이 아니었다. 자기네들이 듣고 싶은 소리를 해 주기를 바랐다. 세자가 자기네들에게 무릎 꿇고 투항해서 곳간을 열어 주기를 기다렸다. 그들은 쥐 떼들처럼 곳간을 약탈하고 그렇게 털어 간 돈으로 자기네들끼리 치고받고 싸워서 이기는 놈은 떠나고 진 놈은 남아서 심양관을 증오하는 꼴을 기어이 보고 싶어 했다.

정뇌경의 첫 번째 기일에 세자는 천 일 갈이 밭 한가운데서 속환한 조선 백성들을 제사상에 올리고 묘 앞에서 절하고 하늘에 고했었다.

"스승님이 옳았어요. 저는 외로운 고아, 짝 잃은 사람, 굶주린 사람입니다. 낮음이 없으면 높음이 없고 천함이 없으면 귀하지 않으니 낮고 천한 백성을 돌보았어요. 빛나는 보석을 바라지 않고 길가의 돌멩이처럼 담담하게 살았어요. 하늘과 땅의 원리에 반하지 않았습니다."

그러나 정뇌경이 틀렸다. 낮고 천한 백성들은 길가의 돌멩이를 걷어찼다. 하늘과 땅은 풍년을 불러왔지만 사람은 탐욕스러웠다. 그러나 달리 생각하면 외로운 고아, 짝 잃은 사람,

굶주린 사람이 제정신일 수 있을까.

모두 다 망가졌다. 부서졌다. 어질러졌다. 엉망진창이 되어 버렸다. 사람이 게으르면 농사는 금방 티가 났다. 천 일 같이 밭에는 잡초가 자라고 작물이 시들었다. 애란의 독초밭만 징그럽게 무성하고 싱싱했다. 죽을 날을 받아 놓은 사람들처럼 세자와 세자빈은 더욱더 속환에 매달렸다.

"애란아, 돈을 더 벌어야 해. 겨우 채소 좀 팔아서 번 푼돈으로는 할 수 있는 일이 너무 적어. 더 돈 되는 작물을 심고 그걸로 돈을 벌어 불려야 해."

"조선이랑 청나라 사이에서 밀무역이라도 하시게요?"

"너는 해 봤잖아. 잘할 수 있어."

애란은 조급해하고 안달복달하는 세자빈을 진정시키려 했다. 혼자서라도 정신 차려야 했다. 세자빈이 혹시라도 선을 넘고 허튼짓을 해서 정적들에게 빌미를 주면 안 되었다. 애란은 세자빈을 막으려고 심양까지 따라왔다.

"가만히 계세요. 나중에, 귀국한 뒤 마마께서 권력을 잡으시면 그때 하고픈 거 다 하세요. 대체 은혜도 모르는 것들 위해서 뭘 더 해 주시려고 그래요? 그러신다고 고마워하지도 않을 텐데요."

"답신이 오지 않아도 보내는 편지가 있고, 응답을 바라지 않는 마음도 있지 않니."

애란은 살 수 있는 방법을 알려 줘도 자기 말을 듣지 않는 세자빈이 야속했다. 그러나 애란은 너무 잘 알았다. 세자빈 같은 사람은 계속 현실이라는 단단한 바위에 부딪치다가 끝내 부서져야 그 안에 숨겨진 진가가 드러나는 원석 같은 사람이었다. 애란이 정이 되어 모난 돌을 다듬을 수 있을까.

"밀무역을 크게 하려면 청나라 고위직을 끼워야 해요. 용골대야 피로인 한 명 데리고 불쑥불쑥 찾아와 속환 좀 하라고 해서 돈을 뜯어 가는 장군인지 날강도인지 모를 위인이니까 보호비 조로 돈 좀 찔러 넣으면 모른 척해 줄 거고요."

애란은 용골대에게 조선과 청나라의 말과 사정에 모두 능통한 사람이 필요하니 소개해 달라면서 아비가 주고 간 인삼을 슬쩍 건넸다. 떠오르는 사람은 단 하나였다. 용골대는 황제의 시녀로 입궁했다가 피패 박시•에게 하가한 이지향을 관소에 데려왔다.

애란은 화려하게 꾸민 이지향을 한눈에 알아봤다. 기억날 수밖에 없는 강렬한 첫 만남 덕분이었다. 심양에 왔던 첫날, 용골대가 '세자 다음가는 서열'인 세자빈을 피로인들을 거래하는 시장으로 기어이 데려갔던 날이 선연히 떠올랐다. 살려 달라거나 애원하거나 절망해서 울거나 하는 조선말을 차마 들을 수 없어 들려도 들리지 않은 척했던 귀에 날카롭게 꽂히는 목

•   청나라 벼슬 이름.

소리가 있었다.

"나는 조선 왕실 종친 회은군의 딸 이지향이다! 나를 아무 집 계집종으로나 보낼 수는 없다!"

애란이 세자빈을 보았다. 세자빈은 모른다는 뜻으로 고개를 저었다. 애란이 종친의 딸에게 다가갔다.

"회은군이라면, 말만 종친이지 그냥 전주 이씨 아니냐."

"아버지는 딸년 따위 속환하려 재산 들고 오실 분이 아니니 내 살길은 내가 찾아야겠다. 기왕 오랑캐의 첩실이 될 거라면 고관대작의 첩실이 되는 편이 낫지 않겠느냐."

애란은 이국땅에서 절대 꺼지지 않을 불꽃을 담은 눈빛을 발견했다.

"고관대작보다 더 높은 곳으로 보내 드리지요. 이 만주어를 외우세요. 나는 조선 왕실 종친의 딸이니 공주나 다름없다."

애란은 고아마홍의 손에 이지향을 넘겼다.

"조선 왕실의 공주를 용 장군께 드려 신임을 얻으세요. 용 장군이 황제에게 조선의 공주를 진상하고, 그 여인이 황제의 총애받는 후궁이 되어 아들이라도 낳으면 황제가 용 장군을 다시 보겠지요. 그럼 용 장군이 심양살이를 좀 편하게 해 주겠지요?"

세자빈이 허둥지둥 뭐라도 당장 빼낼 패물이 있나 살폈으나 '공주나 다름없는' 피로인의 몸값을 치를 만한 값나가는 장신구는 없었다.

"애란아, 너 지금 뭐 하는 거니. 어떻게든 살아 보려고 하는 말을 그대로 들으면 어쩌니. 그게 정말로 첩실이 되고 싶다는 뜻이겠니. 무정한 아버지 대신에 누구라도 속환해 달라는 말이지."

"빈궁마마, 청나라 황제는 조선에 공녀를 요구할 거예요. 그걸 '공주나 다름없는 왕실 종친의 딸' 한 명으로 막을 수 있어요. 저 애에게도 조선 필부의 정실보다는 황제의 후궁이 되는 편이 낫지요. 누구도 손해 보지 않는 거래예요."

세자빈은 애란을 지나쳐 이지향의 손을 잡았다.

"내가 꼭 너를 구해 줄게."

이지향은 그 손을 맞잡지 않았다.

"저는 조선 왕실에 아무것도 기대하지 않사옵니다."

굽 높은 화분혜를 신고 약지와 소지 손톱에 호갑투를 끼운 이지향은 조선의 공주가 아니라 완벽한 청나라 여인처럼 말을 타고 관소에 왔다. 그러고는 세자빈 앞에서 왼쪽 다리를 세우고 두 손을 왼쪽 무릎에 올리고 앉아 허리와 고개를 숙여 청나라식으로 인사하려 했다. 세자빈이 손을 저어 그렇게 예를 차릴 필요 없다고 하자 이지향은 바로 일어나서 마치 자기가 정말로 조선의 공주인 양 세자빈과 두 손을 맞잡고 무릎을 두 번 굽혀 청나라 또래 여자 친구들처럼 친근하게 인사하더니 애란에게 시선을 고정한 채 말했다.

"장사 이야기는 잠시 미뤄 두고 여인네들끼리 좀 놀아 볼까요. 청나라에서 오래 살다 보니 조선말로 신나게 떠들고 싶었답니다."

송죽과 세자빈은 이지향의 화분혜를 신고 서로 부축하며 뒤뚱거리며 걸어 보기도 하고, 청나라 여인처럼 바지를 입어 보기도 했다. 애란은 만주족 여인처럼 귓불을 뚫어 세 쌍의 귀고리를 건 이지향의 귓가에 속삭였다.

"바라시던 대로 고관대작의 안채에 들여보내 준 은혜를 갚으려는 건가요? 왜 심양관에서 불렀을 때 단번에 수락하신 건가요?"

이지향도 귓불이 밋밋한 애란에게 귀엣말을 했다.

"속환을 해 주지 못함에 원한을 품었으면 품었지 무슨 은혜란 말이냐. 나는 심양관에서 여태껏 나를 잊지 않았기에 왔을 뿐이다."

이지향은 애란 보란 듯 세자빈에게 친근하게 굴며 말을 걸었다.

"심양관에서 조선인들 속환하실 때 빈궁마마께서 돈 문제 때문에 고생 좀 하신단 얘기 들었습니다."

"내가 밀무역을 해서 돈을 벌려는 이유가 그것이지."

"속환된 귀한 집 딸들은 오랑캐의 손에 정절을 더럽힌 환향녀라고 손가락질받아서 시집도 못 간답디다. 황제의 시녀가 되고 박시에게 하가당하여 두 지아비를 모시는 저도 있는데. 조선에선 궁녀가 왕의 여인이지요. 황제를 모시는 시녀를 신하에게 하가시키는 청나라를 보면 정조란 한낱 풍속에 지나지 않는 것을."

송죽이 이지향의 말을 막았다.

"그러니까 속환되어도 고개 똑바로 들고 보란 듯이 잘 사는 걸 보여 주면 되는 거 아닌가요."

청나라 여인들의 바지를 입으며 애란은 남장을 하던 시절을 회상했다. 혼인이란 게 한낱 풍속에 지나지 않는다면 평생 남장을 하고 여인과 혼인하여 평범하게 살 수도 있었을까. 애란은 이지향의 귓불에서 풍경처럼 흔들리는 세 쌍의 귀고리를 넋을 놓고 바라봤다. 비취로 조각된 작은 여섯 마리의 새들을. 이지향은 청나라 사람보다 더 청나라 사람같이 사느라 고단하겠구나.

이지향이 애란의 시선이 머문 귀고리를 뺐다. 세자빈이 애란에게 무릎을 내주었다. 애란은 세자빈의 무릎에 머리를 베었다. 세자빈이 바늘로 애란의 귓불에 구멍을 냈다. 애란이 후후 숨을 삼켰다. 붉은 핏방울이 치마폭에 꽃잎처럼 떨어졌고 세자빈이 애란의 귀에 난 상처에 이국의 여인처럼 귀고리를 꽂아 넣었다. 애란은 숨을 토해 냈다. 아파야 살아 있는 것 같았다. 애란은 고통을 주는 사람을 사랑했다.

애란은 고개를 들고 일어나 앉았다. 이제 꿈에서 깨야 할 때였다.

"명나라 남자나 조선 남자는 변발을 하고 호복을 입으면 청나라 벼슬에 오를 수 있겠지만, 여인은 존귀한 황족이라 해도, 변발을 해도, 관직에 오를 수 없겠지요."

애란이 무슨 말을 하는지 이지향은 이해했다. 애란은 계집의 정체성을 몸에서 떼어 놓을 수 없고, 이지향은 아비의 피를 몸에서 빼낼 수 없었다.

"나도 고아마홍처럼 청나라 이름이 있으면 좋겠다고 바랐지. 그러나 나는 내 가문 덕분에 청에서 대우받고 있으니 이씨 성을 나에게서 떼어 놓을 수는 없어. 세상엔 어찌할 수 없는 게 있더라."

애란은 누긋해진 목소리에 염려를 담았다.

"조선에선 회은군의 집 문지방이 닳을 정도라더군요. 청나라 고위층에 연줄 좀 대 보려는 사람들이 방방곡곡에서 찾아온다고요. 문을 나서면서 '오랑캐 사위 덕 본다'라고 뒷담화해 대는데 딸을 속환 못 한 무능한 아비 주제에 회은군은 어깨가 올라갔다던데요."

"조선이나 청이나 여인네 신세야 지아비의 총애에 달렸으니, 지금은 박시께서 내 어설픈 청나라 말이 마치 말 배우는 어린애처럼 혀짤배기소리라 하여 귀엽다 하시나 내가 이 나라 말에 능숙해져도 과연 나를 사랑하실지는 모르지."

애란은 역관들을 따라다니며 명나라 병부상서 댁에서 일부러 어눌한 말투로 어리숙한 척했던 시절을 떠올렸다. 사람은 어리석어 세상이 변하는 줄 모른다. 그때 그 명나라의 높은 사람들은 지금처럼 변방의 유목민족이 득세하는 세상이 올 줄 알았을까. 그들은 지금 어떻게 되었을까. 세상도 변하고 사람도 변하는데.

"사람의 마음은 쉽게 변하여 어제 총애하던 여인을 오늘 내치기도 하나, 돈은 일편단심 여인을 사랑해 주지요."

이지향은 세자빈을 향해 돌아앉아 애란을 곁눈질했다.

"돈을 벌려면 인삼만 한 게 없어요, 빈궁마마. 천 일 같이 밭에 인삼을 심으세요. 인삼 거래는 역관당 여덟 포씩만 거래하게 제한되어 있으나 심양관엔 역관 따위와 비할 수 없는 조선의 세자 저하가 계시고 청나라의 용골대 장군이 있으니 얼마든지 많이 거래할 수 있지요. 박시를 통해 청나라 고위층에게 심양관에서 보증하는 인삼을 비싼 값에 팔면 될 거예요."

애란은 이지향에게서 눈길을 돌려 세자빈을 보았다.

"역관들이 심양관의 인삼 거래를 막으려고 조선 사신들에게 심양관을 모함하고 사신들은 그걸 또 주상 전하께 고해서 심양관을 궁지로 몰아넣을 거예요."

이지향은 애란이 세자빈의 궁녀인 줄로만 알고, 대놓고 코웃음을 쳤다.

"역관이야 고아마홍처럼 피로인 중에 아무나 청나라 말 잘하는 사람으로 대체하면 되지 역과 급제했다고 무슨 장원 급제한 것처럼 거들먹대는 중인 따위가 필요할까요?"

애란이 갈망했던 역관이라는 직업이 남들에게는 아무것으

로나 보였다. 이게 보통 사람들의 시선이었다. 애란은 이지향에게 반박하지 않고 화제를 돌렸다.

"인삼은 지력 소모가 심해서 오래 농사지을 땅에는 맞지 않아요."

세자빈은 천 일 갈이 밭 쪽으로 시선을 돌렸다.

"속환된 사람들의 민심이 흉흉하여 언제 어떻게 천 일 갈이 밭의 농사가 끝날지 모르니 돈을 바짝 벌어 할 수 있을 때 최대한 많이 속환을 하려고. 지금 당장은 할 수 있는 일을 하고 나중 일은… 계획할 수 있을까."

심양에 온 이후로, 아니 은주를 만난 이후로 애란의 삶에는 '나중 일'이라는 게 없었다. 마음도 앞날도 계획할 수가 없었다. 세자빈은 당장 할 수 있는 일을 했다. 애란은 나중에 하고 싶은 일을 계획할 수 없다면 상상이라도 하고 싶었다. 속환할 수 있는 사람을 다 속환하고, 세자빈이 더 할 일이 없어지면, 애란이 은주의 무릎을 베고 누워 새소리에 귀 기울이는 아주 먼 훗날을.

9 짝 잃은 기러기

누군가가 조선 임금의 베개 머리맡에서 독살스레 속살대기라도 하는지 자꾸 질자들의 아버지들에게서, 시강원 강원들의 친인척들에게서 심양으로 서신이 왔다. 조선의 조정에서는 심양관에서 세자빈이 회은군의 딸과 친교를 맺어 관소를 시장통으로 만들어 품위를 떨어뜨리고 장사로 자금을 모아 사람을 사서 도당을 꾸미고 있다는 이야기를 경계한다는 내용이었다. 조선에서는 세자빈이 '돈 귀신'이라고 욕을 했다.

조소용은 심양관으로 서신을 보내지 않았다. 애란에게 차마 말할 수 없는 비밀이 있었을까. 아니면 애란을 외면해야 했던 사정이 있었을까. 애란의 시끄러운 속마음을 모르는지 이기훈이 다가와 애란의 소매를 붙들었다.

"애란 누님, 심양관에서 인삼을 거래할 역관이 필요하지 않아? 나 이제 청나라 말을 제법 해."

"그게 말만 잘한다고 되는 줄 아니."

애란은 소매 끝만 만지작거리는 이기훈의 속내를 알아내려 했다. 이기훈은 애란과 눈을 마주치지 못했다.

"송죽이랑 멀리멀리 떠날 거야. 대군마마와 질자 놈들이 있는 한 심양관에서 나랑 송죽은 얼자, 얼녀밖에는 못 되니까 여기서 살림을 차릴 순 없어. 인삼 파는 상인들 사이에 섞여 인파 속으로 사라진 다음 변발하고 호복 입고 낯선 곳으로 갈 거야."

"네가 그렇게 사라져 버리면 진짜 적자를 너 대신 심양으로 보내야 하는 병조판서가 심양관에 너를 찾아내라고 항의하지 않겠어? 이렇게 하자. 인삼 거래를 한다고 하고 송죽과 두만강에 가. 강을 건너다가 물에 빠져 익사한 걸로 처리해 줄게. 시신도 물 위에 떠오르지 않았다고 하자."

은주에게 써먹지 못한 계책을 드디어 써먹게 되어, 그게 송죽과 이기훈이어서 애란은 좋았다. 은주가 시도조차 하지 못한 일을 송죽과 이기훈이 성공해서 아무도 모르게 잘 살기를 바랐다. 애란의 인생에서 처음으로 순수하게 이득을 따지지 않고 추진한 일이었다. 송죽이 애란의 손을 잡았다.

"애란 언니, 이렇게까지 위험한 일을, 신경 써 줘서 고마워. 혹시 나중에 돈 많이 벌면…."

"언젠가 아기가 태어나면 내가 안아 볼 수 있게 해 줘. 그

거면 돼."

이기훈이 끼어들어 아기 목소리를 흉내 내며 "고모, 용돈 주세요" 하는 바람에 다 같이 웃어 버렸다. 송죽은 아기가 태어나면 이름에 '란'을 넣겠다고 했다.

조선에서 서신과 장계가 올수록 세자 부부는 고립되었다. 송죽과 이기훈이 떠난다면서 자꾸 떠나지 못하고 미적댔던 것도 그 때문이었다. 세자빈은 천 일 같이 밭의 민심을 무시하고 미친 듯이 속환에 집착했다. 시간이 얼마 남지 않았다는 걸 떠도는 공기로 느낄 수 있었다.

세자빈과 세자는 심양관에서 혼례는 치르고 떠나라며 송죽과 이기훈을 붙잡았다. 애란은 잔치를 준비했다. 세자빈은 친정 언니처럼 송죽에게 이런저런 옷감을 골라 주었다.

"지금 혼례를 치르지 않으면 먹고살기 바빠서 날 잡아 혼례를 치르기가 쉽지 않을 거야. 이제 와서 사주팔자를 교환하고 함을 보내기는 애매하지만 사모관대와 녹의홍상은 갖춰야지. 할 수 있는 건 다 하자. 스승님의 장례는 황망하게 치르느라… 아니다. 경사를 그런 흉사에 비하면 안 되지."

애란도 일부러 농담을 했다. 그래야 할 것 같았다.

"그래, 변발은 사모관대 써 본 다음에 하자."

마치 아들 장가보내는 아비처럼 고아마홍이 시장을 돌아다니며 혼인 잔칫상에 올릴 국수와 고기와 떡을 하나하나 따져 가며 주문했다. 고아마홍은 혼인해 본 적도 없으면서 틈날 때마다 이기훈을 붙잡고 아내와 금슬 좋게 지내려면 어찌해야 하는지 잔소리를 해 댔다. 그래도 어른에게 술을 배워 놨으니 합환주 마시고 취하는 꼴은 면할 것이라 했다. 세자빈은 따뜻한 솜옷을 준비했다. 강에 빠졌다가 나온 후에 춥지 않게 입으라고.

혼례를 치르면 날마다 밤마다 둘이 꼭 붙어 있을 테니까 애란은 송죽과, 세자는 이기훈과 마지막 나날들 내내 붙어 다녔다. 세자는 또래 동무를 떠나보내면 이제 누구랑 노느냐고, 누가 이 심양에서의 세월을 기억해 주겠냐고, 질자들은 벗이 될 수 없다고 술기운을 섞어 어린애처럼 투덜거렸다. 애란은 돈 많은 개가 가난한 정승보다 낫다며 송죽에게 인삼 장사가 대박 나면 떠난 것을 후회할 거라고 가볍게 협박했다. 그러나 인삼 농사는 시작도 못 하게 되었다.

조선에서 온 사신들과 의금부 관원들이 심양관에 도착했다. 처음에는 드디어 속환사가 왔나 보다 했다. 그러나 그들은 역적을 체포한다고 했다. 세자는 담담하게 무릎을 꿇었다. 그런데 아니었다. 회은군을 왕으로 추대하려는 역모가 있었는데 역적 도당 중에 병조판서가 있었다며 이기훈을 포승줄로 묶었다. 거친 오랏줄에 가느다란 손목이 쓸려서 상처가 났다. 병조판서의 적자가 아니었다면, 족보에 오르지 않은 채로 남아 있었다면 아무 일 없었을 텐데. 고아마홍이 사신들 발 앞에 엎드려 빌었다. 사신들은 역관 고아마홍, 아니 노비 정명수를 뿌리쳤다.

"하루만, 아니면 반나절만이라도, 제발 혼례는 치르고 갈수 있게…."

"아마."

이기훈은 마지막으로 고아마홍에게 청나라 말로 '아버지'라고 불렀다. 그렇게 '아버지의 아들'이 되고 싶지 않아 했는데 '역적의 아들'이 되어 사형당하러 조선으로 압송되었다. 세자는 새신랑의 사모관대 대신 이기훈에게 자신의 용포와 관을 벗어 걸쳐 주었다. 송죽이 보고 무너지지 않게 죄인의 몰골을 조금이라도 가려 주려고. 이기훈은 칼을 쓰고 묶인 채로 녹의홍상을 입은 송죽에게 "좁은 규방에, 심양관에 있지 말아요. 그대를 멀리 데려다줄 수 있는 사람을 만나요"라며 이별했다.

세자빈은 혼례를 치르라며 잡지 않고 진작 야반도주시켰어야 했다고 자책했다. 세자는 임금이 자신을 본격적으로 견제하기 시작했음을 알아차렸다. 애란은 이기훈의 손에 몰래 독초를 쥐어 주었다. 혹시 국문을 당하게 되면 장살되기 전에 조금이라도 편하게 죽으라고. 조선의 임금 따위가 이기훈을 죽일 수는 없었다. 이기훈은 독초를 받지 않았다.

왕실 종친의 딸에서 역적의 딸이 된 이지향은 심양관에 발길을 끊고 홀연히 사라졌다. 높은 담 안쪽에서 벌어지는 일은 아무도 알 수 없었다. 시장에서 이지향을 처음 봤을 때 세자빈이 이지향에게 꼭 구해 주겠다고 했는데, 결국 구하지 못했다. 애란은 세자빈에게 이지향이 드디어 이씨 성을 버리고 청나라 이름으로 새장을 벗어났으리라 거짓으로 위로했다. 애란은 귓가에서 달랑거리는 세 쌍의 귀고리를 뺐다. 이제 새살이 돋고 귓불이 막히겠지. 아무 일도 없었던 듯이. 바늘이 귓불을 뚫는 따끔한 감각은 아직도 남아 있는데.

얼마 후, 이기훈이 두만강을 건너는 중에 강에 뛰어들었다는 소식이 전해졌다. 시신은 찾지 못했다. 세자는 "기훈이 예전에 좋은 사람은 늙어서 추해지기 전에 요절한다고 했는데…" 라며 스승의 무덤가에 한참 머물다 왔다.

송죽은 나무 기러기를 신랑과 주고받는 대신 담장에 기러기가 수놓인 치마를 걸쳐 두고 심양관 중정에서 허수아비에 이기훈이 입었어야 할 사모관대를 걸쳐 놓은 채 혼자서 신랑 없는 혼례를 치렀다. 궁녀들이 성인이 되면 치르는 신랑 없는 혼례식 같았다. 초야에는 애란이 들어가서 신랑 대신 송죽이 혼례복 벗는 걸 도와줬다. 송죽은 밤새 들리지 않는 노래를 듣고 오지 않는 신랑을 기다렸다. 담 너머엔 디딤돌이 그대로 남아 있었다. 주인 없는 방 앞의 섬돌처럼.

형 같은 스승 정뇌경에, 친구 같은 이기훈까지 죽고 아버지에게 버림받은 세자는 고열과 오한으로 앓아누웠다. 세자는 정신없는 중에도 아내의 소매를 꽉 잡고 애원했다.

"나보다 먼저 죽지 말아 줘."

"그렇게."

모든 걸 잃은 세자의 아내가 달리 무슨 말을 할 수 있었을까. 세자도 진맥하는 애란에게 "평안하다. 내가 달리 무슨 말을 할 수 있겠는가"라고만 할 뿐이었다. 애란은 세자의 병을 울화가 차갑고 습한 사기(邪氣)를 쐬어 복통이 오는 '산증(疝症)'이라고 진단했다. 모두가 세자의 병인을 알고 있었다. 세자를 둘러싼 냉혹한 현실 때문에 마음에 불이 일어 몸이 아픈 것이었다. 그러나 세자가 청나라와 조선의 처사에 분노하여 병을 얻었다고 차마 아무도 말할 수 없었다. 세자는 산증을 앓을 수 없었다. 세자의 병은 단순한 열감기여야만 했다.

심양관 의원은 세자에게 감기약만 처방했다. 세자는 의도된 오진으로 천천히 죽어 갈지도 몰랐다. 세자는 치미는 심화(心火)를 이기지 못해 고통스러워하며 곽란을 일으켰다. 산증 또한 악화되고 있었다. 세자빈은 감기약만으로 버티는 세자를 보다 못해 애란에게 비밀리에 약을 지어 달라 간청했다. 애란은 세자에게 무언가를 첨가한 탕약을 지어 올렸다. 그 탕약 봉투 겉에 '가입(加入)'이라는 글자가 쓰여 있었다. 애란은 무엇을 첨가했는지는 적지 않았다. 세자는 다행히 쾌차했다. 스스로 이불을 개고 의관을 정제했다. 눈빛은 이전과 달라졌지만 그것을 알아차린 사람은 몇 되지 않았다.

천 일 갈이 밭에 인삼은 심지 못했지만 새로운 사람들이 속환되어 들어왔다. 처음 땅을 가져 본 기쁨과 속환되어 고향으로 돌아가리란 희망에 찬 사람들은 의욕적으로 열심히 농사를 지었고, 또 새로운 사람들이 들어와서 새로운 마음으로 농사를 지었고, 고아마홍의 추천으로 청나라에서 기호품인 남초를 심어서 돈을 벌기도 했고, 가끔 천 일 갈이 밭에서 눈이 맞는 사람들도 나왔다.

10 도래하는 철새

세자가 산중에서 회복된 지 얼마 되지 않아 세자와 봉림대군에게 명나라 정벌에 동행하라는 명령이 내려왔다. 세자가 병에서 아직 완전히 회복되지 않아 감당하기 어렵다 하였으나 청나라는 완강했다. 세자가 분조를 이끈 적은 있으나 무장한 채 말을 타고 진짜 전쟁터에 나가는 것은 전혀 다른 문제였다. '왜란 때 명나라가 조선을 도운 은혜를 잊지 않는다'라며 반청의 깃발을 들었다가 침입을 당했던 임금은 세자와 봉림대군이 청나라 편에서 명나라를 치러 간다는데도 손을 놓았다. 아무리 청나라가 부강하다 해도 설마 명나라를 멸할 수는 없을 것이다. 세자와 봉림대군이 전사할지도 모른다는 우려가 귀신들처럼 관소 안을 떠돌았다.

세자빈은 아무것도 보지 못하고 듣지 못하는 듯 하던 일을 계속했다. 속환하고 속환하고 또 속환하고. 애란은 독초를 수확하여 말리고 다듬은 뒤, 천 일 갈이 밭에 있는 제 텃밭에 아무 쓸모 없이 곱기만 한 꽃을 심었다.

전쟁터에 있는 사람들은 장군이고 병졸이고 할 것 없이 벌판에서 자느라 찬 이슬을 맞고 흙먼지를 뒤집어써서 거지꼴이라고 했다. 비가 와서 불을 피울 수 없어 끼니를 거르기 일쑤인 데다 우물을 파도 물이 나오지 않아 흙탕물을 겨우 마시며 지낸다고 했다. 그러나 호란 때 백성들이 당하고 겪은 참혹한 일들에 비하면 세자와 봉림대군의 고생은 아무리 고통스러워도 고생이라고 할 수 없었다.

전쟁터에 끌려갔던 심양의 장정들 가운데 많은 사람들이 혼란한 틈을 타서 탈영하여 조선으로 도망갔다. 세자가 곤란해질 건 생각도 않고 자기 안위만 챙긴 이기적인 짓이었으나 그들도 살려면 어쩔 수 없었다. 세자빈은 혹시나 청나라가 심양관에 탈영병에 대한 책임을 지라고 을러댈까 봐 불안해했다. 세자는 전장에서 어떻게든 기회가 있을 때마다 심양관으로 편지를 보냈다. 편지에는 급하게 흘려 쓴 글씨체로 '평안' 두 글자만 적혀 있었다.

조선의 조정에선 세자가 청나라 편을 들어 명나라에 화살을 겨누었다고 했다. 세자빈은 누구에게도 아무 말도 할 수 없었다.

세자빈은 지아비가 전장에 있는데 따뜻하게 잘 수 없다며

불을 때지 않았다. 애란은 세자의 자리에 누워 세자와 세자빈
이 함께 덮던 이불을 덮고 세자빈을 품에 안았다. 애란은 베개
를 나란히 하고 누운 은주가 뭐라도 말할 줄 알았다. 누구에게
도 절대 말 못 하는 비밀을. 아니면 애란과 은주 둘만 아는 추
억을. 이 밤이 아니면 못 할 이야기들을. 세자빈과 궁녀가 아
닌 조금 더 내밀한 사이에 할 법한 이야기들을. 〈목란사〉 같은
시문을. 애란은 다 들어 줄 수 있었다. 세자빈이 누굴 미워하
든 죽이고 싶어 하든. 세자가 떠나지 않았으면 언제 이렇게 은
주와 부부처럼 한 이불을 덮어 보겠는가. 지아비가 염려되어
어두운 방 안에서 소리 없이 눈물만 흘리는 세자빈을 두고 그
러면 안 되었지만 애란은 어쩔 수 없이 두근거렸다. 그러나 세
자빈은 애란을 거들떠보지도 않은 채 베개에 얼굴을 묻고 눈
물지었다. 애란은 반듯이 누워 천장을 보았다. 세자빈은 오래
뒤척이다가 모로 누웠다.

애란은 잠든 척하며 은주가 잠들 때까지 기다렸다. 잠든
은주의 젖은 눈꼬리를, 차갑고 빨개진 귓바퀴를, 앙다문 입술
산을 가만히 손끝으로 만져 보았다. 꿈꾸는 척 은주의 품에
파고들어 두 다리를 감아 체온을 나누었다. 은주의 손에 제
손을 덮어 보았다. 의식이 가물가물하고 혼몽해져서야 세자빈
은 몸을 웅크리며 애란에게 파고들었다. 세자빈은 밤마다 세
자랑 이러고 자는구나. 과거에도 앞으로도 애란이 세자빈과
함께 눕는 밤은 없을 텐데, 그 밤에도 애란은 은주의 애란이

208

아니라 세자빈의 남편 대신이었다.

아침에 애란이 수건에 물을 적셔 세자빈의 얼굴을 닦아 주었다. 세자빈은 지난밤의 눈물 자국을 모른 척했다. 애란은 세자가 무사히 돌아오고 세자빈 내외가 언젠가 조선으로 돌아가고 속환이 다 끝나고 더 이상 세자빈에게 청나라 말을 하는 궁녀가 필요 없어지면 떠나 버려야지 했다. 애란의 시중을 받던 세자빈이 비밀을 나누듯 조심스레 물었다.

"애란아, 내가 잠꼬대를 하거나 잠버릇이 나쁘거나 하지 않았니. 내 남편은 늘 내가 평안히 잠든 모습이 달같이 곱다고만 하니까. 아침에 이불 모양새를 보면 그럴 리가 없는데."

"잠꼬대하시던데요. 꿈에 저하라도 나오셨나 봐요."

"내가? 뭐라고 했는데?"

애란은 심술궂게도 세자빈이 가장 듣고 싶어 하지만 이뤄지지 않았으면 하는 소원을 말했다.

"청나라가 승리하고 저하께서 무사히 돌아오신댔어요. 예지몽인가 보지요."

그런데 정말 그 말대로 되어 버렸다. 심양관에 소식이 날아왔다. 명나라가 망했다. 중원의 주인이 바뀌었다. 한족 남자들의 머리카락이 후드득 잘려 나갔다. 명나라 장군들이 변발하고 호복을 입었다. 변방의 유목민들이 중원의 주인이 되었다. 세자와 봉림대군은 무사히 살아남았다. 세자가 오랜만에 길게 써 보낸 서신을 받고 세자빈은 방에 불을 땠다.

세자는 당장 심양관으로 달려오고 싶은 마음을 누르고 북
경으로 갔다. 북경에서 만나고 싶은 사람이 있었다. 저 멀리 바
다 건너 '포르투갈'이라는 곳에서 왔다는 '천주교'라는 종교의
'신부' 탕약망이었다. 세자와 봉림대군의 목적은 달랐다. 탕약
망은 홍이포 제작 기술을 알고 있었다. 전장에서 홍이포의 위
력을 직접 본 봉림대군은 탕약망을 통해 비밀리에 조선에 홍
이포를 수입하려고 하였다. 그러나 세자는 자칫 홍이포를 반
출하다가 발각되면 청나라와 다시 전쟁을 해야 할 것이라며
봉림대군을 만류했다. 세자빈에게 보낸 서신에서 세자는 홍이
포로 북벌의 뜻을 드러내도 자신이 홍이포로 반란을 일으키
려는 걸로 임금이 몰고 갈 거라고 토로했다.

　　세자는 탕약망에게서 천주교 교리와 기도하는 법을 배웠
다. 탕약망은 천주 앞에서는 모두가 형제이며 천주님을 믿고
선하게 살면 죽은 후에 천국, 그러니까 극락 같은 곳에서 모두
만날 수 있으리라 말했다. 세자는 눈을 감고 손을 모으고 간
절하게 먼저 떠난 사람들의 명복과 남아 있는 사람들의 평안
을 빌었다. 내 아버지는 땅이 아니라 하늘에 계시다고, 세자는
편지에 적었다. 땅 위의 아버지는 나를 낳아 주기 위해 몸을 빌
려 준 이일 뿐 진짜 아버지는, 전지전능하신 아버지는 하늘에
계신 천주님이라고. 천주님은 아내 없는 홀아비이니 외로운 양
반이라고. 고아마홍이 조선을 버리고 청나라를 택했듯 자신도
아버지를 택할 수 있다고. 땅의 아버지는 버리고 하늘의 아버

지에게 기대어 바르게 설 거라고. 그게 위안이 된다고. 세자에게 조선은 천국보다 멀었다.

세자는 탕약망에게 조선에서 써먹을 수 있는 실용적인 지식을 알려 달라고 졸랐다. 탕약망은 월식을 예측해서 이름을 날리고 명과 청의 조정에 드나든 사람이었다. 세자는 오랜만에 스승을 모시고 단기 속성으로 역법과 천문학을 배웠다. 정말로 열심히 공부했다. 세자는 탕약망에게서 천문학과 역법 책과 지구의를 받아 왔다. 지구의는 동그란 모양인데 거기에는 조선과 청나라 말고도 아주 멀리 있는 나라들이 많이 그려져 있었다.

세자는 심양관에 돌아와 세자빈과 천문학책을 보며 밤하늘의 별자리를 헤아리다가 문득 "하늘이 있어야 슬픈 사람이 바르게 서고, 외로운 사람이 기댈 곳이 있지 않겠습니까"라고 했던 정뇌경의 말을 떠올렸다. 천국에선 날개가 달리고 하얀 옷을 입은 '천사'라는 사람들이 노래를 한다는데, 이기훈은 그곳에서도 노래를 부를까.

세자는 세상을 떠난 정뇌경이 그랬듯, 남녀 귀천 구분 없이 심양관 사람들을 모아 놓고 높임말로 강론하였다.

"탕 신부님이 그러셨습니다. 누가 왼뺨을 때리면 오른뺨도 내주고, 모든 사람을 사랑하고, 원수마저 사랑해야 천국엘 간다고."

세자빈은 자리에서 일어났다.

"왼뺨을 친 놈이 반성하고 사죄하고 처벌받지 않으면 용서도 사랑도 없어요. 나는 그놈의 멱살을 잡고 같이 지옥으로 가겠어."

세자가 세자빈의 어깨를 가만히 짚었다.

"그래, 그럼 나는 오른뺨을 맞은 후에 빈궁과 함께 지옥으로 가지요."

"그럼 만약 천주의 가르침대로, 왕실 재산을 털어 속환을 하고 세금을 걷어 노비문서를 사들여서 면천을 시켜 준다면, 양반도 없고 노비도 없다면 나라가 뒤집힐까요. 왕이 없어질 수 있을까요. 땅이 하늘이 되고 하늘이 땅이 될까요. 땅 위에 천국이, 하늘에 지옥이 열릴까요."

애란이 모든 사람이 있는 자리에서 세자와 세자빈의 말을 반박했다.

"아뇨. 모두가 불만일 거예요. 하나를 주면 열을 내놓으라 할 거예요. 왜 자기 돈으로 남을 속량하냐고 불평할 거예요. 내가 저들보다 불행해서 아무것도 내줄 수 없다고 드러누워 떼쓸 거예요. 인간이란 짐승은 이익 앞에선 염치가 없어지니까요."

소나기 쏟아지듯 급작스레 왔듯이 떠나는 날도 벼락같이 찾아왔다. 용골대가 평소와 달리 한참을 머뭇대다가 황제의

212

명을 전했다.

"북경을 얻기 전에는 우리 두 나라가 서로 의심하여 꺼리는 마음이 없지 않았으나, 지금은 대사가 이미 정해졌으니 피차가 한결같이 성의와 신의로 서로 믿어야 할 것이다. 또 세자는 동국의 왕세자로서 여기에 오래도록 있을 수 없으니, 지금 의당 본국으로 영원히 보낼 것이다."•

다들 짐을 챙기기 시작했다. 심양관이 복작였다. 대책 없이 설레는 마음과 부재하는 동안 변했을 고국 생각에 불안한 마음이 찰나에도 수천 번씩 오갔다. 세자빈은 애란을 은밀히 불렀다.

"전에 말했던 독을 줄 수 있겠니…. 아니다. 네게 죄책감 남길 일은 하지 않겠어. 잊어버려."

죄책감은 다른 모든 감정이 잊히고 흐려진 후에도 끝까지 가장 오래 남는 감정이었다. 애란은 은주를 떠올릴 때마다 죄책감이 남기를 바랐다. 어떤 죄를 지어서라도, 손이 검푸르게 물들 짓을 해서라도 은주를 절대로 잊지 않고 오래 기억하고 싶었다. 세자와 세자빈은 심양관 사람들에게 함께 조선으로 돌아가면 역적 도당으로 몰릴 테니 되도록 청나라에 남으라고 했다. 애란은 짐 속에 독초를 챙겼다. 천 일 같이 밭에는 아직 수확하지 못한 작물들이 바람에 흔들리고 있었다. 세자빈은

• 《인조실록》45권, 인조 22년 12월 4일 무오 두 번째 기사.

용골대에게 천 일 갈이 밭은 마음대로 처분하라고 했다. 용골대가 세자빈을 잡았다.

"청나라는 변발만 하면 출신을 따지지 않고 능력에 따라 요직에 기용하는 거, 그동안 봐서 잘 알지 않는가. 손바닥만 한 조선의 세자와 세자빈으로 남느니 청나라의 신하가 되는 편이 훨씬 낫지 않겠는가?"

"조선의 세자와 세자빈이 아니었다면 이곳에서 변발을 하고 바지를 입고 벌판에서 말을 달리며 한세상 살 수 있을지도 모르겠으나, 조선의 세자와 세자빈이라서 그건 어렵겠소."

"뭐 하러 제 발로 호랑이 목구멍으로 들어가냐, 이 말이네. 아까워서 그렇지."

"호랑이 목구멍으로 들어가 살아남을 수 있다면 그놈 속을 헤집어 놓을 거요."

용골대는 남은 부채를 탕감해 주었다. 사과 오백 개, 배 오백 개 값이라고 했다. 피로인 가운데 몇몇은 천 일 갈이 밭에 남았다. 농사꾼은 자기 땅에 붙어 있어야 한다며. 이제 심양이 그들의 땅이었다. 천 일 갈이 밭에서 만나 살림을 차리고 아이를 낳아 청나라 말이 입에 붙은 사람들도 일부 남았다. 송죽은 지구의를 이리저리 돌려 보다가 탕약망이 왔다는 곳을 짚었다.

"탕약망이 온 곳에 제가 못 갈 이유가 없어요. 서방님이 그랬어요. 멀리 가라고. 서방님이 거기서 기다리고 있을 거예요."

송죽은 기러기처럼 멀리 날아갔다가 언젠가 고향으로 돌

아올까. 애란과 세자와 세자빈은 정뇌경의 묘에 절을 올렸다. 무덤가에서 심양에서의 세월을 회상했다. 먼저 되는 것도 있고 나중에 되는 것도 있고 강할 때도 있고 약할 때도 있고 올라갈 때도 있고 내려올 때도 있었다.

"애란아, 좋은 사람들은 하나씩 내 곁을 떠나는구나. 너도 나를 떠나."

"저는 좋은 사람이 되지 않고 끝까지 빈궁마마 곁에 있을게요."

"애란아, 나보다 먼저 죽지 말아 줘."

그건 세자가 세자빈에게 했던 말이었다. 애란도 세자빈이 세자에게 했던 대답을 할 수밖에 없었다. 달리 무슨 할 말이 있겠는가.

"좋은 사람은 늙어서 추해지기 전에 요절한다고 했으니 저는 오래 살아 볼게요."

궁으로 돌아가면 조소용이 아직 기다리고 있을까. 애란은 주머니에 혜원에게 줄 것을 챙겼다. 고아마홍은 다들 짐을 빼고 난 텅 빈 심양관에 찾아와 홀로 흐느꼈다. 이기훈에게 끝내 하지 못한 말을 울음과 함께 토해 내면서.

"주이, 내 아들아…."

세자빈은 약속을 지켰다. 속환된 조선인들도 함께 귀국했다. 아직도 속환되지 못한 많은 사람들을 이역만리 타국에 남겨 둔 채로. 애란은 마냥 귀국에 들뜬 조선인들에게 경고했다.

"역적 도당으로 몰려서 사지를 찢기고 삼족이 멸해지고 싶지 않다면 혀를 잘라서라도 청나라에서 있었던 일은 입 뻥끗도 하지 마시오."

그러나 아무도 애란의 말을 듣지 않고 앞으로의 미래만을 기대하며 꿈에 부풀었다. 사람의 입은 막는다고 막아지는 게 아니다. 혀 없이도 소문은 날개를 달고 퍼져 나갈 수 있다.

두만강을 건너다가 애란은 이기훈을 생각했다. 이 춥고 어둡고 깊은 물을 건너갔기를. 송죽은 소복을 입지 않았고 단 한 번도 이기훈의 제사를 지내지 않았으니 이기훈은 분명히 살아 있다. 단 한 번도 송죽의 꿈에 나오지 않았으니까. 둘은 지구의에 있던 먼 나라에서 만나겠지.

심양에서 함께 지냈던 사람들은 뿔뿔이 흩어졌으나 사해가 다 형제이니 살아 있기만 한다면 이제 이별한대도 후에 다시 만날 것이다. 다시 만나면 좋은 형제가 아니고 달리 무엇이겠는가.

3부

다시 조선에서

1 결을 물들이는 짐새

구 년 만에 애란과 재회한 조소용은 손가락에 쌍가락지를 끼고 금으로 세공한 장죽을 피워 물고 수놓은 비단 보료에 비스듬히 기대 있었다. 가락지 중 하나는 조소용의 멸문한 친정에서부터 끼고 왔던 것이고 다른 하나는 애란에게 정표로 주었다가 애란이 심양에서 조소용에게 정뇌경을 구해 달라는 서찰을 보낼 때 동봉한 것이었다. 조소용은 애란을 처음 만났을 때처럼 애란에게 유밀과를 권했다. 이번에는 약과가 아니라 제사상에 올리는 매작과였다. 애란은 속을 감추고 탐색했다. 혜원은 모를 것이다. 애란의 지난 구 년을. 조소용도 애란을 응시했다. 애란은 세자빈 편으로 기울었다. 아닌 척하지만 조소용은 안다. 구 년을 기다렸는데.

"왜 부르셨습니까, 소용마마."

"란아, 왜 돌아왔니. 거기 머물렀다면 좋았을 텐데."

애란은 혜원과 재회하면 어떤 감정이 들까 내내 궁금했다. 그런데 두근거리지 않았다. 공포도 사랑도 느껴지지 않았다. 구 년의 세월이 애란을 바꿔 놓았다. 갖고 싶은 게 많았던 중인 계집에서 지키고 싶은 게 있는 궁인으로. 애란은 아무 표정 없이 조소용을 채근했다.

"왜 답신을 안 했어요, 혜원. 제가 심양에서 보낸 두 통의 편지에 모두."

조소용이 쌍가락지를 만지작거렸다. 애란이 조소용을 이용해서 세자빈에게 쓸 뒷돈을 챙기려고 했던 첫 번째 편지가 괘씸해서 조소용은 답신하지 않았다. 정뇌경을 살려 달라는 두 번째 편지에 아무 계책도 내놓을 수 없는 무력한 처지였던 건 애란이나 조소용이나 매한가지였다. 그런데 이제 와서 왜. 구 년이나 지났는데. 애란은 구 년 동안 혜원에게 고작 그런 걸 묻고 싶었을까. 구 년이면 심양에 묻은 정뇌경이 썩어 거름이 되고도 남을 세월인데. 애란이 먼저 세자빈을 따라가 놓고 조소용에게 왜 자신을 믿지 않고 돕지 않았냐고 따지는 꼴이 조소용에게는 가당찮았다. 조소용은 구 년 동안 애란이 떠난 궁을 지켰는데 애란은 이제야 돌아와서 대체 무엇을 묻는가.

"답신을 받아 내려 왔느냐. 내가 지금이라도 답신을 주면 떠날 테냐."

"어떤 답을 주시든, 저는 도망치지 않으려고요."

애란과 혜원은 짐독과 답신 대신 눈빛을 교환했다.

"임금이 폐조에서 늙은이로 대체되고, 세자빈이 나에서 강 씨로 바뀌고, 병조판서의 질자가 적자에서 얼자로 교체되었 듯, 세자 자리도 그리될 것이다. 늙은이는 친청파인 세자를 꺼 리니까. 답신을 원했다면 늙은이가 버티고 있는 궁에 외척 하 나 없는 후궁을 버려 두고 떠나지 말았어야지."

"마마께서도 저를 다른 궁녀로 대체하셨어야지요. 짤막한 서신이라도 보내지 않으실 거였으면."

"구 년 동안 편지 보낼 때 말고 내 생각 한 적은 없었니. 그 편지에 내 안부를 걱정하는 문장이 단 한 줄도 없었으면서 내 답신을 바랐던 거냐. 네 소식은 왜 한 줄도 적지 않았니. 네가 세자빈을 위해 애원하지 말고 너를 위해 내게 읍소했으면 내 가 편지를 태우지 않았겠지."

"종이는 비싸고 제 이야기는 너무나 사소하고 보잘것없으 니까요."

조소용도 애란과 같은 버릇이 있었다. 듣고 싶지 않은 이야 기가 있으면 물음에 답을 하지 않고 말을 돌렸다.

"짐독은 가져왔니, 란아."

혜원은 왜 여전히 짐독을 구할까. 구 년이나 지났는데도. 그사이에 세자를 낳은 중전은 죽고 그 자리에 보잘것없는 가 문의 어린 계집애가 계비로 들어온 덕분에 오래된 후궁인 조 소용이 사실상 중전이나 마찬가지가 되었는데도. 애란이 올려

준다 했던 귀인보다 더 큰 권력을 쥐고 있는데도. 애란은 혜원에게 주머니를 보여 주었다.

"네, 가져왔어요. 제 답신을. 하지만 지금은 안 보낼래요. 이게 있어야 혜원이 저를 필요로 할 테니까요. 저에게 혜원이 필요치 않아질 때 드리지요."

"지금 답신을 줄까. 그때라면 네가 불에 태웠을 답신을. 란아, 세자빈을 떠나. 세자빈은 짐새야. 스치기만 해도, 아니 그 그림자 아래 있기만 해도 너는 죽을 거야."

애란은 송죽과 이기훈의 아이를 상상했다. 이름에 '란'이 들어갈. 애란에게서 용돈을 받아 갈 조그만 손을. 조소용이 늙은이에게 입의 혀처럼 굴어 이기훈 정도는 빼돌릴 수도 있지 않았을까.

"다시는 저를 '란'이라 부르지 마세요. 소용마마."

조소용이 쌍가락지 낀 손을 들어 애란을 잡으려 했다.

"한낱 짐승인 짐새에게 나쁜 의도가 있겠니. 어쩌면 좋은 의도로 땡볕에 날개를 펴서 그늘을 드리웠을지도 모르지. 하지만 산 것들은 그 그늘 때문에 죽지. 세자빈 곁에 있기만 해도 다 죽을 거야. 너라고 다를 줄 아니."

세자는 구 년 만에 임금과 독대했다. 임금이 내준 다과상에는 정갈하게 깎은 사과와 배가 올라와 있었다. 세자는 자세를 고쳐 무릎을 꿇고 앉았다.

"소자를 속환사로 청에 보내 주시옵소서. 조선인이라면 누구나, 친구든 친인척이든 주변에 청나라에 아직 붙잡혀 있거나 피로인으로 끌려갔다가 돌아온 사람이 없는 사람이 없습니다. 세자가 되어 이역만리에 백성을 두고 귀국함이 심히 괴롭사옵니다."

임금이 태연히 사과와 배를 아삭아삭 씹어 먹었다.

"구 년이나 지났다."

"구 년이나 지났음에도."

"왜 임금이 속환을 해야 하느냐."

"어떻게 속환을 하지 않을 수 있사옵니까!"

세자가 부복했다.

"청나라가 명나라를 무너뜨리고 여유가 생긴 지금이 속환을 추진할 적기이옵니다. 소자는 속환에 어떠한 정치적 의도도 품지 않았사옵니다. 만약 염려하시는 대로 속환으로 소자의 세력을 만들고자 했다면 귀국길에 속환된 피로인들을 줄 세워 위풍당당하게 행진했겠지요. 하지만 국경에서 그들을 흩어 버리고 도둑처럼 조용히 귀국하지 않았사옵니까, 아바마마."

"반정으로 즉위해서 오랑캐에 욕을 당한 임금이 누구를 믿겠느냐. 한 번 활에 상처 입은 새는 으레 이런 법이다."

"소자가 속환사로 다녀오면 아무 트집이나 잡아서 폐세자 하시어 멀리 제주로 귀양 보내시고 봉림대군을 세자로 세우소서. 봉림대군은 아바마마 입의 혀처럼 굴 것이옵니다. 물론 입의 혀도 외국어를 말할 때는 제 마음대로 움직여 주지 않사옵니다만."

"네가 세자가 아니어도 존재만으로 왕권에 위협이 된다."

"아내와 책을 읽고 아이를 목말 태워 주며 조용히 살겠사옵니다. 어렸을 적 사저에 살 때 아바마마께서 어린 소자를 목말 태워 주셨듯이."

"권력을 가진 자의 언행 중에 정치적이지 않은 것은 없고, 모두에게 무해한 정치는 없다. 정치는 한정된 자원을 누구에게 분배하는가를 결정하는 것이다. 그 자원에는 권력도 포함되지. 기득권의 이득을 침해하지 않는 개혁은 있을 수 없다. 지금까지 유지해 온 반청 기조를 조금도 흔들 수 없다. 내 아들이라도."

세자가 끝까지 사과와 배에 입을 대지 않는 동안, 세자빈은 애란에게 조소용과의 자리를 마련해 달라고 했다. 구 년 동안 속환은 이미 거대한 시장이 되었다. 청나라에서 조선인의 몸값이 계속 오르니 청나라에서는 조선인을 모두 속환할 거면 상상할 수도 없는 거금을 내라고 했다. 돈 많은 양반들은 국가가 속환하기를 하염없이 기다리느니 얼른 돈이 마련되는 대로 몸값을 높여서라도 가족을 빼내고 싶어 했다. 이미 속환한 자들은 더 이상 속환의 시옷 자도 듣고 싶지 않아 했다. 세금을 더 내어 속환 문제를 해결하고 싶어 하는 이는 아무도 없었다. 다들 하늘에서 돈이 뚝 떨어져 이 문제가 정리되길 바란다. 만약 속환 협상이 본격적으로 시작된다면 속환을 위해 세금을 내야 할 양반과 고위 관료들은 세자와 세자빈을 모함할 것이다. 임금은 아직 호란의 피해를 복구하지도 못했는데 청나라에 거금을 바칠 수는 없다고 또 '검박' 두 글자를 쓸 것이다. 돈이 아닌 다른 것을 주고 속환을 해야 했다.

세자가 임금과 독대하는 사이 조소용과 세자빈과 세자빈의 궁녀 애란도 여인네들끼리 모여 앉아 속환을 논했다. 조소용이 손에 낀 쌍가락지를 빙글빙글 돌렸다.

"빈궁마마께서 심양에서 애쓰신 덕에 환향녀들이 눈칫밥을 먹고 있답니다. 일국의 세자빈이 사내들과 같은 자리에서 공부하고 천것들과 어울려 손수 농사를 지으시고 장사치들처럼 이문을 따지시니 청나라에서 조선인 계집들은 저러고 사나보다, 소문이 나서요. 속환을 해 봤자…."

애란은 쌍가락지로 향하는 세자빈의 시선을 차단하려는 듯 자리에서 일어났다.

"빈궁마마, 속환 때문에 소용마마께 숙이실 필요 없으세요. 기다리세요. 구 년을 기다렸는데, 더 기다릴 수 있어요. 저는 저하도 빈궁마마도 잘못되지 않았으면 좋겠어요. 가만히 계세요, 제발."

세자빈이 가락지가 없는 애란의 손을 잡아 앉혔다.

"그때까지 기다리면 너무 늦어. 기다리는 사람에겐 하루도 한평생 같은데. 나는 송죽과 기훈에게도 기다리라고 했었어. 너는 송죽이 기훈을 기다리는 걸 봤으면서도 누군가에게 기다리라는 말이 나오니."

조소용은 이제 애란에게 약점이 생겼음을 알았다. 조소용은 애란을 보지 않고 세자빈 쪽으로 몸을 기울였다.

"세자 저하께서 친청파라는 의심을 받으시는 상황에서 아무것도 하지 않으시면 도리어 전하의 의심을 키울 것입니다. 탕약망 신부에게 얻어 온, 지구의라고 했던가요, 그런 신문물을 전하께 내보이며 신기한 장난감을 얻은 아이처럼 굴라고 하세요. 저하의 그릇은 그냥 그 정도인 걸로."

세자빈이 웃음을 머금었다.

"그 짓은 봉림대군이 이미 했지요. 대군의 그릇은 정말 그 정도니까."

조소용이 목소리를 낮추었다.

"속환의 속 자도 꺼내지 마세요. 분명히 경고드렸습니다. 그게 마마께서 사시는 길이고, 애란도 사는 길입니다."

조소용은 속환을 도와줄 마음이 전혀 없었다. 세자빈은 애란과 나가다가 조소용이 매만지는 쌍가락지를 유심히 보았다. 그중 하나는 애란이 심양에 올 때 손가락에 끼고 있었는데 어느 결에 사라졌던 가락지였다.

"애란을 기다렸으니 마마께서도 기다리는 사람의 마음을

아실 거 아닙니까."

세자빈은 곧바로 침소로 갔다. 애란은 세자빈을 따라가며 세자빈의 날개 아래 있을 수 있다면 세자빈이 짐새든 봉황이든 자신이 죽든 살든 상관없다고 생각했다. 안에는 세자가 이미 와 있었다. 세자빈은 애란더러 잠깐만 기다리라고 한 뒤 침소로 들어가 문을 닫고 불을 밝혔다. 그런데 꽤 오랫동안 애란을 부르지 않았다. 전에는 세상에 두려울 게 하나 없었는데, 애란은 갑자기 무섬증이 일었다.

"저 들어갈게요."

애란은 심양관에서처럼 무람없이 문을 열고 성큼 안으로 들어갔다. 나쁜 짓 하다 걸린 아이처럼 머리를 맞대고 있던 세자 부부가 후다닥 허겁지겁 뭔가 쓰인 종이를 가렸다. 애란은 얼핏 보이는 문장을 만주어로 읽었다.

"큰 나라는 자신을 낮추고 사람을 기르고 키우고 보호해야 하며 작은 나라는 사람을 받들어야 한다."

스승님이 강론했던 《도덕경》 구절이 만주어로 적혀 있었다. 애란이 종이를 낚아챘다. 혹시라도 엿듣는 사람이 없도록 애란과 세자 부부는 소곤소곤 만주어를 했다.

"대체 지금 뭐 하세요? 지금 뭘 하시는지 알고는 계세요?"

"애란아, 우리에겐 시간이 없어. 그나마 세자 부부가 귀국했다며 백성들이 환영해 줘서 임금이 세자 부부에게 손을 대지 못하는 틈에 해내야 해. 이 기회를 놓치면 임금은 여태까지 그랬듯이 아무것도 안

할 거야."

"조정을 거치지 않고 청나라 황제에게 밀서를 보내겠다고요? 저하께서 왕위에 오르시면 속환금 대신 명나라에 했듯이 조공으로 청나라에 예를 바칠 테니 청나라가 지금 중원을 차지한 김에 은혜를 베풀어 속환을 허하는 걸로 해 달라고요?"

"달리 방법이 없지 않니. 조정에 우리 편이 없어."

"이건 반역이에요!"

임금이 오랑캐에 머리를 조아린 지 십 년도 안 되었다. 청나라에 조공을 하여 정식으로 신하의 나라가 되겠다는 밀서를 임금이 알아차리면 다 죽는다. 심양에 다녀온 사람들, 세자빈의 친정, 세자를 지지하는 신하들 모두. 이 기회에 반대 세력을 다 제거하면 임금은 더 기세등등해지고 조소용은 살판나겠다. 세자가 눈썹 끝을 내리고 말끝을 길게 늘여 제 나이보다 들어 보이는 표정과 어조로 서글프게 말했다. 오랜만에 보는 정뇌경의 표정과 말투였다.

"역적의 자식이 노비가 된다면, 그럼 반정으로 즉위한 임금의 아들이 역적이 되면 안 된단 말이냐."

세자와 세자빈은 이대로 죽어도 좋다는 각오일까. 의욕만 앞선 사람은 시야가 좁아진다. 상의하고 충고해 줄 사람 없이 고립되면 더 그렇다. 애란이 허점을 찔렀다.

"반역은 대개 배신으로 망하지요. 밀서를 황실까지 어떻게 보내려고 하셨어요? 밀고하지 않을 믿을 만한 사람이 있어요?"

그제야 세자빈이 탄식했다.

"지향이 있었다면 좋았을 것을…."

"이제 이 무모한 역모는 접으세요."

세자빈이 손을 내밀었다. 애란이 밀서를 세자빈의 손에 얹어 주었다. 이제 이 밀서를 태우면 해결된다. 조소용이 애란의 편지를 태우고 답신하지 않았듯이. 그런데 세자빈은 밀서를 작게 접기 시작했다.

"빈궁마마! 뭐 하시려고요!"

"밀서를 가져갈 사람이 아무도 없으면 내가 가면 되지 않겠니. 우리가 처음 만났을 때처럼 내가 남장을 하고, 네가 인삼을 숨긴 방식으로 상투를 틀고 그 속에 밀서를 숨기면 완벽하지. 너 상의원에서 일한 적 있으니 내시 관복 하나만 구해 주면 내가 그걸 입고 궁 밖으로 나갈게."

애란은 항상 은주가 궁궐 담을 넘어가기를 바랐다. 남장을 하고 멀리 떠나길 바랐다. 하지만 이건 아니었다. 세자빈이 궁에서 사라지면 금방 들통날 게 뻔했다. 지금은 귀국한 지 얼마 안 되어 더욱 몸을 사릴 때였다.

"밀서를 전달하고 궁으로 돌아오시기도 전에 이미 역모가 들통날 걸요. 제가 청나라 황제라면 세자가 왕위에 오를 때까지 기다리느니 당장 조선 임금에게 이 역모를 전해서 임금이 눈엣가시 세자를 제거할 기회를 주고 그 대가를 받겠어요. 사과와 배보다는 큰 걸 요구하겠지요."

"애란아, 어떤 일이 있더라도, 아무것도 안 할 수는 없어. 가만히 있을 수는 없다고."

애란은 세자빈과 세자가 부딪쳐서 부서지는 것만은 막고 싶었다.

"정 그러시겠다면, 제가 갈게요. 제가 있잖아요. 지리도 알고 만주어도 잘하고 용골대 장군 쪽에 연줄도 있고. 만약 잘못되면 제가 심양에 다녀오더니 정신을 놓아서 미친 짓을 했다고 하세요."

"위험한 일이야. 함구하고 잊어."

자기가 간다고 해 놓고서 애란이 간다니까 위험하다고 말리는 세자빈을 애란은 가만히 바라보았다. 애란은 존귀한 세자빈에게서 귀히 여김을 받고 있었다.

"하지만 다 아시잖아요. 제가 이 일을 제일 잘할 수 있는 믿을 만한 사람이란 걸."

"애란 네가 그러지 않았니. 내 곁에 있겠다고. 떠나지 않겠다고."

"잠깐 서신만 전하고 돌아올 거예요. 저 못 믿으세요? 구 년의 세월을 함께 겪고도요?"

애란은 서툰 손재주로 바느질해서 저고리 소매 안에 밀서를 넣어 숨겼다. 은주와 처음 북경에 갔던 길을 되짚어가서 책을 고르는 척하다가 시장 인파 속으로 사라질 작정이었다. 은주는 애란을 믿으니까, 애란이 아무 소식을 전하지 않아도 배신하거나 죽었다고 생각하지 않고, 다른 사람을 보내지 않고 애란을 믿고 기다려 줄 것이다. 지금은 아니다. 조금만 더 기다리면, 오랑캐의 나라까지 다녀온 젊은 세자가 서서히 늙은 임금을 대체하면, 호란과 흉년에 지친 민심이 세자라는 대안에 더 기울면, 공신들이 서서히 정계에서 은퇴하면, 늙은 임금이 죽으면, 꽃이 제 계절에 피듯 언젠가 적기에 세자와 세자빈의 뜻대로 서신을 전달하고 귀국해야 한다. 그날이 와서 속환사가 청나라로 갈 때 애란은 역관으로 사행에 따라갈 수 있겠지. 지금은 머리보다 마음이 앞서는 세자와 세자빈을 만류할 수 없으니 애란은 잠시만 실종되어서 그들의 무모한 반역을 막기로 했다.

그때, 애란은 혜원에게 그림자 끝을 잡히지 말았어야 했다. 몇 년이 될지 모르는 떠남이 처음도 아닌데 심양에 갈 때는 그토록 매몰차게 혜원을 버리고 갔으면서, 애란은 마지막으로 혜원에게 갔다. 늙은이가 다녀간 밤에. 이번에 청나라에 다녀오면 혜원은 더 늙어 있겠지. 쌍가락지를 낀 손은 이렇게나 여전히 매끄럽고 보드라운데… 애란은 자기 손을 보았다. 혜원과 함께 있으면 손끝에 검푸른 물이 들어 있는지 자꾸 확인하게 되었다.

"심양에 두고 온 게 있어요."

혜원은 한때 애란의 것이었던 가락지를 빼서 던졌다.

"노잣돈이나 해라. 세자빈이 여비나 제대로 챙겨 주겠니."

애란은 가락지를 받아 손가락에 끼웠다. 조금 닳은 듯한

가락지가 아무 일 없었던 듯 손가락에 쏙 들어갔다.

"같이 가요, 혜원. 제가 구해 줄게요. 우리 둘 다 궁녀 옷을 입고 손을 잡고 같이 궐 밖으로 나가요. 사람들이 혜원을 찾을 때쯤이면 강가엔 신발 두 쌍만 있을 거예요. 아주 쉬운 일이에요."

"건방진 소리 하지 마라. 너 없는 새에 내가 세자빈을 핍박이라도 할까 봐 나를 출궁시키려는 거 아니냐. 애란아, 난 이제 아무것도 아닌 사람이 되어 평범하게 사는 건 지루해. 죽든 살든 살벌한 정치판 한가운데 있어야 살아 있는 것 같아."

"제가 심양에 뭘 두고 왔는지 궁금하진 않아요?"

"내가 만질 수 없는 걸 두고 왔겠지."

조소용이 모르는 세상을 애란은 안다. 이제 조소용은 애란을 잡을 수 없다. 애란은 심양에 두고 온 것들을 생각했다. 천 일 같이 밤, 무덤, 남은 사람들, 기억들.

2 날개 접은 백학

검은 밤이 지나고 푸른 새벽이 오기 전에, 애란이 소매에 세자와 세자빈이 청나라에 보낼 밀서를 꿰매 넣은 저고리를 입고 궁을 나서려던 때에, 세자가 산증으로 쓰러졌다. 세자는 청나라에서도 산증을 앓았다가 회복한 적이 있었다. 산증은 죽을병은 아니었다. 세자가 애란에게 청나라에서 산증을 가라앉혔던 약을 달라고 했다. 애란이 내의원에 조제를 부탁한 탕약을 마신 뒤 세자는 낫지도 않았지만 더 이상 악화되지도 않았다. 그러나 어의 이형익이 침을 놓고 난 후, 세자는 유언도 남기지 못하고 급사했다. 온몸이 검푸르게 변하고 얼굴의 일곱 구멍에서 피를 흘렸다. 누가 보아도 독살이었다.

애란은 증상에 맞는 독초를 머릿속으로 떠올려 보았다. 조선에도 청나라에도 없는 독. 궁에만 있는 독. 어의 이형익은 조소용이 천거해서 들어온 자였다. 애란은 핏발 선 눈으로 죽은 남편의 눈을 감기는 세자빈에게 다가갔다. 세자빈이 방금 전까지 살아 있던 남편에게 시선을 고정한 채 애란을 보지도 않고 말했다.

"아직 떠나지 않았구나."

애란은 애써 정신을 차리려고 했다. 위로는 나중에. 남편을 잃고 제정신이 아닐 며느리의 흠을 잡아내려고 임금이 눈에 불을 켜고 궁에 귀를 심어 놨을 것이다. 애란은 마치 세자가 죽지 않았고 아무 일도 없는 듯 소곤댔다.

"밀서의 내용을 바꿔야겠네요."

하지만 세자빈에게는 그런 애란의 태도가 도리어 비정상으로 보인 듯했다. 세자빈이 의심으로 가득 찬 눈으로 애란을 보았다. 애란은 처음 보는 세자빈의 눈빛이었다. 황망하게 닥친 불행 앞에 선 인간은 횡액의 원인을 구하기 위해 원망할 대상을 찾는 법이다.

"너 아니지? 저하께 약을 올린 거 맞지? 내의원에 있던 처방전에 '가입'이라고 적혀 있던데, 설마 네 짓은 아니지?"

"빈궁마마, 정신 차리세요!"

세자빈에게는 애란의 말이 들리지 않았다.

"너, 밤에 조소용한테서 무슨 말을 듣고 왔어? 왜 곧바로 떠나지 않았어?"

"빈궁마마, 저는 아무것도 안, 아니 못 했어요."

"애란아, 내가 궁 안에서 누굴 믿을 수 있겠니."

"저를 믿으세요. 누가 왜 어떻게 세자 저하를 죽였는지 밝혀내고, 빈궁마마를 지켜 드릴게요."

애란은 입궁하기 전 의원의 집에 드나들며 배웠던 지식을 더듬었다. 독살당한 시신을 검험해서 어떤 독으로 죽었는지 밝혀내는 방법들. 고관대작의 집에 밀매한 독약이 확실하게 효과가 있었음을 입증하기 위해 배운 방법들. 그걸 지금 이렇게 활용할 줄은 몰랐다.

임금은 아직 호란의 여파가 진정되지 않았다며 세자의 장례를 검박하고 조촐하고 조속하게 치르라 명했다. 임금이 보낸 사람들이 세자의 얼굴에 멱목을 덮어 눈, 코, 입, 귀 일곱 구멍에서 흘러나온 피를 가렸다. 급히 지은 수의가 검푸르게 변한 세자의 피부를 감추었다. 애란이 상의원에 있었다면 바느질해서 지었을 멱목과 수의였다.

"왕세자의 병이 갑자기 위독해져 온갖 치료를 다 하였으나 불행히 아비보다 먼저 떠났으니, 천운이 사납고 사납구나. 세자가 이역만리 타국에서 고생만 하다가 돌아왔거늘 쌓인 회포를 풀고 부자의 정을 다 누리지도 못하고 하룻밤 사이에 천지가 갈라져 어찌 이리 젊은 나이에 하늘이 데려갔는가. 세자가 생전에 덕을 밝혀 노고가 있었고 행실이 중외에 드러나 시호를 '소현'•이라 하였으니, 어찌 이 지극한 슬픔을 다 담을 수 있겠는가."

용안에 눈물 한 방울 흘린 자국 없는 왕이 세자의 죽음 앞에서 명령했다.

"애도하라."

백관이 고개를 숙이고 허리를 굽히고 복창했다.

"애도하라."

머리를 풀어 헤친 세자빈이 신하들을 헤치고 달려 나와 왕앞에 무릎 꿇고 엎드려 외쳤다.

"곡을 하소서!"

"애도하라."

세자빈이 절했다. 한 번, 두 번, 세 번.

"곡을 하소서!"

세자빈이 이마를 바닥에 찧었다. 한 번, 두 번, 세 번, 네 번, 다섯 번, 여섯 번, 일곱 번, 여덟 번, 아홉 번.

"곡을 하소서!"

세자빈이 삼배구고두례를 하고, 흰옷에 검은 사모를 쓰고 검은 뿔로 만든 띠를 두른 신하들이 열다섯 번 곡하는 동안 임금은 단 한 번도 곡하지 않았다.

"곡을 하소서! 짐승도 제 새끼가 죽으면 곡을 합니다!"

임금은 아무 말도 하지 않았다. 아무 말도 하지 않아도 되는 것이 권력이었다. 약자는 강자가 돌아볼 때까지 소리 지를

• 《인조실록》46권, 인조 23년 6월 10일 신유 일곱 번째 기사.

수밖에 없었다.

"짐승도 자기 새끼를 죽이진 않습니다! 상께서는 금수만도 못 하십니다! 아니, 쥐는 가끔 자기 새끼를 죽입니다. 위험에 처하면. 위협을 받으면. 상께서는 무엇이 불안하셔서 아들을 죽이셨습니까?"

"세자빈은 화내지 말고 가볍게 보이지 마라."

"그 말씀을 청나라로 갈 때 해 주셨지요. 하지만 그곳에서 어떻게 화내지 않고 가벼운 척하지 않고 살아남을 수 있었겠습니까!"

그제야 임금이 한마디를 내뱉었다.

"추궁 대신 추모해라. 아직 상중이거늘…."

애란이 죽은 세자처럼 검푸르게 변색된 은장도를 들고 달려 나왔다.

"은장도를 쥐엄나무 물로 씻은 후에 저하의 식도에 넣고 종이로 봉했다가 다시 쥐엄나무 물로 씻었더니 은장도가 검푸르게 변했습니다. 흰쌀밥을 목구멍 안에 넣고 두었다가 닭에게 먹였더니 닭이 절명했습니다. 독살입니다. 어떤 독인지 조사하라고 명하소서."

임금은 한낱 궁녀 따위는 무시하고 인자하게 세자빈을 타일렀다.

"모든 죽음은 하늘의 뜻이다. 죽음을 정치적으로 이용하지 마라."

세자빈이 애란의 은장도를 빼앗아 머리카락을 잘랐다. 지아비가 황망히 저승 가는 길에 미투리라도 삼아 주고 싶은 마음을 임금에게 보이려 했다. 임금이 돌아섰다.

"강적이 미쳐 버렸군."

'세자빈'이 아니라 '강적'이었다. '강씨 역적'이라는 뜻이었다. 말실수는 아니었다. 세자빈이 돌아선 왕의 등에 대고 악을 썼다.

"궁 안에서 가장 높으신 분께 어찌 책임이 없겠습니까!"

"임금은 궁 안의 모든 일을 통제하거나 제어하는 자리가 아니다."

"그렇다면 임금이 하는 일이 무엇입니까! 무위도 무능도 죄입니다!"

왕이 체통을 잃고 격노했다.

"이 개새끼가! 내가 세자의 입을 벌리고 독약을 넣기라도 했단 말이냐?"

세자빈도 맞섰다.

"이 나라에서 일어난 모든 죽음의 책임은 임금에게 있습니다! 진실을 밝히고 책임을 지소서!"

"감히 임금을 모함하다니, 저년이 청나라에서 역적이 되어 돌아왔구나. 세자빈을 끌어내 처소에 가두고 문에 구멍을 뚫어 음식과 물만 넣어 주어라."

끌려 나가면서도 세자빈은 임금에게 소리쳤다.

"폐조가 대비를 유폐시킨 걸 구실 삼아 반정으로 왕위에 오르신 분께서 며느리를 유폐시키십니까? 폐조가 영창대군을 방에 가두고 증살하였듯이 저도 쪄 죽이소서!"

"어디서 돼먹지도 않은 개소리를 하느냐!"

"상께서는 한 사람을 죽이신 게 아닙니다. 새로운 조선을 지워 버리신 겁니다. 아직 청에 남아 있는 피로인들을 고향으로 데려오지도 못하는 임금이. 저는 제 남편이자 이 나라의 세자이자 한 사람인 '이왕'의 죽음을 개죽음으로 만들지는 않을 겁니다! 곡을 하소서, 전하, 곡을 하소서!"

"저 개새끼를 절대 밖으로 내보내지 마라. 정신 차리고 반성할 때까지."

"차라리 미쳐서 귀신이라도 봤으면 좋겠습니다. 전하, 눈으로 귀신을 보시고 귀로 통곡을 들으시고 입으로 한숨을 쉬소서. 이역만리 타국에서 원통해하는 구천에서 떠도는 넋들이 임금을 잠들지 못하게 하리이다. 전하께서 죽이시고 버리신 사람들이 다 산 사람들의 악몽이 되리이다."

세자빈 없이 세자의 장례식은 그대로 치러졌다. 세자빈의 검은 머리카락이 까마귀의 깃털처럼 바람에 날아갔다.

3 불을 삼킨 화식조

애란은 세자의 장례가 끝나기 전에 서둘러 어의 이형익을 만나 추궁했다.

"어느 혈자리에 침을 놓았습니까? 무슨 약을 올리셨습니까? 왜 아무것도 기록되어 있지 않습니까?"

어의 이형익은 분명히 경고했다.

"나는 국문당하지 않는다. 약조를 받았지. 내 뒤의 그림자가 거대한데, 그 그림자를 만드는 태양이 누구시겠느냐."

애란은 발밑의 작은 그림자를 보았다.

"하지만, 주상 전하께서 어의에게 책임을 묻지 않으신다면 다들 주상 전하께서 이 죽음에 관여하셨다고 의심할 텐데요."

"그것이 바로 높으신 분의 뜻이다. 누구라도 그 뜻에 반하면 죽는다. 그러니 그 뜻에 반하고 싶지 않으면 이 일을 들쑤시고 다니지 마라."

"범인을 찾아낼 겁니다. 찾아내서 죗값을 받게 할 겁니다. 저하께선 구 년이나 청나라에서 고생하시다가 이제야 귀국하셨습니다. 이럴 수는 없어요. 겨우 서른세 살이십니다. 아직 너무 젊으십니다. 하실 일들이 많으셨습니다. 우리가 함께 꾼 꿈들이 있었습니다."

"고작 궁인인 네가 세자 저하와 '함께' 꿈을 꾸었다고? 개꿈이었겠지."

"세자 저하와 빈궁마마와 심양관 사람들과 함께 꿈꾸던 세상이 있었습니다. 세자 저하를 시해한 자는 그 꿈을 무참히 깨뜨렸습니다. 저는 살인자를 영원히 깨지 않는 악몽 속에 가둘 것입니다."

애란은 세자에게 침을 놓은 이형익의 눈을 똑바로 보았다. 이형익도 지지 않고 애란을 보았다.

"아침에 깨어나면 간밤의 꿈은 잊히지."

애란은 여전히 의심했다. 간밤에 느닷없이 찾아와 떠나자고 하는 애란을 보고 무엇인가 눈치챈 조소용이 세자를 막으려고 죽여 버렸을까. 아니면 경고만 하려고 했는데 실수로 죽였을까. 아니면 정말로 조소용은 늙은이의 수족이었을 뿐일까. 애란은 조소용을 독대했다.

"소용마마께서 이형익을 시켜 저하를 시해하셨습니까."

"너 재미있는 얘길 하는구나. 세자에겐 원손이 있고 늙은이에겐 봉림대군이 있으니 세자가 죽는다고 내게 득이 될 게 뭐가 있겠니."

"봉림대군이 세자가 되면 그의 비선(秘線)이 되어 머리를 빌려주시고 엎드려 살아남으시겠지요. 손에 독이 묻고 얼굴에 피가 묻고 입에 숯을 문 채로. 그렇게라도 살 수 있다면."

"너는 내가 그렇게 살아남아 세자빈을 이긴 다음 얻고 싶은 게 누군 줄 알고 그런 말을 하느냐."

"저는 뭐든 할 수 있습니다. 어의 이형익을 국문장으로 끌어낼 수만 있다면, 그가 '누군가'의 사주를 받았다고 실토하게 만들 수 있습니다. 그러니 국문장에서 마마가 입에 오르기 전에 마마께서 이불 속에서 전하를 설득해 주십시오. 세자 저하의 죽음을 덮지 말아 달라고."

"잘 알지 않느냐. 네가 나를 겁박한다고 될 일이 아니야."

반정으로 왕위에 오른 뒤 신하들이 하루가 멀다고 아귀다툼을 벌이는 꼴을 보며 때로는 그 아수라장을 이용해 정적을 제거하는 임금은 궁 안의 누구도 믿지 않았다. 그런 인간은 궁 안의 어의에게 자기 목숨을 맡기지 않았다. 궁 밖에서 온 돌팔이를 믿었다. 여염에서 병에 걸리면 의원이 아니라 무당을 찾아가듯이. 조소용은 '무엇이 들어 있는지 몰라서' 탕약을 꺼리는 임금을 위해, 장터에서 침을 불에 달궈서 놓으며 구경꾼들의 이목을 끌어 먹고 사는 이형익을 추천했다. 대체 침을 불에 달구는 게 소독 외에 어떤 효능이 있는지는 모르겠지만 침을 놓을 때 피부에 미세한 화상 상처가 생기며 살 타는 냄새가 나고 연기가 피어오르는 게 좋은 볼거리이긴 했다. 임금은 시험 삼아 이형익의 침을 맞았고 감기가 나았다. 그 침이 실제로 감기에 효과가 있었던 건 아니었다. 나을 때가 되어서 나았을 뿐이었다. 효과가 있으리라는 믿음 덕분에 쾌차했을 뿐이었다. 그 후로 왕은 이형익을 수시로 불러다 침을 맞았다. 처음 그에게 침을 맞았던 이후로 딱히 다른 병이 나은 건 없었다. 왕은 세자가 귀국 후 학질에 걸렸을 때도 다른 어의들을 물리고 이형익을 불러 세자를 '치료'하게 했다. 그때도 세자는 며칠 고생만 한 뒤 다른 어의의 탕약을 받고서야 겨우 나을 수 있었다.

혜원은 피곤한지 장죽을 놓고 눈을 감았다. 눈가에 미세한 잔주름이 졌다. 구 년이란 세월은 젊은 첩년을 세파에 찌든 계집으로 바꿔 놓았다. 애란은 푸른 봄에 혜원 곁에 없었다가 붉은 가을이 되어서야 돌아왔다. 회수를 건넌 귤이 탱자가 되고 고양이인 척하는 살쾡이가 발톱을 드러내기에 충분한 세월이었다.

"이형익 그자는 압슬, 낙형을 번갈아 가하면 자백하기도 전에 죽을 것이다. 아니, 의금부에서 그자가 자복하기 전에 장살해 버릴 것이다. 영영 이실직고하지 못하도록. 차라리 그자를 살려서 유배 보내겠다. 늙은이가 죽고 나서도 그자가 살아 있다면 언젠가 사실을 털어놓을 날이 올지도 모르지."

"기다리라고요? 언제까지요? 이대로 가만히 있을 수는 없어요."

혜원은 엎드린 애란의 손등에 담뱃재를 털었다.

"세자가 청나라에서 병을 얻었다지. 말 설고 물선 곳에서 청나라 황제와 조선 임금 사이에서 동동거리다가. 고질병이었다던데."

"산증은 마음속 답답함이 몸의 병이 된 것입니다. 걱정과 근심이 사라지면 자연히 낫는 병입니다. 죽을병이 아닙니다. 세자 저하께서는 귀국 후에 긴장이 풀려 쌓였던 여독이 급환이 되어 돌아가신 게 아닙니다. 세자 저하의 사인은 병사가 아닙니다."

"세자가 산증을 앓는 동안 네가 약을 지어 올렸겠지. 그 약에 만독(慢毒)이 들어 있었던 거다. 만독은 오랫동안 사람을 서서히 쇠약하게 하는 독이지. 산증이 나은 후에도 심양관에서 세자의 음식에 만독을 넣었고, 세자의 체내에 만독이 쌓여 이제야 죽은 것이다."

"소인이 저하를 시해하였다고 덮어씌우시는 겁니까?"

"너뿐만 아니라 심양관에 있던 모두에게 혐의가 있지 않겠느냐. 그렇게 전하면 강빈은 잘 알아들을 것이다. 워낙 영민하시니까."

더 이상 파헤치지 말고 묻으라는 뜻이었다. 누군가의 죽음을 또 막지 못하는 참혹한 일을 견디고 싶지 않다면. 애란이 이를 악물었다.

"그사이에 많이 늙으셨네요, 혜원. 노회한 대신처럼 보일 지경이에요."

좋은 사람은 늙어서 추해지기 전에 한창 아까울 때 죽는다. 애란은 문득 거울을 보고 싶어졌다. 자신의 얼굴에 주름이 있는지.

세자빈은 손바닥만 한 심양관에서 돌아와 손톱만 한 방에 갇혔다. 세자빈의 처소 앞 섬돌에는 날개 잘린 한 쌍의 새처럼 신발 한 켤레가 놓여 있었다. 세자빈이 다시 이 신발을 신을 수 있는 날이 올까. 애란은 신발을 품에 안았다. 춥지 않아요, 밤새 밖에 있으면. 괜찮은가요, 발은.

"밖에 애란이 왔니."

단단히 잠긴 문 너머로 꽉 잠긴 세자빈의 목소리가 흘러나왔다. 애란은 신발을 내려놓고 아무 일도 아닌 것처럼 말했다.

"새로운 소식을 가져왔어요. 이형익이 유배 갈 거예요."

"어의는 조사를 받아야 해. 법과 원칙대로. 그런데 갑자기 덜컥 유배를 보내 버린다니 그게 무슨 말이야. 조소용이 이형익을 궁에 들였다더니, 조소용이 손을 쓴 거니? 아니면 네가 조소용한테 그러자고 했어? 이형익을 빼돌리자고?"

애란은 진정하려고 했다. 서운해하지 말아야 했다. 사람이 큰일을 당했는데 아무렇지 않을 수는 없었다. 세자빈은 아무도 믿을 수 없었다. 모든 사람이 용의자였다. 세자빈과 심양에 가기 전 애란은 조소용의 궁녀였다. 그건 부인할 수 없는 사실이었다. 애란은 그 사실을 감당해야 했다.

"이형익은 임금의 그림자일 뿐이에요. 그뿐이에요. 중요한 인물이 아니라고요."

애란이 얼버무렸다. 그에 대꾸하는 세자빈의 목소리에 낙담과 질책이 섞여 나왔다. 애란은 실언했음을 깨달았다.

"시키는 대로 하기만 한 죄는 죄가 아니란 말이니?"

늙은이를 위해 얼굴에 먹칠을 하고 손에 피를 묻히고 입에 숯을 삼키는 조소용도 죄인일까.

"이형익 그 돌팔이는 주리를 틀고 치도곤을 놓고 인두로 지지면 누가 시켜서 어떤 독을 약에 탔는지 불기도 전에 죽어 버릴 거예요. 그럼 꼬리만 자르고 끝나 버려요. 일단 지금은 이형익을 살려 둬야 해요. 엎드려 버텨서 살아남아, 임금이 바뀌면, 그때 이형익을 조사해요."

"나는 이형익을 국문해야 한다고 하지 않았어. 고통이 진실을 담보하진 않아. 고통은 진짜 죄인이 원하는 답을 만들 뿐이야."

"그럼 제가 유배 가는 이형익의 뒤를 몰래 밟을게요. 이형익이 유배지에 도착하면 결박해 놓고, 그날 내의원에 있었던 약재들을 다 먹여 볼게요. 이형익이 저하와 똑같은 꼴로 죽기 싫으면 불겠죠."

사람의 본성은 위급한 때 드러난다더니 애란이 이형익을

독살하겠다고 하자 세자빈의 정신이 명료해졌다. 세자빈은 애란이 죽어 가는 정뇌경 곁을 지킨 일을 상기했다. 조소용은 애란이 궁녀를 죽이고서 검푸르게 물든 손을 수없이 확인했음을 알고나 있을까.

"애란아, 그렇게까진 하지 마. 사람을 죽이면 네가 망가져."

"부딪치고 부서져서 박살 나는 게 저의… 충심임을 왜 모르세요."

조선에서 궁녀 애란이 세자빈에게 품을 수 있는 마음은 충심밖에 없었다. 애란이 조소용에게 배운 충심은 얼굴에 먹칠을 하고 손에 피를 묻히고 입에 숯을 삼키는 것이었다. 은주가 얼굴에 분칠을 하고 손에 꽃을 들고 입에 향을 머금을 수 있도록.

"애란아, 심양관에 있던 사람들은 모두 흩어지고 내 곁에, 이 궁에 너만 남았어. 나는 갇혀서 움직일 수 없으니, 애란아, 너는 무사히 살아 있어야 해, 애란아, 응?"

"전하께선 독살을 인정하지 않으시려고 마마를 해치려 들 거예요. 그러니 제발 아무것도 하지 마시고 엎드려 살아남으세요. 원손께서 보위에 오르시고 마마께서 대비가 되시면 다 잡아 죽여 버려요. 입을 벌리고 사약을 부어 버려요. 죽은 사람은 관에서 파내 사지 육신을 찢어 버려요."

"임금은 정적을 살려 두지 않아. 세자 다음은 나와 원손 차례야. 나는 부서질 걸 알면서도 부딪칠 수밖에 없어."

애란은 잠시 머뭇거렸다가 말을 꺼냈다. 혹시 세자빈도 애란을 의심하게 될까 봐 말을 골랐다.

"사람들이 의심하고 있어요. 저하께서 심양관에 계실 적에 누군가가 미량의 독을 오랫동안 써서 저하를 서서히 시해해 왔다고요. 파헤치시면 심양관에 있던 사람들이 다쳐요. 심양에 계시는 동안 이미 사람들을 많이 잃었잖아요. 더 이상 누군가를 또 잃을 수는 없어요."

"네게 이 일을 덮어 보호하고 싶은 누군가가 있구나. '사람들'이 누구니. 조소용이니. 네가 궁을 떠나기로 했던 밤에 조소용을 찾아간 걸 알아. 궁 안에 눈과 귀가 몇 갠데."

"절대로 떳떳하지 않은 방문은 아니었어요. 소용마마와 저 사이에 청산해야 할 거래가 좀 있었어요."

"너를 꾸짖는 게 아니야. 애란아, 조소용에게 가서 내가 조소용을 저주한다고 거짓으로 고해. 나는 이리 죽으나 저리 죽으나 어차피 죽을 테니 너는 조소용에게 나를 팔아 살아남아. 다만 내 남편의 죽음에 얽힌 진상이 규명되고 죄지은 자가 처벌받고 우리가 심양에서 바랐던 일들이 이루어지는 대가로 그렇게 해 줘."

"저는 그렇게 거짓을 꾸며 낼 수 없어요. 저는 조소용 같은 악인이 아니라고요."

"그러니. 그럼 내 낭군을 죽인 독이 무슨 독이었는지 그거라도 알려 줘."

세자빈은 그 독이 만독도 짐독도 아니었으면 했다.

"사망하신 직후에 온몸이 검게 변하셨고 눈, 코, 입, 귀에서 피를 쏟으셨고 몸이 부으시거나 부풀어 오르시지는 않으셨고 포진도 없으셨으니 비상(砒霜)은 아니에요. 살이 찢어지지 않으셨으니 독버섯도 아니고요. 몸의 일곱 구멍에서 출혈이 있으셨으니 빙편을 의심해 볼 수 있겠지만 빙편은 데운 술과 함께 복용해야 사망에 이르는데 저하께서는 술을 드시지 않으셨으니… 모르겠어요, 아직은."

"그는… 고통스러웠을까. 이럴 줄 알았으면 의원과 임금이 막아도 동궁전에 들어가서 손이라도 한 번 잡았어야 했는데… 하루 종일 한 몸처럼 끌어안고 있었어야 했는데… 이렇게 혼자 보내지 말았어야 했는데…."

애란은 거짓말을 했다.

"어떤 독이었든 그렇게 급사하실 정도의 독이면 고통을 느끼실 새도 없으셨을 거예요."

"애란아, 그는 너에게 어떤 사람이었니. 온몸이 검게 변해서 피를 흘리며 외로이 죽은 사람 말고, 살아 있는 사람이었을 때의 그는…."

"백옥을 깎은 듯 고우셨어요."

"피부가 달처럼 희고 백자처럼 매끄러웠지."

"짙은 눈썹."

"쌍꺼풀이 감싼 큰 눈."

"날카로운 콧날과 가파른 하관. 웃으실 때면 입꼬리가 높이 올라가셨던, 볼우물이 깊이 패던 아름다우시던 분. 궁녀들이 그랬어요. 궁에서 우리끼리만 감상하기 아까운 미모라고."

"그래서 궁 밖으로 나갔나 보다. 태어나서 죽을 때까지 궁을 벗어나지 않는 다른 세자들과는 달리. 호란 때 분조를 이끌고, 청나라 심양까지 피로인들과 함께 가고, 심양에서 어느 나라 사람이건 얼마나 높고 낮든 상관 않고 속환하고 속환하고 또 속환하고… 그러고 나서 돌아오고…."

"그 잘생긴 용모를 드러내고 다니실 제 백성들이 한 번씩 돌아보고 흘긋거리고 흠모했어요. 굶주린 백성들에게 눈요기가 되었겠지요."

"무덤 속에 묻어 두긴 아까운 미모였지."

그런 세자가 이렇게 참혹하게 죽을 수는 없었다. 그 백옥 같던 사람이 보옥이 부서지듯 옥절할 줄은 몰랐다. 이렇게 아무 말도 못 하고 무덤 속에 가만히 누워만 있을 수는 없었다. 은주와 애란은 세자의 외모에 대해서만 얘기했다. 세자는 농담을 잘했다. 슬프면 울지 않고 오히려 사람들을 웃기려고 했다. 세자가 했던 말들을 떠올리면 일부러 환히 지었던 웃음이 생각날까 봐 억지로 그 얘기는 하지 않았다.

"애란아."

문 너머가 조용했다. 혹시 세자빈이 치마를 벗어 들보에 감아 걸고 목을 맨 건 아닐까 두려워서 애란은 문 창호지에 구멍을 뚫어 눈을 갖다 댔다. 세자빈의 눈이 애란에게 다가왔다.

"애란아, 청나라에서 짐독을 구하였니."

애란은 주춤주춤 뒤로 물러났다. 세자는 짐새의 독을 세 번이 아니라 삼백삼십삼 번을 쐬어도 아무렇지 않을 사람이다. 그 독은 짐독이 아니다.

"조소용이 알려 줬어. 네가 조선에 돌아온 후에도 곧바로 조소용을 찾지 않자 조소용이 내게 왔었어. 네가 청나라로 갈 때 짐독을 구해 오라 하였다고. 너는 자신을 거역할 사람이 아니라고."

"저는… 저는 그런 사람이 아니에요. 저는, 이제 더 이상…"

지아비가 황망하게 독살당한 후로 세자빈은 애란이 잘 알고 있다고 생각했던 그 사람이 아니게 되었다. 누구라도, 합리적으로 설명할 수 없는 일을 당하면 정상적으로 생각하고 행동하기 어려울 터였다.

"짐독이 누구에게 갔니."

애란은 대답 없이 일어나서 정신없이 달렸다. 신발이 벗겨졌다. 버선발로 달리다가 숨이 차서 멈춰 섰다. 그러고는 다시 돌아가 섬돌 위에 세자빈의 신발을 가지런히 정돈했다.

그날 밤에 내의원 약재 창고에 불이 났다. 작은 화재였다. 정확하게 약재 창고만 타 버렸다. 누군가가 약을 달이다가 실수로 불을 냈다는 말이 진실인 양 불티처럼 떠다녔다. 누가 왜 하필 밤중에 다른 곳도 아니고 창고에서 약을 달였을까. 누가 시켰을까. 약재 창고를 조사하면 불리해질 사람이 누굴까.

애란이 증거가 소멸되기 전에 정신없이 약재 창고에서 뭐 하나라도 건지려고 우왕좌왕 아등바등하는 사이에 이형익이 갑작스레 유배를 떠나 버렸다. 정식으로 이형익을 유배형에 처한다는 말이 나오기도 전에, 원래 예정됐던 날보다 빠르게 누가 떠민 듯이 해가 뜨기도 전에 서둘러서. 누군가가 이형익을 빼돌렸다. 당했다. 속았다. 애란은 약재 창고 방화범이 누군지 잡지도 못한 채 허겁지겁 이형익을 추적했다. 돌팔이를 붙잡고 물어볼 질문들이 많았다. 누군가가 약재 창고를 불태우듯 이형익을 해치우기 전에.

희미한 약재 냄새를 따라, 여러 명이 뒤얽힌 발자국을 따라, 소문을 따라 이형익의 그림자를 밟았다. 어지간히 서두른 듯 쉬지도 못하고 지친 이형익을 질질 끌고 간 발자국은 산으로 향했다. 밤중에 호랑이가 있는 산에 왜 올라갔을까. 지름길로 가야 할 만큼 급했을까. 애란은 마음속으로 혼잣말을 했다. 이건 덫이야. 올무야. 올가미야. 함정이야. 하지만 여기서 돌아갈 순 없어. 나는 호랑이 굴로 들어가야 해. 나를 잡기 위해 파 놓은 구덩이 속으로 뛰어들어야 해.

난잡한 발자국들은 절벽 앞에서 멈췄다. 애란은 아득한 절벽 아래를 내려다보았다. 아찔했다. 이형익이 여기서 추락했으면 뼈도 못 추렸을 것이다. 시체도 찾을 수 없었다. 절벽 앞의 나뭇가지가 부러져 있었다. 풀이 뽑혀 있었다. 절벽 앞에서 몸부림친 흔적이 발자국을 지워 버렸다. 이형익은 절박하게 저항했으나 소용없었을 것이다. 이형익은 자살하거나 발을 헛디딘 게 아니었다. 누군가가 애란이 시체를 검험하지 못하게 하려고 이형익을 절벽 아래로 떨어뜨려 시체도 찾을 수 없게 해 버렸다.

이건 경고이자 예고였다. 등 뒤로 서늘한 바람이 지나갔다. 조소용의 목소리가 들려오는 듯했다. 란아, 아무것도, 아무 말도 하지 마라. 엎드려 살아남아.

4 사람의 말을 하는 인면조

궁에는 소문이 참새처럼 날아다녔다. 원통하게 죽은 세자
가 귀신이 되었다고. 세자빈이 미쳐서 귀신을 본다고. 세자빈
은 절대로 가만히 있지 않았다. 침묵하면 잊히니까. 심양에서
구 년 동안 함께 지냈던 봉림대군이 드디어 세자빈이 유폐된
곳으로 찾아왔다. 봉림대군은 세자빈 처소의 창호지 문 밖에
앉았다. 낮이고 밤이고 세자빈의 문 너머에 있던 애란은 물러
나지 않고 봉림대군 뒤에 자리했다.

"빈궁마마, 형수님, 다정하고 유덕했던 지아비를 악귀로 만
들어서 대체 뭘 하시려는 겁니까."

"부딪쳐서 부서지려고 합니다, 대군마마, 시숙."

"죽음을 정치적으로 이용하지 마십시오. 이러시다가 잘못
되면 심양에서 함께 있었던 사람들 중에 누군가가 형님을 심

양에서부터 서서히 죽였다는 의심을 받습니다.”

조소용이 애란에게 언급했던 만독이 누구에게서 흘러나왔을까. 유폐된 세자빈이 죄를 뒤집어쓰고, 보호해 줄 어른 없이 홀로 남은 원손이 요절하면 봉림대군이 세자가 될 터였다. 세자 가족의 불행으로 가장 이득을 볼 사람은 아무것도 하지 않은 늙은이와 봉림대군이었다. 하지만 미래의 세자는 과거의 세자와 관련된 모든 의혹에서 결백해야 했다. 그래야 봉림대군이 왕위에 올랐을 때 아무도 ‘임금이 형을 죽였다’라며 역모를 꾀하지 않을 것이다. 봉림대군은 물귀신처럼 이기훈을 끌어들였다.

“빈궁마마, 우리 모두 엎드려 살아남아야 합니다. 진실은 나중에, 나중에 밝힐 수 있습니다. 지금은 이기훈이 심양에서 저하께 독을 드시게 했다고 뒤집어씌웁시다. 이기훈 그자는 심양에서 고아마홍 따위와 친하게 어울렸으니 청나라에만 있다는 짐독을 구했을 수도 있지요.”

애란은 봉림대군에게 맞섰다.

“그럴 수는 없어요! 이기훈이 어쩌다 그렇게 되었는데!”

봉림대군은 궁녀 따위는 무시해 버렸다.

“어차피 역적으로 몰려 죽은 거, 한 번 더 죽어도 상관없잖습니까. 시체도 없으니 관에서 꺼내 사지를 찢을 필요도 없고 처자식도 없으니 노비로 전락할 식솔도 없고, 죽었으니 억울하단 말도 못하고, 모두에게 이롭잖습니까. 귀신이 귓가에 진

범을 속삭였다고 말씀해 주십시오."

세자빈이 미친 사람과는 거리가 먼 또렷한 정신으로 분명하게 말했다.

"그 구 년의 세월을, 사람의 죽음을, 어찌 이렇게 정치적으로 이용할 수 있습니까."

봉림대군이 늙은이와 똑같은 말투로 혀를 찼다.

"구 년 세월 동안 하신 게 뭐 있습니까. 맨날 속환하고 속환하고 또 속환한 거밖에 더 있습니까. 고마워할 줄은 모르고 바라는 것만 많은 골칫덩이들을."

"대군도 다 겪지 않았습니까. 우리가 왜 그리 속환에 매달렸는지 다 알지 않습니까. 다시는 아무도 잃지 않으려 한 이유를. 그런데 전하께서는 왜 세자를 버리신 겁니까. 왜 이런 일이 또…."

"형님께서 먼저 아바마마의 뜻을 거스르셨습니다. 아바마마께서는 세자가 아니라 신하를 원하셨습니다."

"그게 세자 저하를 독살할 정당한 이유가 됩니까."

"말조심하십시오. 아바마마께서는 독에 손을 담그지 않으셨습니다. 다른 누군가가 저지른 짓입니다. 우리는 아바마마 대신 그 '누군가'를 찾는 겁니다."

애란은 은장도에 독을 발라 찌르듯 단도직입으로 따져 물었다.

"대군마마께서 이형익을 죽이셨어요? 저하도 대군마마께

256

서 죽이셨나요? 그 독은 조선에 없는 독이었어요. 대군마마께서는 귀국 전에 저하와 함께 북경에서 서양에서 온 탕약망이란 천주교 신부를 만나셨죠. 그때 서양의 독을 얻어 오신 거 아닌가요?"

봉림대군은 가소롭다는 듯 입가에 웃음을 지었다.

"애란, 너는 누구의 사람이냐. 나를 쳐 내면 누구에게 유리하겠느냐."

"대군마마께서는 어떻게 사람의 죽음을 가지고 이익을 따지십니까?"

이 모든 말을 얇은 창호지 문 너머의 세자빈이 듣고 있었다. 봉림대군이 마치 일국의 세자라도 되는 양 제법 위엄 있게 질문했다.

"형수님, 정말로 진실을 원하십니까, 아니면 원망할 사람이 필요하십니까?"

방 안에 갇힌 세자빈의 목소리가 들렸다.

"진실, 사죄, 그리고 다시는 이런 일이 없도록 망자의 뜻을 이어 가기를 원하오."

봉림대군은 고개를 절레절레 저으며 떠나기 전에 애란에게 귀엣말을 했다.

"너는, 심양에 간 걸 후회하지 않느냐. 나야 억지로 인질로 갔지만 너는 가지 않을 수도 있었는데."

"심양에 가기 전의 저와 다녀온 후의 저는 다른 사람입니

다. 저는 지금의 제가 훨씬 더 좋아요. 대군마마께서는 어떠하
신지요."

세자빈은 방 안에서 홀로 낮이나 밤이나 세자의 귀신을 본
다고 했다. 억울하고 원통하다고 호소하는 세자의 귀신이 옷
자락을 끌며 궁 안을 돌아다니는 동안 애꿎은 사람들이 죽어
나갔다. 조소용은 늙은이 입의 혀가 되었다.

"세자를 장사 지낼 때 점치는 관리들이 정한 날을 두고 강
빈의 동생 강문명이 '그날은 원손에게 불리하다'라고 하여 날
을 바꾸기를 청했으니 이는 주상 전하보다 강빈을 더 위함이
옵니다."

의혹이 무성한 세자의 죽음을 그대로 묻어 버릴 수 없어
진상을 규명할 동안 장례를 늦추려 했던 말이 역모로 둔갑했
다. 늙은이는 내치면 그만일 조소용의 혀를 빌렸다.

"강씨 형제들이 망령되게 역심을 품고 있으니 우매한 백성
들을 부추기기 전에 마땅히 엄히 다스리려 한다. 강빈이 제정
신이 아닌데 그 형제들이 저렇듯 불량하니 후일에 원손을 둘
러싸고 필시 분란이 일어나지 않겠는가."

세자빈의 다섯 남동생이 국문장으로 끌려 나왔다. 애란은
눈을 질끈 감고 아버지에게 손을 벌려 은을 얻어 냈다. 그 은
은 의금부에 건넬 뇌물이었다. 세자빈의 형제들은 세자빈에
대해 한마디도 하지 못하고 일격에 맞아 죽었다.

애란아, 애란아, 나를 왜 죽였느냐. 애란의 머릿속에 정녀경의 목소리가 들렸다. 애란은 그때처럼 빌었다. 후회는 제가 할게요. 죽어요, 제발. 세자빈의 형제들을 죽인 임금은 이어서 어린 원손을 폐하려 했다.

"아비가 되어 장성한 자식을 앞세우니 슬픔이 지극하여 마음의 병이 되고, 마음의 병이 늙은 몸에 병이 되어 아무래도 어린 원손이 성장할 때까지 기다릴 수 없을 듯하다. 호란과 여러 차례의 역모로 나라가 아직 어지러운 때에 내가 죽으면 미욱한 원손이 왕위에 오를 터인데, 강씨 역적들과 한 핏줄인 어린 임금이 그 자리를 감당할 수 있겠는가. 그래서 여러 대군 중에 선택하여 세자로 세우고자 한다."

애란이 조소용에게 세자빈의 뜻을 전했다.

"원손이 어린 왕이 된다면 그 어미인 세자빈이 수렴청정을 하면 되는데 왕은 죽어도 세자빈에게 권력을 쥐여 주지 않으려는 것인가요. 세자가 없으면 세손으로 잇는 것이 법이요, 지켜야 할 도리이니 법과 도리를 존중하시어 국가를 안정케 하셔야지요."

조소용은 '세자빈의 뜻'이라는 애란의 말을 곱씹으며 속에서 올라오는 쓴물 같은 감정을 짓씹었다. 애란은 머리가 나쁜 년도 아닌데 무엇 하러 단물 빠진 세자빈 곁에 붙어 있단 말인가. 세자빈은 남편 잃은 과부 주제에 대단히 너그러운 척 애란에게 자신을 팔아넘기라 했다지. 애란은 조소용이 세자빈을 구해 준다면 조소용의 궁녀가 되겠다 했다. 천하의 조소용이 고작 궁녀 하나의 거취 따위를 놓고 세자빈에게 말을 들어야 하는가. 애란이 조소용에게 무엇을 하건 말건 그건 세자빈이 끼어들 일이 아니었다. 그러면 애란이 자기 뜻으로 조소용에게 온다 해도 세자빈이 관대하게 보내 준 것처럼 보일 것이다. 조소용은 세자빈의 편을 들어 줄 마음이 없었다.

"그 말을 늙은이에게 전하란 말이냐. 늙은이가 전일에는 원손을 위해 원손의 외숙부들을 역적으로 몰아 제거하였는데, 이제 와서는 원손이 역적의 조카라서 왕이 되면 안 된다고 말을 뒤집은 건 보호해 줄 외가가 없어진 원손을 아예 폐하겠단 뜻이었는데, 그 뜻을 못 알아먹은 척하라는 거냐."

"임금의 후궁이 아니라 신하가 되고 싶다더니 간신이 되고 싶었던 건가요."

"늙은이가 죽고 나서 늙은이의 후궁인 내가 뒷방 할멈이나 여승이 될 수는 없지 않으냐. 봉림대군이 왕이 되었을 때 비선이라도 되어야 하지 않겠니. 네가 차기 권력인 세자빈에게 줄을 댔던 것처럼 말이다. 너는 중인이라 이런 나를 이해할 수 있지 않으냐."

애란은 조소용의 손을 잡았다. 가락지의 차가운 촉감이 느껴졌다.

"제가 세 번째 편지를 보낸다면, 답신을 보내실 건가요."

첫 번째 편지에서 애란과 조소용은 서로의 신뢰를 시험했다. 두 번째 편지에서 조소용은 애란이 손해 보는 계산을 하고 누군가를 구명하는 사람으로 변했음을 알아차렸다. 언젠가 애란이 조소용을 구해 달라고 누군가에게 빌게 될까. 조소용은 그걸 확신할 수 없었다. 그래서 답신을 보내지 않았다. 지금 애란은 세 번째로 조소용에게 세자빈을 구해 달라고 한다. 세자빈이 멸문한 가문의 아기씨를 구했듯이. 조소용이 된 외로운 고아는 어떤 답신을 보내게 될까. 백지를 보내게 될까. 비단에 금으로 글씨를 쓰게 될까. 피를 찍어 혈서를 쓰게 될까.

5 피를 토하는 탁목조

신하들의 중론에 따라 봉림대군이 세자가 되었다. 임금은
전(前) 세자빈을 폐하거나 사사(賜死)하지 않았다. '아들을 독
살했다'라는 의혹이 완전히 가시지 않은 상태에서 며느리까지
죽이기엔 부담이 컸다.

임금은 뚜렷한 죄목 없이 폐위된 원손을 바다 건너 제주도
로 유배 보냈다. 세자빈은 떠나는 원손의 그림자도 볼 수 없었
다. 어린 원손은 바람과 돌이 많은 제주도에서 풍토병에 걸려
사망했다. 세자빈은 자식을 묻지도 못했다. 세자빈은 딱따구
리가 나무를 쪼듯 벽에 머리를 부딪치며 울었다. 가슴을 치고
바닥을 두드리는 소리가 귀신을 부르는 듯했다. 이제 세자빈은
의지가지없이 홀로 된 새였다. 조소용은 애란을 불러 세자빈
을 살려 보겠다고 했다.

"애란아, 네 주인에게 가서 귀곡성 좀 그치게 해. 죽은 사람들을 사랑해서 뭐 하니."

조소용은 애란을 '란'이라 부르지 않았고 세자빈을 '네 주인'이라 칭했다. 애란은 조소용에게서 답신을 받았다. 애란이 조소용의 눈을 똑바로 들여다보았다.

"죽은 이들을 기억하는 걸 어떻게 멈출 수 있겠어요."

새로이 세자가 된, 장자도 원손도 아니어서 정통성이 약한 봉림대군에게는 내세울 정치철학이 필요했다. 늙은이를 간섭할 수도 있는 내치정책은 안 되었다. 외교정책을 내세워야 했다. 봉림대군은 '북벌'을 들고나왔다. 명나라를 무너뜨린 거대한 대국 청나라에 아직도 호란으로 망가진 민생을 복구하지 못한 소국 조선이 끽소리나 낼 수 있는 상황이 아니었는데도. 청나라의 정복 전쟁에 참전해 본 봉림대군이 누구보다 잘 아는데도. 북벌을 하겠다고 청나라와 척을 지면 속환은 영영 물 건너간 일이 될 터였다. 애란은 새로운 세자에게 누가 머리를 빌려주었는지 눈치챘다. 애란은 조소용을 찾아갔다.

"속환을 방해하겠다고 북벌을 들고나오신 건가요?"

"북벌을 하자면 무기와 갑옷도 사야 하고 성도 쌓아야 하고… 여기저기 돈 드나들 구멍이 생기겠지. 그러면 신하들에게 한몫 챙겨 줘서 공범으로 만들고 왕실 곳간을 채워야지. 새로운 왕에게 필요한 정치자금을 마련하기 위해 북벌을 내세웠을 뿐이다. 속환? 타국에 있는 백성이 무슨 말을 할 수 있겠느냐.”

“소용마마, 저는 차라리 마마의 북벌이 속환처럼 정치적 이상이었으면 하고 바랐어요. 언제부터 저처럼 계산에 빠른 사람이 되신 건가요. 제가 곁에 있었다면, 제가 얼굴에 먹칠을 하고 손에 피를 묻히고 입에 숯을 삼켰으면 소용마마는 늙은 이의 일개 후궁으로만 남았을까요.”

“너와 상관없어. 늙으면 자기 처지와 분수를 알게 된단다. 내 자리는 높은 사람의 병풍 뒤일 뿐.”

“아직 청나라에 가족이 남아 있는 사람들이 북벌을 용납할 것 같아요?”

조소용은 공작새의 꽁지깃을 쫓아다니는 어린애를 보듯 애란을 보았다. 세자빈과 어울리더니 그 명철하던 애가 허상 같은 이상만 쫓는 바보가 되어 버렸구나.

“구 년이 지났다. 피란길에 태어난 아이가 글자를 배울 만큼 자랄 시간이지. 망각은 기억보다 힘이 세단다. 하루하루 팍팍하게 살다 보면 보이지 않는 사람은 잊히지. 이제 속환은 지나간 일이다. 백성들은 북벌이 나라의 체면을 세우고 자기 어깨 올라가는 일인 양 거들먹댈 거다.”

“혜원은 구 년 동안 저를 망각했나요. 하루하루 살아 내다 보니 그리되던가요.”

“애란아, 너무 애쓰지 마라. 속환 문제는 세월이 흘러 피로인들이 다 죽으면 자연히 해결될 테니.”

"그게 늙은이의 뜻인가요."

〈목란사〉에서 늙은 아버지 대신 남장하고 전쟁터에 나간 목
란은 십이 년 만에 고향에 돌아왔다. 고향의 가족들은 목란을
반겼다. 그러나 심양에 갔던 사람들과 환향녀들은 돌아온 고
향에서 냉대를 받고 발붙일 자리를 찾지 못했다. 애란이 세자
빈과 공유했던 그 시는 그저 글자일 뿐이었다. 애란은 목란을
전장에 보내고 고향에서 평화로이 사는 늙은 아비가 가끔이라
도 딸자식을 염려하기는 했을지 궁금해하곤 했다. 그 시에는
그런 내용은 나오지 않았다. 시를 읊을 수 있었던 시절은 지나
갔다. 혜원은 애란의 물음에 답하지 않았다. 애란은 혜원의 대
답을 기다리지 않고 일어나 나갔다. 잊힌 자들이 있는 곳으로.

궁에서 가장 외진 곳에는 죽은 세자와 원손과 정뇌경과 많
은 사람들의 귀신이 씐 세자빈이 있었다. 애란은 어느새 이곳
이 편해졌다. 애란은 벽에 머리를 기댔다.

"빈궁마마, 이제 궁에는 우리 편이 없어요."

"궁 밖의 민심은 우리 편일 거야."

"그들에게 기대를 걸지 마세요. 천 일 갈이 밭에서 보셨잖
아요."

"사는 게 각박하면 사람은 피폐해진다며, 고향으로 돌아왔
으니 백성들도 이제 평심을 되찾았을 거야."

"사람은 고쳐 쓰는 게 아니에요."

"그래도 변하는 게 사람이다. 날개 꺾인 나를 위해 네가 나의 발이 되어 저잣거리에 다녀와 사람들의 말을 들려주겠니, 애란아, 응?"

궁에서 일어난 일은 덮을 수 있지만 궁 밖에서 벌어진 일은 덮을 수 없을 것이다. 평생 궁 밖을 벗어나지 않았던 선대의 세자들과는 달리 세자는 호란 때 분조를 이끌고, 왕과 함께 항복을 하고, 심양으로 가고, 심양의 관소 안팎에서, 귀국길에 백성들에게 그 잘생긴 얼굴을 보였다. 세자와 세자빈은 백성들 사이에선 저잣거리 광대만큼 유명하고 인기 있는 사람들이었다. 백성들은 알아야 했다. 세자가 어떻게 죽었는지. 누가, 왜, 어떻게 그를 죽였는지. 그러나 민심은 고요하고 잔잔한 물과 같았다. 그 위에 어떤 배가 떠 있건 물은 상관하지 않았다. 애란은 유폐된 세자빈이 붙들고 있는 한 줄기 희망을 꺾고 버석한 현실을 직면시켜 주어야 했다.

"백성들은 정의니 도의니 관심 없어요. 백성들이 관심 있는 건 자기 입에 밥 한술 더 들어오냐 덜 들어오냐 그런 문제뿐이에요. 임금이 세자를 죽인 거, 백성들에겐 궁 안에 계신 분들의 집안싸움일 뿐이에요."

세자빈은 담담했다.

"백성들이 진상을 규명해 달라며 횃불을 들고 궁으로 달려올 거란 꿈 같은 기대는 하지 않아. 그들이 의혹을 누구네 집소가 머리 두 개 달린 송아지를 낳았다는 말처럼 떠벌리고 그

이야기가 늙은이의 귓가에서 모기처럼 왱왱대기를 바랄 뿐."

"백성들이 자기네들을 청나라에 끌려가게 한 임금을 원망할 것 같아요? 아뇨, 그들은 세자와 세자빈을 욕해요. 자기네들을 구 년이나 묶어 두었다고. 기다리라고 참으라고 양보하라고 배려하라고 했다고."

애란은 소문을 들으려 시장에 나갔다. 해명도 반박도 없이 시간이 지날수록 소문이 변질되기 시작했다. 소문은 소문으로 덮이고 소문은 소문을 부른다. 사실 세자빈이 세자를 죽여서 유폐되어 있다는 소문이 짐새처럼 하늘을 덮었다. 증거는 없었다. 소문은 원래 그렇다. 서방 잡아먹은 희대의 악녀만큼 재미있는 이야깃거리가 또 어디 있을까. 더구나 악독한 세자빈이 고결한 세자를 비참하게 죽였다면. 그런데 그 이유가 명확하지 않다면. 다들 한마디씩 입방아를 찧고 까불었다. 세자빈이 정부(情夫)와 짜고 잠든 세자를 교살했대. 내시랑 그렇고 그런 사이래. 아니야. 청나라에서부터 정분이 있었대. 만주인이래. 그래서 그걸 덮으려고 세자랑 세자빈이 그렇게 청나라 고위직들에게 뇌물을 먹였대. 세자가 먼저 세자빈의 궁녀를 건드렸대. 원손의 아비가 사실 세자가 아니래. 세자빈이 그렇게나 욕심이 그득해서 곳간에 금은보화가 그득했대. 불쌍한 조선 백성들이 뼛골 빠지게 일하면 아무도 모르게 꿍쳐 뒀대. 그런데 왜 그토록 귀국 행렬이 초라했냐면… 그게 다 청나라로 갔겠지. 세자가 그렇게 허구한 날 오랑캐와 어울려 나돌더니만. 한 놈이 전기수처럼 나섰다.

"내가 심양에 있을 때 봤어. 세자빈이 탐욕스레 재물을 쌓아 두고 세자가 그걸 청나라에 막 퍼다 바친 거 맞아. 수상해서 장부 좀 내봐 봐라 했더니 켕기는 게 있는지 얼버무리더라고. 불쌍한 백성들을 황무지에서 새벽부터 밤까지 부려 먹으면서 계속 피로인들을 노비처럼 사들이더라니."

애란이 돌을 집어 속환된 자의 아가리를 찍어 버렸다. 그놈의 입에서 딱딱한 게 부러지는 소리가 났다. 그놈의 입술이 터지고 이빨이 몇 개 입 밖으로 튀어나왔다. 애란의 손에도 피가 튀었다.

"네가 뭘 알아. 밭에서 농사만 지은 네가 관소 안의 사정을 뭘 알아? 계속 말해. 사람들이 널 주목하니까 뭐 하나 아는 척할 수 있어서 우쭐댔잖아. 네가 빈궁마마를, 저하를, 이기훈을, 송죽을, 스승님을, 이지향을, 고아마홍을, 용골대를 알아? 뭘 봤는데? 말해! 눈깔을 후벼 파낼 거니까!"

궁녀가 궁 밖에서 문제를 일으키면 주인에게 책임이 돌아갈 수도 있었지만 그때 애란은 눈이 돌아가서 그런 생각을 하지 못했다. 눈 뒤집고 달려드는 미친년을 누가 말릴 수 있을까. 사람들 속에서 평범한 아낙인 척 변장한 여인들 여럿이 튀어나와 애란을 잡아끌었다. 조소용의 궁녀들이었다. 애란은 당장 궁으로 돌아가 조소용의 멱살을 잡았다. 조소용의 옷고름이 풀렸다.

"네가 그랬지!"

혜원은 풀린 옷고름을 고쳐 묶었다.

"강빈하고 작당하더니 네가 강빈 같은 사람인 줄 알았지? 너는 결국 나 같은 사람이야."

"네가 소문냈지?"

"그래, 내가 궁녀들 몇에게 소문을 흘렸고 그들이 궁 밖의 가족들에게 소문을 전달했지. 그렇지만 소문을 퍼뜨린, 어설 프게 알고 있으면서 뻐기고 싶어 하는, 소문에 살을 붙이는 평 범한 사람들이 누구지? 그 잔인하고 경박한 사람들을 강빈이 조선으로 데려왔잖아. 은혜는 잊고 해만 끼치는 놈들을."

애란은 그제야 용골대의 말을 떠올렸다. 덕으로 얻을 수 있는 것은 배반뿐이었다. 조소용이 여전히 멱살을 쥐고 있는 애란의 손목을 잡았다.

"나는 강빈을 제거할 거야. 늙은이가 강빈의 사람들을 쳐 내듯 봉림대군은 왕위에 오르면 늙은이의 사람을 제거할 테니 늙은이가 살아 있을 때 안전을 보장받아야겠어. 네 안전도 챙 겨 주지."

"소용마마, 일국의 세자빈을 제거하려면 격에 맞게 우아한 방법을 쓰세요. 추잡하게 궁녀들이나 시켜서 저잣거리에 소문 이나 퍼뜨리지 마시고."

"내게는 우아한 방법을 조언하고 실행해 줄 궁녀가 없어.

네가 떠난 후로 내게는 외척 역할을 해 줄 수 있는, 믿을 만한 궁녀가 없더라. 너도 시장에서 내 궁녀들을 봤잖아. 그 상황에서 겁먹고 싸움 말리는 것밖에 못 해. 그걸 이용할 줄도 모르지. 다 너보다 하잘것없어. 애란아, 네가 내 궁녀라면 어떻게 하겠니?"

애란은 조소용의 외척이라면, 혜원의 자매라면 어떻게 할지 알았다. 혜원이 입궁하기 전에 이렇게 했어야 했다. 애란은 멱살을 잡고 있던 손에 스르르 힘을 풀었다.

"소용마마, 늙은이를 떠나세요. 저와 함께 멀리 가요. 어서 패물을 챙겨요."

조소용은 꿈쩍하지 않았다.

"궁 안에선 내가 널 소유할 수 있지만 궁 밖으로 가면 넌 금방 날 떠나 강빈 같은 사람에게 날아가 버릴 거야."

조소용이 옷매무새를 가다듬었다. 조소용은 달라지지 않았다. 저자에서 소문을 부풀리는 험한 입들과 다르지 않았다. 애란이 멀리 갔다가 돌아온 구 년 동안 그 자리에 붙박인 조소용이 지긋지긋했다. 하지만 조소용을 그 자리에 버려 둔 건 애란이었다. 애란이 조소용 곁에 머물러 알랑거렸다면 세자빈이 지금 이렇게 위태롭진 않았을지도 모른다. 애란이 생각들을 감추려 쏘아붙였다.

"겨우 그런 이유 때문에 저를 방해하신 거예요? 덫을 놓고 함정을 판 거예요? 세자빈이 죽으면 저도 죽을 거예요!"

"강빈처럼 '좋은 사람'들의 세상에는 너와 나 같은 악인들의 자리는 없어. 해가 뜨면 밤은 물러나고 햇볕을 쬐면 얼음은 녹아 버려."

'부딪쳐 부서질 이상'과 '엎드려 살아남을 현실' 중에 선택해야 했다. 애란은 심양에서 가져온 주머니를 조소용의 눈앞에 흔들었다.

"궁녀 애란이 청나라에서 짐독을 가져와서 세자를 독살했다고 늙은이에게 말해요. 국문장에서 뼈와 살이 흩어지며 임금의 밀명으로 세자를 시해했다고 하면 진정성 있어 보이겠지요."

혜원은 코웃음을 쳤다.

"일개 궁녀의 말을 누가 믿겠느냐."

일개 궁녀의 말도 믿을 사람이 있는 곳을, 애란은 알았다.

애란은 두 발로 걸어 감옥이나 다름없는 세자빈의 처소로 향했다. 섬돌에 놓인 세자빈의 신발을 신어 보았다가 벗었다. 오래된 신발인데도 아직 낡거나 망가지지 않았다. 그러면 괜찮다, 아직은. 애란은 피 묻은 손을 씻지도 않은 채 세자빈에게 속환되어 귀국한 사람의 말을 전했다.

"아무것도 하지 말았어야 했어요. 처음부터 부서질 걸 알면서 부딪쳤더라도. 부서지지 않고 그냥 조금 깎이기만 했어야 했어요. 부서져 봐야 옥인지 돌인지 알 수 있다지만 정 맞지 않고 모난 돌인 채로 살았으면 좋았을 텐데요."

세자빈은 심양에서 정뇌경이 강론했던《도덕경》을 기도문처럼 읊었다.

"깊고 큰 원한은 어떻게 풀고 화해를 해도 반드시 앙금이 남기 마련이니, 원한을 은덕으로 갚는다고 해도 앙금이 사라지지는 않는다. 그러므로 선한 사람은 재물을 빌려준 차용증을 가지고만 있을 뿐 빚진 사람에게 독촉하지 않는다. 하늘의 도는 오로지 선한 사람과 함께한다."

"빈궁마마께서 구하신 백성들은 선한 사람들이 아니에요!"

"돌아왔으나 받아들여지지 못한 환향녀들이나 고향에 전란으로 황폐해지고 나서 복구되지 않은 폐허만 남은 농민들이 나라에 깊고 큰 원한을 품어 앙금이 남았어. 내가 그들에게 조선 땅에 천 일 갈이 밭을 주지 못하였으니 나를 위해 뭘 해달라고 요구할 수 없구나."

백성의 곤궁은 모두 국가의 잘못이다. 하지만 그 책임을 왜 아무것도 안 한 임금이 아니라 어떻게든 뭐라도 하려다 실패한 세자빈이 뒤집어쓰는가. 세자빈이 임금 대신 백성에게 사죄하느라 이대로 말라죽을 작정인가 싶어 애란은 다급하게 설득했다.

"빈궁마마, 민심을 얻고 싶다면 다른 사람인 척해요. 남장하고 사내인 척했듯이. 사람들이 기대하는 대로 지아비와 어린 아들을 잃은 불쌍한 유족 행세를 하세요. 아무 말씀도 마시고 울기만 하세요. 백성은 동정할 수 있는 유족을 기대해요.

민심으로 주상 전하를 압박하겠다면, 그래야 해요."

"애란아, 나는 내가 아닌 사람은 될 수 없어."

"저는 마마를 위해서라면 뭐든 될 수 있어요. 그런데 왜 마마는 저를 위해 자신이 아닌 사람이 되어 살아남지 못해요? 그냥, 백성들이 보고 싶어 하는 모습만 보여 주면 되는데."

애란은 세자빈의 대답을 듣지 못했다. 조소용의 궁녀가 와서 애란을 불렀다. 애란의 아비가 조소용에게 장부를 넘기지 않았다면, 애란은 조소용과 엮이지 않고 오롯이 세자빈의 궁녀가 되었을까. 아니면 내의원에 남아 심양에 가지 않았을지도 모르겠다. 그랬으면 지금 밖에서 애란을 부르는 조소용의 독촉에 가지 않아도 되었을까. 애란이 세자빈 곁에 있기만 하면 무슨 구실이든 핑계든 만들어서 애란을 불러 대는 조소용은 애란의 검푸른 물이 남아 있는 손이 아니라 아무것도 묻지 않은 소매를 잡아끌었다.

"너무 피곤하고 기진맥진하구나. 애란아, 와서 맥을 짚어 보거라."

"소용마마, 지극히 건강하십니다."

"요새 이상하게 자주 머리가 아프구나."

"쓸데없는 데 머리를 굴리시니 그렇지요."

"아니다. 필시 누군가가 나를 저주하는 거야. 강빈이 귀국한 후부터였나…."

저주와 참소. 궁 안에선 익숙한 일이었다. 애란은 조소용의 손을 떨쳐 냈다.

"저하께서 가져오셨던 서양의 천문학책에는 귀신이나 저주 따위 없어요. 그런 미신을 믿지 않는 저한텐 안 통합니다."

"그래. 세자의 귀신도 없고 강빈의 저주도 없어. 나도 늙은이도 성리학을 공부한 신하들도 괴력난신을 논하지 않아. 하지만 마치 말뚝이탈 안에 사람이 있는 걸 다 알지만 모르는 척하는 것처럼 다 같이 탈춤 한판 추고 보는 거야."

조소용은 자리보전하고 누웠다. 늙은이가 친히 문병을 왔다 간 후, 조소용의 처소 마당에서 짚 인형이 나왔다. 늙은이가 다녀간 후 모처럼 호전되어 마당을 산책하던 조소용의 발에 뭐가 걸려서 파 봤더니 그런 흉물이 나왔다고 했다. 조소용은 세자빈이 궁녀들을 시켜 저주 인형을 묻었다고 호소했다.

인형은 붉은 치마에 초록 저고리를 입고 삼베옷을 걸치고 가락지를 끼고 있었다. 애란을 기다렸던 가락지였다. 반가 규수였던 조소용은 후궁으로 들어앉느라 새색시의 녹의홍상을 입은 날이 없었다. 조소용이 입지 못했던 녹의홍상을 입은 짚 인형은 불길하게도 삼베로 지은 상복을 걸치고 있었다. 조소용은 어릴 적에 댕기 머리를 하고 짚 인형으로 소꿉놀이를 했을까. 그때는 평범하게 비슷한 집안의 또래 도령에게 시집가서 아이 낳고 무난하게 사는 꿈을 꾸었을까.

봉림대군이 심양살이를 함께했던 질자들을 불러왔다. 협

조하지 않으면 어떻게 되는지 보라는 경고의 의미였다. 누가 차기 권력의 편일지 가늠해 보는 절차였다. 질자들이 자못 비장하게 대단한 비밀을 발설하듯이 고했다.

"강빈의 침선비가 심양에서 중전이나 입는 홍금적의를 지었사옵니다. 저 인형이 입은 붉은 치마가 바로 그 홍금적의 조각이옵니다. 세자빈이 중전의 옷을 입고 중전 행세를 하였으니 세자 저하께서 임금이라는 뜻 아니옵니까. 역적이나 다름 없사옵니다."

"강빈의 침선비가 소용마마께서 흉사하시라고 빌면서 삼베 수의를 지었사옵니다."

송죽은 바느질하는 노비인 침선비가 아니었다. 송죽이 지은 옷은 홍금적의가 아니라 신랑 없는 혼례에서 입을 혼례복이었다. 임금이 버린 정뇌경의 수의였다. 그러나 금부에서는 애란의 말을 듣지 않고 세자빈의 궁녀들을 하나씩 나국하기 시작했다. 정렬, 유덕, 계일, 향이, 천이, 난옥. 애란은 궁녀들이 하나씩 국문장으로 끌려 나올 때마다 이지향에게 받은 귀고리를 하나씩 의금부 관원에게 건넸다. 궁녀들을 가능한 한 고통 없이 빨리 죽여 달라고.

정렬.

형문• 6차 압슬 1차 낙형 1차.

• 곤장으로 정강이를 치는 고문.

유덕.

형문 6차 압슬 1차.

계일.

형문 7차 압슬 1차.

향이.

형문 6차.

천이.

형문 4차 압슬 2차 낙형 1차.

난옥.

압슬 4차 낙형 2차.

"유폐된 세자빈과 함께 감금된 것이나 마찬가지인 처지에 무슨 수로 빈궁마마의 처소도 아니고 조소용의 처소에 저주 인형을 묻겠사옵니까."

"빈궁마마는 아무것도 하지 않으셨사옵니다. 모두 다 소용 마마께서 꾸며 낸 일입니다. 저주 인형도 홍금적의도 삼베 수의도요."

"어리신 원손마마를 먼 곳으로 떠나보내신 일도 저하의 장례를 서두르신 일도 다 소용마마께서 베갯머리에서 속삭여 성총을 흐리셨기 때문이옵니다."

궁녀들은 뜻밖에도 조소용을 입에 올렸다. 후일에 늙은이의 처사가 잔혹했다고 비난받을 만한 일은 사실 다 조소용이 악랄하게 뒤에서 꾸민 일이라 하였다. 누군가가 이 기회에 늙은이의 죄악을 조소용에게 돌려서 늙은이의 허물이 비늘 하나만큼도 없게 해 주면 살려 주겠다 한 모양이었다.

그러나 애란은 그 '누군가'를 예상하지 못하고 의금부에 뇌물을 건넸다. '누군가'와 궁녀들의 약속은 의금부에 전달되지 못했다. '누군가'는 아마 의금부가 형신하는 중간에 적당히 끼어들어 궁녀들을 살려 주려 했겠지만 애란의 귀고리를 받아챙긴 의금부 관리들이 너무 일찍 궁녀들을 죽여 버렸다. 그 사소한 어긋남이 궁녀들의 명줄을 결정지었다.

조소용은 임금이 슬슬 손을 씻기 위해 궁녀들을 사주했음을, 임금이 자신을 쓰고 버릴 것임을, 새로운 세자인 봉림대군이 조소용을 보호하지 않을 것이라는 임금의 의중을 읽었다. 가장은 애첩이 아니라 아들을 택했다.

애란의 귀고리 여섯 짝이 모두 의금부로 가고 새 여섯 마리가 날아가고 궁녀 여섯 명이 죽었다. 이제 세자빈의 궁녀는 애란만 남았다. 애란은 조소용에게 죽은 사람을 기억하는 걸 멈출 수 없다고 했다. 조소용은 애란을 기억하는 것을 멈추지 않기 위해 애란을 죽일 작정일까. 세자빈은 애란도 국문장으로 내몰 수 있을까. 애란은 그날 밤 조소용이 부르기 전에 먼저 조소용을 찾아가 무릎을 꿇고 머리를 조아렸다.

"소용마마, 빈궁마마를 살려 주세요. 제가 대신 죽을게요. 빈궁마마는 모르게 해 주세요. 아시면 절대로 찬성하지 않으실 테니까요. 제게 확실한 계획이 있어요."

조소용은 기가 막혔다. 애란을 기다리며 구 년을 궁에서 엎드려 살아남았다. 구 년 동안 변해 버린 애란이 경멸하는 부류의 사람이 되어서라도 어떻게든 그악스레 살아남았다. 그랬는데 지금 애란은 조소용에게 자신을 죽여 달라고 한다. 세자빈을 살리기 위해. 이럴 거면 그냥 죽어 버려서 한없는 그리움이 될 걸 뭐 하러 버텼는가. 조소용은 애란을 굽어보았다.

"그리해 주면 너는 내게 무엇을 줄 수 있느냐. 네게 재물이 있느냐 권세가 있느냐. 네 꼴을 봐라. 진귀한 점취를 머리에 꽂고 거들먹댔던 년에게 민자 비녀 하나 남았구나. 반면 잿더미에서 패물을 파헤치던 내게는 금은 비녀와 옥과 산호로 장식한 노리개와 비단옷이 있구나."

"그리해 주시면 마마께서는 성인이 되시겠지요."

애란은 조소용에게 세자빈 같은 사람이 되라고 했다. 이게 애원하러 온 아랫것의 태도인가. 조소용은 기가 찼다.

"너희 같은 것들은 바로 그게 문제다. 속환까지만 생각하고 그다음이 없어. 그 사람들을 데려와서 어떤 세상을 만들지 계획도 없이 무작정 아무나 다 들여왔다가 이 모양이 된 거 아니냐."

"속환은 하늘의 뜻이었습니다. 슬픈 사람이 바르게 서고, 외로운 사람이 기대기 위해 하늘이 있어요. 사람은 하늘을 이고 하늘의 뜻에 따랐어요. 그걸로 되었어요."

강화도에서 피란할 적에 혜원은 애란에게 하늘이 없다고

했다. 세자빈과 심양에 다녀온 후 애란은 확신에 가득 찬 목소리로 혜원에게 하늘이 있다고 한다.

"너는 첩실에게 성인이 되라 하는구나. 너는 내가 그런 사람으로 보이느냐."

"사람이면 누구나 성인이 될 수 있어요."

"너는 내가 몇 번이나 너를 배신했는데, 또 나한테 와서 그런 달콤한 말로 도와 달라 하는구나."

"그러게요. 아무리 봐도 이 나라 안에서 저를 도와줄 사람이 혜원밖에 없네요."

엎드린 애란의 어깨가 들먹거렸다. 혜원은 애란에게 다가가 등을 토닥였다. 혜원의 치마에 애란의 눈물이 떨어졌다. 혜원은 애란의 눈물을 이 거래의 대가로 받았다.

"도와주겠다. 너를 죽여 주겠단 말이다."

애란이 눈물 젖은 눈을 들었다. 안광이 형형히 빛났다. 애란은 울다 말고 웃으며 죽다 살아난 사람처럼 신이 나서 계략을 떠들어 댔다. 조소용은 치마 위 말라 가는 눈물 자국에만 시선을 두었다.

"나는 성인 같은 거 되고 싶지 않아. 애란아, 네가 청나라에서 가져온 주머니에 있는 것을 다오."

조소용은 애란에게 청나라에서 짐독을 구해 오라 했다. 조소용은 짐새 같은 사람이라 스치기만 해도 살아 있는 것들이 모두 죽는다며 애란에게 떠나라고 했다. 그런데 세자빈 곁에 있던 사람들이 다 죽어 나가고 있었다. 집새는 독조가 아니라 외로운 새였구나, 혜원은 마음속으로 세자빈을 동정했다. 애란은 기도하듯 혜원의 손을 모아 잡았다.

"혜원, 마당에 꽃을 심자. 빽빽하게. 서천 꽃밭처럼. 내가 청나라에서 짐독 대신 꽃씨를 가져왔어. 살살이꽃, 뼈살이꽃, 피살이꽃을 심는 거야. 깊이 뿌리 내리는 꽃을 심어서 저주 인형 같은 건 묻지 못하게 해."

조소용은 그 손을 뿌리쳤다.

"너는 강빈에게나 가 봐. 강빈의 사약을 기어코 네가 달이고 싶으면."

애란은 나가다가 돌아섰다.

"혜원, 하나 말씀드릴 게 있어요. 사실 그때 점취는 제 것이 아니었어요. 타국 고관대작의 처첩에게 뇌물로 건네려고 둔 걸 제가 몰래 빌렸던 거였어요."

애란은 짚 인형의 품에 꽃씨를 넣어 조소용의 처소 마당에 파묻었다. 내년 봄이 되면 영문 모를 꽃이 피겠지. 조선에선 볼 수 없는, 청나라에서 가져온 화려하고 탐스러운 꽃. 꽃은 땅에 발붙인 새. 이게 애란이 조소용에게 마지막으로 남기는 마음이 될 것이다.

애란은 나는 듯한 발걸음으로 한달음에 세자빈에게 달려갔다. 세자빈은 벽에 머리를 댄 채 깊이 생각하고 있다가 애란의 기척에 고개를 들었다.

"애란아, 그만하자. 능양군은 내 궁녀들을 죽이면서 내게 자진하라고 압박하고 있어. '역모의 증거'를 계속 들이밀지만 능양군은 세자빈을 폐하거나 사사하진 못해. 그자는 자기 손을 더럽히지 않으려 하니까. 세자와 그 아들이 석연찮게 죽었는데 전 세자빈을 벌하면 관대하고 인자한 군주처럼 보이지 않으니까. 이제 내 궁녀는 너밖에 안 남았어."

세자빈은 임금을 반정 전의 호칭인 '능양군'으로 부르고 있었다. 애란은 무릎을 꿇었다.

"빈궁마마, 주리를 틀고 압슬형을 가해서 제 무릎을 으깨어 떠날 수 없게 해 주세요. 제가 다 말할 거예요. 그건 홍금적의가 아니라 너희들이 혼례도 못 치르게 한 송죽의 녹의홍상이라고. 송죽이 지은 삼베옷은 네놈들이 구해 주지 않은 스승님의 수의였다고."

"그 소리는 궁궐의 높은 담을 넘지 못해. 높으신 분들은 질자였던 삼공육경 자제들의 말만 듣지 궁녀의 말은 듣지 않아. 그러니 너는 궁 밖으로 나가야 해."

"빈궁마마는요?"

"나는 반드시 어명으로 죽을 거야. '임금'이 '세자빈'을 죽이는 죄를 짓게 하겠어. 세자를 시해한 자를 지금 밝혀내지 못한다면, 후세 사람들이라도 의심하게 할 거야. 세자가 독살당하고 세자빈이 사사당했으니 임금이 세자를 죽이고 은닉하려 했을 거라고. 나는 절대로 자진하지 않아."

세자빈은 애란에게 조소용을 불러 달라 했다. 조소용이 세
자빈과 문을 사이에 두고 마주했다. 조소용이 요청한 바였다.

"제가 빈궁마마를 도와드리지요. 시아비가 며느리에게 사
약을 내리게 해 드리겠다는 겁니다."

"소용께서 왜 굳이 무력한 세자빈을 돕겠다는 겁니까?"

"저는 멸문이 어떤 건지 잘 압니다. 한때는 저와 세자빈의
팔자를 뒤바꾼 하늘을 원망한 적도 있었지요. 그런데 결국은
우리 둘 다 멸문지화로 끝나는군요."

애란은 가족을 잃고 폐가에 홀로 있던 혜원을 떠올렸다.
그때 혜원은 어린애를 면한 지 얼마 되지 않은 나이였다. 그때
애란도 은주도 혜원도 다들 자기가 어른인 줄 알았다. 다른 어
른들과 다른, 좋은 사람이 될 줄 알았던 때였다.

"동병상련만으로 나를 도와주겠다는 건가요. 나는 지금
해 줄 수 있는 게 아무것도 없는데."

"죽여 주겠다는데 도와준다고 감격하지 마시고."

조소용은 애란이 듣지 못하게 문에 얼굴을 바짝 갖다 대
고 속삭였다.

"폐세자빈이 되어 사약을 받으러 사가로 나가실 때 애란과
옷을 바꿔 입고 애란을 궁 밖으로 빼돌려 살려 주시지요. 죄
인이 타는 검은 가마에는 덮개를 씌우니 누가 그 안에 있는지
알 수 없을 거예요. 단, 애란 모르게. 알면 세자빈 대신 자기가

죽겠다고 고집부릴 테니까. 그리고 저는 역관 조씨 집안 출신 소용 조씨가 아닙니다. 안산 고씨 가문의 '고혜원'이지요."

"약속은 꼭 지키지요. 세자빈이 아니라 '강은주'로서."

애란은 그저 은주를 살리는 데 혈안이 되어 다른 건 보이지 않는 척한다. 세자빈은 임금에게 사약을 받아야 한다. 애란이 죽으면 세자빈은 그저 살아 보겠다고 임금을 기만하고 궁녀를 대신 죽인 과부가 될 뿐이다. 세자빈이 죽어야 '임금이 세자빈을 죽였다'라는 기록 한 줄이 남는다. 혹시나 먼 훗날 하늘이 땅을 굽어보아 억울함과 원한이 풀리고 나면 세자빈의 의연한 죽음이 만천하에 알려지지 않겠는가. 조소용과 세자빈의 뜻이 맞았다.

6 돌을 물어다 바다를 메우는 정위

늙은이는 "아들과 손자를 잃고서 어찌 밥이 입에 들어가 겠는가" 하며 며칠째 밥투정하듯 깨작거렸다. 조소용이 보다 못해 보양식이라며 인삼죽을 올렸다. 늙은이는 인삼죽을 떠서 입에만 겨우 대었다가 숟가락으로 떴던 죽을 그대로 그릇에 넣고 휘적이다가 상을 물렸다.

애란은 인삼죽을 보며 조소용을 저주했다. 그때 심양에서 이지향이 거짓 역모에 휘말리지 않고 천 일 같이 밭에 인삼을 심었다면 피로인들을 모두 속환할 수 있었을지도 모른다. 그러 면 세자빈이 죽어도 여한이 남지 않을 텐데.

수라간에서 늙은이가 물린 인삼죽을 먹은 궁녀가 세자처 럼 피부가 검푸르게 변하고 얼굴의 일곱 구멍에서 피를 쏟으며 죽었다. 늙은이는 죽은 세자가 아기 때 입었던 배내옷을 끌어안고 거짓으로 곡을 했다. 비웃듯이, 세자빈이 세자의 장례에서 그토록 요구했던 곡을 했다. 세자는 정뇌경의 수의를 끌어안고 진심으로 울었는데.

"어제 꿈에 죽은 세자가 나와서 강빈이 수라상에 독수를 뻗었다 하였더니 죽은 아들이 나를 살려 주었구나. 저주가 독이 되었으니 기미 상궁이 먹었을 땐 멀쩡했던 것이다. 강빈이 청나라에 있을 때 아랫것들을 꼬여 밤마다 주문을 외웠다더니."

정뇌경이 죽은 후에 모두 모여 공부한 걸 가지고, 세자빈이 마음 둘 곳 없어 염불 외듯이 천주교 기도문이란 걸 읊은 걸 가지고 늙은이는 마음대로 곡해했다. 분노하는 애란에게 조소용이 입맞춤했다. 애란이 조소용을 입궁시킬 때 그랬듯이.

"함구해라."

조소용의 입술이 닿은 순간 애란은 알아차렸다. 늙은이가 입술에 독을 바르고 그 독을 숟가락에 묻힌 후 죽 그릇에 휘저었다. 탕약망이 가지고 있던 서양의 독을. 누군가가 늙은이를 위해 짐독을 구해 왔다.

조소용은 강빈이 저주 인형으로 조소용을 병들게 했듯이 임금을 저주해서 음식에 독이 깃들게 한 것이라고, 직접 당해 보니 강빈의 저주는 강력하다고, 임금을 두둔했다. 강빈이 궁녀를 시켜 조소용의 처소에 저주 인형을 묻었듯이 이번에도 궁녀를 사주하지 않았겠느냐고 했다. 세자빈의 궁녀는 애란뿐이었다.

세자빈은 애란에게 말을 전하게 했다. 죽은 수라간 궁녀를 검험하라고. 왜 임금이 입을 대기 전의 죽에는 독이 없고 임금이 입을 댄 후 물린 죽에는 독이 있었는지, 임금이 죽에 무슨 짓을 했는지 밝혀 보자고. 그리고 임금이 세자빈을 죽이려는 진짜 이유는 세자 생전에 세자빈과 세자가 청나라와 속환을 마무리 짓고 싶어 했기 때문이라고.

죽은 세자와 세자빈이 청나라와 몰래 속환을 논하려 했다는 모의는 봉림대군 입장에선 묻어 버려야 할 일이었다. 북벌을 내세우는 새로운 세자에게 이 시점에 속환이 거론되어 좋을 일이 없었다. 자칫 '마지막 한 사람까지 소환하려고 했던 전 세자' 대 '청나라에 끌려간 불쌍한 백성을 버린 현 세자' 구도로 갈 수 있었다. 세자빈은 애란을 시켜 봉림대군에게 전했다. 속환을 포기하면 후에 북벌에 나설 때 백성들이 국가를 믿고 충심을 다해 싸울 수 있겠는가. 봉림대군은 냉소했다. 그 일들을 다 겪고도 국가를 믿으시나. 세자빈이 반문했다. 세자가 국가를 믿지 않으면 어찌 되는가. 봉림대군이 말했다. 나는 살아남을 것이다. 단지, 살아남을 것이다.

임금이 드디어 어명을 내렸다.

"나는 이미 늙었으니 죽기 전에 세자를 위해 피눈물을 흘리며 악업을 감당하려 한다. 강씨를 폐출하고 사사하라."

제왕의 학문을 공부하지 않고 왕이 된 임금의 입에선 가끔 '짐'이나 '과인'이 아니라 '나'가 튀어나왔다. 세자빈이 출궁당하기 전 마지막 밤에 조소용이 몰래 은혜를 베풀어 애란을 세자빈의 방에 들어가게 해 주었다.

애란과 세자빈은 애써 담담한 낯으로 마음속에 품은 속임수를 숨겼다. 서로 자신이 상대 대신 죽을 거라는 걸 상대가 모른다고 믿으면서. 애란은 세자빈과 단둘이 밤을 보낼 수 있었다. 심양에서 세자가 없는 새에 세자빈 옆에 누웠던 어느 밤처럼. 곧 남편을 만나러 갈 생각에 마음이 평안해졌는지 세자빈은 애란에게 마지막으로 바라는 게 있으면 얘기하라고 했다. 뭐든 다 들어준다고. 애란은 유언 같은 말을 덥석 물었다.

"우리 서로 옷을 바꿔 입어요. 옛날로 돌아가서. 심양에 가기 전에 옷 바꿔 입었을 때처럼요. 이제 와서 하는 말이지만, 저는 빈궁마마께서 궁녀한테 차가운 옷을 입히지 않으려는 따듯한 분이라 아무리 먼 곳이라도 갈 수 있겠다 싶었어요."

"내가 너무 염치없었지. 그때 꼭 은혜를 갚겠다고 했는데."

애란은 넌지시 세자빈을 찔러 보기로 했다. 나중에 세자빈이 혼자 살아남았을 때 이를 악물고 뭐라도 할 수 있게 해 주고 싶었다.

"은혜 갚을 기회를 드릴까요? 제가 어떻게든 마마를 밖으로 보내 드릴 테니 궁녀의 옷을 입고 날이 밝기 전에 국경을 건너시는 거예요. 그대로 심양까지 가세요. 용골대 장군에게 조선에서는 맏며느리에게 후계 지명권이 있다고 설명해 주면 용 장군이 빈궁마마를 편들어 조선 조정에 입김을 불어 줄 수도 있을 거예요."

"내가 아니라 애란 네가 살아야지. 네가 청나라 지리도 알고 만주어도 잘하고 용골대 장군 쪽에 연줄도 있고. 내가 만약 잘못되면 역모가 되지만 너는 잘못되더라도 심양에 다녀오더니 정신을 놓아서 미친 짓을 했다고 할 수 있잖니."

애란은 허를 찔렸다. 조선에 돌아온 후에 몰래 궁을 나가겠다는 세자빈을 말리기 위해 둘러댔던 말이 여기서 이렇게 돌아올 줄은 몰랐다. 애란은 후회했다. 그때 상의원에서 아무 옷이나 구해 세자빈에게 입히고 궁을 나가게 두었어야 했다. 아니다. 이제라도 세자빈을 나가게 하면 된다. 그동안 많은 일을 겪었으니까 세자빈은 이제 잘 해낼 것이다. 말없이 생각에 잠긴 애란에게 세자빈이 다정스레 말을 걸었다.

"애란아, 우리는 여러 번 모의를 했지. 다른 사람의 옷을 입고 다른 사람이 되어 강을 건너 국경을 넘으려 했어. 그때의 그 계획들이 성공했다면 어땠을까."

"저랑 처음 만나셨을 때 제 말대로 남장하고 도망치셨다면 세자빈 대신 책 장수가 되셨겠지요. 저는 궁녀가 되지 않고 역관들을 따라 북경에 다니며 시장에 들러 그 책 장수가 골라 주는 책을 사 들고 와서 비단으로 장정한 다음 품에 끼고 살았겠지요. 우리는 견우와 직녀처럼 한 번씩 만나고 헤어지며 그렇게 오래 살았겠지요."

애란이 웃으려고 애썼지만 세자빈은 뭔가 이상한 낌새를

눈치챘는지 저고리 고름을 풀던 손을 멈췄다. 애란은 손사래를 치며 눙쳤다.

"에이, 아니에요. 이미 어명이 내려왔는데 이제 와서 뭘 어쩌겠어요. 저는 그냥, 유품으로 마마의 체온이 남은 옷을 갖고 싶어서 그랬어요. 걱정 마세요. 저주 인형처럼 오용되지 않게 장롱 깊이 숨겨 두고 저만 볼게요. 마마께서 떠나신 후에 비밀 하나쯤은 있어야 저도 살 수 있지 않겠어요."

그 말에 세자빈은 흔쾌히 옷고름을 풀었다. 애란이 세자빈의 손을 잡았다.

"그래도 일국의 세자빈이신데, 궁녀의 옷을 입고 사약을 받으시는 게 꺼려지지 않으세요? 혹시 마지막으로 입고 싶었던 옷이 있으시면…."

세자빈이 보란 듯 화통하게 웃었다.

"어차피 사약 받으면 피를 토하고 죽을 텐데 더럽혀질 옷이 누구 옷이든 무슨 상관이니. 산 사람이 마지막으로 원하는 대로 해 주면 되지."

애란은 세자빈과 옷을 바꿔 입었다. 심양에 가기 전에 그랬듯이. 이번엔 화로도 없었다. 애란은 체온으로라도 옷을 데우려고 웅크렸다.

"추운 데에 있었더니 옷이 차가워져서 데우려 하는데 마음만 급하고 잘 안되네요. 이게…."

세자빈은 앙상해져서 치마폭도 저고리 품도 줄여야 했다.

애란이 반짇고리에서 실과 바늘을 꺼내 시침질로나마 저고리와 치마를 줄여 보려 하는데, 어째 바느질을 할수록 옷이 망가졌다. 심양에 가기 전 옷을 바꿔 입었을 때처럼.

"제가 이런 일이 또 생길 줄 모르고 바느질을 익히질 않아서… 사람 일은 한 치 앞도 모르고 사람 속은 한 길도 모른다더니…"

세자빈이 거들어 보려고 하는데 세자빈도 바느질을 익히지 않은 건 마찬가지라 더 엉망이 되었다. 애란과 세자빈이 마주 보고 웃었다.

"어째 나아진 게 없네요."

"이럴 줄 알았으면 만주어 말고 바느질이나 배워 둘 걸 그랬지."

"우리, 그때 그냥 남장하고 몰래 궁궐 담을 넘어 도망갔으면 어땠을까요?"

"너답지 않게 대책 없는 소리 하는구나. 사람이 죽을 때가 되면 안 하던 짓을 한다더니."

"저는요, 대책 없이 도망가서 하루라도 아무 생각 안 하고 아무것도 안 하고 마음 편히 단둘이 살아 봤을 거 같아요."

"나는… 그래도 심양에 갔을 거야. 거기서 만났던 사람들을 다시 만나고 거기서 겪었던 일을 다시 겪으려고. 그때 도망 갔으면 지금 우리가 여기서 이러고 있을 수 있겠니. 그리고, 전부는 못 했지만 우리는 속환을 했어."

"아직도 사람을 믿으세요?"

"너도 나도 사람을 믿으니까 결국 우리가 궁에서 만나고 대국에서 또 만날 인연이었던 거야. 애란아, 멀리, 아주 멀리 가라. 인연이라면 어디서든 무엇이 되어서든 다시 만나겠지."

그때와 반대로, 이번에는 애란이 쇠약해져서 손을 떠는 세자빈의 머리를 빗고 땋고 옷을 입혀 주고 와락 안았다. 세자빈도 애란을 마주 안았다. 애란은 아담하고 세자빈은 키가 커서 애란의 소매는 손을 덮고 세자빈의 소매는 손목이 드러났다.

애란은 궁을 나가기 전 조소용에게 마지막으로 제안했다. 궁을 떠나자고. 조선을 떠나자고. 봉림대군이 왕이 되면 선왕의 후궁 따위는 필요 없어질 것이다. 조소용이 곁에 있으면 새로운 왕도 늙은이처럼 소문과 흉계와 뒷돈으로 정치를 할 것이다. 조소용은 떠나지 않았다.

"나는 여기 머물 테니 애란 네가 돌아와."

"제가 죽은 다음 봄이 오면 처소 앞마당에서 기다리시던 것을 보게 될 거예요."

"너 정말로 세자빈을 위해 죽겠다는 생각을 고쳐먹지 않거니. 나를 위해 살 마음은 없니."

애란은 조소용의 마지막 말에 답하지 않았다. 조소용이 애란이 보낸 편지에 답하지 않았듯이.

애란이 부탁한 날, 세자빈의 처소 마당에 가마가 준비되었다. 조소용은 금박을 찍은 저고리를 입고 화려하게 장식한 크고 풍성한 가체를 얹고 손에는 애란과 같은 가락지를 끼고 세자빈의 처소에 찾아갔다. 조소용은 세자빈의 똥짤막한 소매를 보았다.

"애란이 세자빈의 옷을 입고 세자빈인 척하고, 빈궁마마께서는 폐출된 세자빈이 사가로 가는 가마를 따라가는 궁녀인 척하고 출궁한 다음, 모든 시선이 애란이 사약을 마시는 광경에 쏠린 틈을 타서 빈궁마마께서 조용히 사라지신다. 금부도사는 빈궁마마의 얼굴을 모르니 빈궁마마께서 죽었다고 보고할 것이다. 이게 애란이 제게 제안했던 계획이었지요. 지금이라도 애란의 뜻대로 하시겠습니까."

"애란은 아직도 저를 잘 모릅니다. 잘 안되긴 했지만 제가 심양에서 그렇게 사람을 살리려 했는데, 애란에게 저 대신 죽으라고 하겠습니까."

"애란도 참 웃기지요. 죽이고 살리는 은혜란 윗사람이 아랫사람에게 내리는 법인데 궁녀 주제에 세자빈에게 은혜를 베풀겠다니."

"마지막으로 애란을 만나게 해 주십시오. 그 애에게 유언으로 남길 말이 있으니. 누굴 대신해서, 누굴 위해서 죽으면 안 된다고. 내가 죽은 이후로도."

조소용은 궁녀와 세자빈이 서로 살리려 하는 광경이 눈에 설었다.

"제가 드릴 수 있는 건 그저 잠깐의 시간, 한 장의 종이, 붓과 먹뿐."

내의원에서 사약을 달이기 시작했다. 세자빈은 먹도 제대로 갈지 못하고 급하게 종이 위에 초서를 흘려 썼다.

세자빈의 옷을 입은 애란은 방에 웅크려 앉아 삶에서 스쳐 간 사람들을 생각했다. 지필묵이 없어서 마음속으로 유언을 남겼다. 저를 아들처럼 기르셨던 아버지, 제가 빈궁마마 대신 죽은 게 언젠가는 밝혀질 거예요. 그러면 역관 집안의 딸이 아닌 저 애란의 이름이 충의를 다한 궁녀로 역사에 남겠지요. 스승님, 저는 악인도 선하게 대하고 신의가 없는 사람도 신의로 대하려 했어요. 기훈아, 이 누님은 달라졌단다. 너도 예전과는 다른 사람이 되었겠지. 사람은 헤어진 지 사흘이 지나면 눈을 비비고 볼 정도로 달라진다 하니 우리가 다시 만난다면 서로 놀라겠구나. 송죽, 기러기처럼 먼 곳으로 날아가 따듯한 곳에서 잘 지내고 있니. 이름에 '란'이 있는 어린애와 함께. 내 수의를 네가 지어 줬음 좋으련만. 저하, 제가 질투를 많이, 했어요. 저를 용서하시고 매일 밤 빈궁마마의 꿈에 나와 주세요. 지향 공주자가, 제가 구해 드릴 수 있을 줄 알았는데….

조소용이 애란에게 저고리를 던졌다. 애란이 무릎 사이에 파묻고 있던 고개를 들었다.

"세자빈 저고리 좀 바꿔 줘라. 맞지도 않게 소매가 짧은 저고리를 입고 있더라. 추운 날 손목 시리게."

원래 애란 것이었던 저고리였다. 애란은 자신의 무심함을 탓했다. 하지만 조소용이 이제 와서 세자빈을 챙기는 꿍꿍이가 수상했다.

"그렇지만 저고리를 바꿔 입으면 남들이 눈치챌지도 모르는데…."

"뭘 입고 죽든 누가 신경이나 쓰겠니. 옷이 이상하다고 사약을 거둘 것도 아닌데. 빨리 해라. 세자빈이 지금 저고리 없이 속곳만 입은 채 떨고 있잖니."

옷을 바꿔 입을 때마다 세자빈은 추웠구나, 더는 추우면 안 되는데 하는 마음이 애란을 분별없이 재촉했다. 애란은 입고 있던 저고리를 벗어 조소용에게 건네고 세자빈이 벗어 준 저고리를 입었다. 소매 길이가 팔에 딱 맞았다. 애란은 자기 저고리에 은주의 치마라, 마치 둘이 하나 된 듯해서 그런대로 마음에 들었다. 조소용이 애란을 몰아서 가마에 태웠다. 혹시라도 들킬까 봐 애란은 고개를 푹 숙이고 발끝만 보며 걸어가 세자빈 대신 검은 가마에 탔다.

가마가 멈췄다. 애란은 덮개를 걷고 밖으로 나왔다. 가마를 탄 애란이 도착한 곳은 세자빈의 사가가 아니라 장날의 시장이었다. 아무도 죽지도 사라지지도 않은 듯 시끌벅적하고 왁자

지껄했다.

속았다. 가마꾼은 가마를 메고 가 버렸다. 애란은 잠시 멍하니 있었다. 은주와 혜원이 짜고 나를 속였구나. 애란이 은주를 처음 만났을 때 은주가 시장 인파 속으로 사라지고 싶어 했는데, 애란이 대신 은주의 소원을 이뤄 주게 생겼다.

애란은 입고 있는 세자빈의 치마폭에 얼굴을 묻고 소매로 눈물을 닦고 숨을 깊이 들이마셨다. 소매에서 무언가가 만져졌다. 솔기 바느질이 삐뚤삐뚤했다. 애란은 바로 누구 솜씨인지 알았다. 솔기를 뜯자 세자빈의 편지가 있었다. 혜원은 이 편지를 몰래 반출하기 위해 애란에게 저고리를 바꿔 입게 했다. 애란은 은주가 급히 흘려 쓴 편지를 천천히 읽었다.

애란에게

춥지 않니. 어느 길 위에서. 노잣돈을 마련해 줬어야 했는데 내가 미처 그것까진 챙기지 못해서 미안하다. 너는 따뜻한 사람이라 네가 딛는 발걸음마다 싹이 트고 네 곁에 있는 사람은 외롭지 않으니 춥지 않을 거야. 어딜 가든 두툼하게 입고 지붕 아래서 달고 맛난 걸 먹으렴. 그럼 모든 일이 다 괜찮아질 거야.

우리가 처음 만나 서로 옷을 바꿔 입었을 때 내가 이 은혜는 후일 꼭 갚는다고 했지. 너는 흘려들었을지 모르는 그 말을 나는 늘 품고 살았단다. 죽기 전에 은혜 갚을 기회가 와서 여한이 없어.

광풍도 폭우도 하루 종일 몰아치지는 않는다. 천지의 광포함도 하루를 못 가거늘 사람의 포악함이야 오래가 봤자 얼마나 오래갈까. 세상일이란 먼저 되는 것도 있고 나중에 되는 것도 있다. 강할 때도 있고 약할 때도 있고 올라갈 때도 있고 내려올 때도 있다. 이제 와 돌이켜 보면 그냥 모두 다 꿈 같기만 하구나.

애란아, 조선에서의 일들도 시간이 오래 지나면 봄날의 꿈 같아지겠지.

덕으로 얻을 수 있는 건 배반뿐이고 진실은 중요하지 않더라도 사람을 믿고 사람에게 기대고 사람에게 기대하는 마음을 멈추지 마. 진심을 다하고 속마음을 나누면 사람은 바뀔 수 있어. 너는 변했잖니. 심양에 가기 전의 너와 심양에서의 너와 심양에 다녀온 후의 너는 다른 사람이고, 죽을 때까지 계속 변할 거야. 때론 변하지 않는 사람을 만나기도 하고 변하다가 어긋나는 사람에 실망하기도 하지. 그래도 우리는 외면하지 않고 계속 부딪쳐야 해. 내가 돌이고 남도 돌이면 부딪쳐서 불꽃이 튀겠고, 내가 옥이고 남이 돌이면 내가 부서지겠고, 내가 돌이고 남이 옥이면 옥을 다듬어 완벽이 되겠고, 내가 옥이고 남도 옥이면 꿰어서 보배가 되겠지.

부딪쳐서 부서지지 않아도 돼. 조금씩 깎여서 동글

동글해지면 묵주에 꿰어 나의 기도가 되어 줘. 얼굴을 청수로 닦고 손에 꽃을 들고 입에 향을 머금으렴. 세상이 너를 헐뜯고 쥐어뜯고 잡아 뜯고 물어뜯으면 부리로 쪼지 말고 너에게 있는 날개를 활짝 펴고 날아가렴. 너의 날개가 큰 그늘을 펼쳐 땅 위의 그림자를 덮기를.

다음 생에는 한 둥지에 태어나 자매가 되자꾸나. 아니, 네가 내 딸로 태어난다면 그때는 너를 품에 안고 무릎에 앉히고 머리를 땋아 늘여 댕기를 드리우고 밤이면 네게 솜이불을 덮어 주고 책을 읽어 주고 싶구나. 작은 너의 하늘이 되어 네가 슬플 때 안아 주고, 외로울 때 어깨를 내줄게. 우리는 함께 마루에 앉아 마당에 모이를 뿌려 새를 부르겠지. 네가 내 딸로 태어난다면 봉숭아 꽃물을 들여 주고 창포물로 얼굴을 닦아 주고 입에 약초를 물려 줄게.

그러니 애란아, 일회일비하지 않고 오래 살아남아 내 뜻을 이어 주겠니. 한 사람을 죽이는 건 이 세상을 죽이는 것과 같고, 한 사람을 살리는 건 이 세상을 살리는 것과 같지. 하늘은 분명 선한 사람의 편이니까 너의 가장 든든한 편이 되어 줄 거야. 내 혼백과 함께 멀리 가 다오. 발에 물집이 잡히면 고운 색실을 꿰면 빨리 낫는단 거 아직 기억하고 있니. 애란아, 나는 편지는 마무리되지 못했다. 애란은 편지를 읽고 또 읽었다.

세자빈은 임금에게, 며느리는 시아비에게 사약을 받았다. 세자빈은 피부가 검푸르게 변하고 얼굴의 일곱 구멍에서 피를 흘리며 죽었다. 세자빈은 죽어서 삼도천을 건너지 않고 귀신이 되어 밤마다 임금을 찾아와서 귀에 짐독을 한 방울씩 떨어뜨리듯 아들과 손자와 며느리를 죽인 패륜범이 누군지, 이역만리에 백성들을 버려두고 잊으라 한 폭군이 누군지 귀엣말을 할 거라는 유언을 남겼다.

애란은 세자와 세자빈이 저승에 가지 않고 외로운 고아, 짝 잃은 사람, 굶주린 사람 곁에 있기를 바랐다. 언젠가 애란이 답신을 가지고 다시 만날 때까지.

늙은이는 천수를 누렸다. 봉림대군은 왕이 되었다. 살아남았다. 단지, 살아남았다. 조소용의 처소 마당에 묻힌 애란의 짚 인형 속 꽃씨에서 싹이 텄다. 애란이 청나라에서 주머니에 담아 온 꽃씨였다.

왕이 된 봉림대군은 대전 앞에서 저주가 썬 인형을 파냈다. 조소용은 왕을 저주했다는 혐의를 받았다. 새로운 왕은 선왕이 했던 대로 선왕의 사람들을 쳐 냈다. 뒤를 받쳐 줄 가문이 없는, 한낱 궁녀 출신의 조소용은 꽃 피는 계절이 오기 전에 선왕을 미혹시켜 세자빈을 사사하도록 하였다는 죄목으로 사약을 받았다. 조소용은 죽기 전에 유언처럼 애란을 찾았다.

"짐새가 날아가 버렸구나. 깃털 하나 남기지 않고. 내가 독살당하면 네가 서천 꽃밭에서 꽃을 따 오면 될 것을. 란아, 나의 란아."

애란은 조소용에게 받았던 가락지를 팔아 말을 사서 타고 국경으로 달려갔다. 이 말에 태우고 싶은 사람들이 있었다. 부서질 걸 알면서도 부딪친 사람들. 애란은 살아서 두만강을 넘었다. 차가운 강물에 손을 담갔다. 손끝의 검푸른 물이 강물에 흘러 떠나갔다. 애란은 죽은 사람들의 이름을 불렀다. 기억하는 것을 멈추지 않으려고. 강은주, 고혜원, 정뇌경, 이왕, 정렬, 유덕, 계일, 향이, 천이, 난옥… 애란은 세자빈의 편지를 한 글자도 잊지 않았다.

애란은 조선에 돌아오지 않을 것이다. 마지막 한 사람까지 돌아올 때까지. 부딪쳐서 세상을 부술 것이다. 애란은 죽지도 사라지지도 않고 살아서 멀리 간다.

작가의 말
—애란의 편지

저는 무사히 '안전가옥'에 도착했어요. 여기선 'PD'라는 관직에 있는 사람들이 저를 '회의실'이라는 방에 초대해서 서양차와 달콤한 과자를 대접하면서 몇 시간씩 제 이야기를 들어줘요. 제가 들려주는 이야기를 가공해서 책으로 펴내고 싶대요. '책'이라는 말에 저는 입을 열어 오래된 긴 이야기를 하기로 했어요.

그들은 '세자빈과 궁녀의 쌍방 구원 궁중 연애담'을 찾고있다고 했어요. PD들과 저는 공동창작이나 다름없는 글쓰기를 했어요. 아주 동상이몽에 이인삼각 달리기였죠. 나중엔 다리가 네 개인데 어느 다리가 누구 다리인지 헷갈릴 지경이었어요. 어찌나 회의가 많았는지… 오고 간 서신이 백 통이 넘었어요. 안전가옥에서 기대했던 이야기에 제가 줄거리와 인물을 만들어 주고 안전가옥에서 의견을 내면 제가 반박하거나 구체적으로 살을 붙였어요. 사람들이 폭넓게 좋아할 만한, 실제보다 더 풍성한 이야기가 된 것 같아요.

제 발은 괜찮아요. 리즈 PD님, 알렉스 PD님, 조이 PD님, 함께 이야기를 읽고 길잡이가 되어 주신 스토리 PD님들과 편집자님이 먼 길 가는 동안 제가 고되다고 칭얼댈 때마다 달래고 격려해 주셨거든요. 남다름 편집자님은 이 이야기를 점취처럼 세공해 주셨어요. 아, 실록에 이름이 나와 있지 않은 사람들을 보호하기 위해 PD들의 이름을 붙였어요. 리즈 PD님, 조이 PD님, 쿤 PD님은 자기 이름을 빌린 사람들의 팔자가 이렇게 꼬일 줄은 몰랐을 거예요.

예전에 좋았던 날에 스승님께서 "교육받은 사람은 예전과 같이 살 수 없다"라고 하셨지요. 그때는 그 말을 이해하지 못했어요. 저는 사람은 고쳐 쓸 수 없다고 했지요. 그랬던 제가 안전가옥에서 사람이 변하는 이야기를 했네요.

안전가옥에 드나드는 나날들 동안 '대학로'라는 곳에 자주 갔어요. 시장처럼 사람이 아주 많은 곳이지요. '극장'이라는 곳에서 잘생긴 사람들이 재담도 하고 춤도 추고 노래도 부르고 인형 놀이도 아닌데 타인인 척 '연기'라는 것도 해요. 그런 놀이판을 보고 나온 날이면 이 이야기에 나오는 사람들을 생각하게 되었어요. 이제는 그 사람들의 얼굴이 가물가물해서 제가 방금 보고 나온 잘생긴 사람들의 얼굴을 대신 떠올리기도 했어요.

이 이야기에는 새가 많이 나와요. 제가 제일 좋아하는 새는 '정위'예요. 《산해경》에 바다에 빠져 죽은 '여와'가 '정위'라는 새로 환생하여 돌멩이로 바다를 메우려 한다는 이야기가 나온대요. 정위들이 계속 돌을 물어다 나르다 보면 언젠가 바다가 간척지가 되고 꽃 피는 들판이 될지도 몰라요. 이 이야기가 정위들이 쉬다가 딛고 날아갈 수 있는 바위섬이 되기를 바라요. 그러기 위해 이 기나긴 이야기를 했네요. 평안히 계세요.

애란 드림

프로듀서의 말

    2022년, 안전가옥에 입사한 저는 시대를 다루는 이야기를 기획하고 싶었습니다. 사극이나 시대극은 잊힌 과거의 인물을 발굴하고 숨겨진 역사를 이야기로 풀어낸다는 것 자체로 흥미로운 장르죠. 그렇지만, 거기서 멈추지 않고 과거의 이야기를 다시 바라보며 굴레처럼 되풀이되는 현재를 다뤄 낼 수 있다는 점이 가장 매력적이라고 생각합니다. 그렇게 어떤 사람을 현재로 불러오면 좋을까? 고민이 시작되었던 것 같습니다.

    제가 안전가옥에서 처음 기획한 오리지널 《꽃이 부서지는 봄》에서 불러오고 싶었던 인물은 소현세자빈으로 알려진 강빈이었습니다. 사실, 강빈은 제가 오랫동안 발굴하고 싶었던 인물이었는데요. 강빈은 소현세자와 함께 심양으로 떠나 천 일 같이 밭을 운영했고 벌어들인 수익으로 포로들을 속환하는 데 큰 역할을 했지만, 역사서에 이름조차 기록되지 못했죠. 소현세자의 독살 사건이 크게 대두되고 소현세자와 인조의 관계성이 강조되는 와중에 강빈은 거의 드러나지 않았습니다.

이러한 강빈의 이야기에서 제 시선을 끌어당긴 존재가 궁녀들이었습니다. 인조와 조소용의 계략에 누명을 쓴 강빈을 수사하기 위해 강빈을 따르던 궁녀들이 잡혀갔고 지독한 고문이 이어졌습니다. 그런데도 강빈을 고발한 궁녀들은 없었다고 해요. 이에 '궁녀들에게 강빈은 어떤 존재였을까?'라는 질문을 던지게 되었고 '조소용의 궁녀였던 애란이 강빈의 궁녀로 이중첩자 활동을 하면서 이상을 꿈꾸는 강빈을 사랑하게 되는 이야기'라면 그 질문에 답을 줄 수 있을 것 같았습니다. 사랑할 수밖에 없는 사람인 강빈과 그를 사랑하는 궁녀를 통해, 몰락해 가던 조선을 궁녀의 시선에서 담아 보자는 방향으로 기획안이 정리되었습니다.

그다음에는 난세인 시대와 여성들의 감정선을 다채롭게 다뤄 줄 수 있는 작가님을 찾는 여정이 이어졌습니다. 그러던 중 단편소설 〈까라!〉로 풍부한 감수성을 보여 주셨던 한켠 작가님께 함께 이야기를 만들어 보자고 제안드렸지요. 작가님과의 작업을 통해 초기 기획안에서 많은 부분이 달라졌는데, 제 기획안 속 한계라고 생각했던 부분을 작가님께서 많이 깨 주셨다고 생각합니다. 이 과정을 거치며 작가님께서 창조해 내신 애란, 은주, 혜원을 깊이 이해하는 시간을 가졌습니다. 이따금 원고 속 제 이름을 볼 때면 깜짝 놀라기도 했지만 즐거운 경험이었습니다. 저는 극 중 혜원처럼 살아 본 적이 없거든요. 이 작품 속 격정적이고 솔직한 인물들의 속사정을 넌지시 들여다보면서 가슴이 찡하게 아파 왔습니다.

작가님과 함께한 회의와 수많은 메일을 되돌아보니, 대학로 공연 이야기를 항상 했네요. 저 역시 한편 작가님과 취미가 같아서 이번 작품을 프로듀싱하는 내내 대학로의 여러 작품을 만나고 사랑했답니다. 공통된 취미가 있다는 점이 작가님과 저를 이어 주는 다리가 되지 않았나 싶어요. 무언가를 함께 사랑한다는 것은 상대를 더욱 잘 이해할 수 있는 바탕이 되니까요. 사랑하기 때문에 변화했고 선택했던 애란, 은주, 혜원처럼 말이에요. 이야기의 시작이 안전가옥이었고 그것을 글로 구체화한다는 쉽지 않은 여정이었을 텐데도, 마지막까지 함께 걸어와 주신 한편 작가님께 감사의 말을 전합니다. 더불어 이번 기회에 작품 속 주연의 이름으로 출연할 수 있어 정말 영광이었습니다. 그리고 여정 내내 횃불이 되어 주셨던 협력 프로듀서 알렉스 PD님께 앞으로도 잘 부탁드린다는 말을 전해 봅니다.

지금까지 애란, 은주, 혜원의 거친 여정을 함께 걸어 주신 독자분들께도 감사의 마음을 전합니다. 과거에 주목받지 못한 역사적 인물들을 또다시 수면 위로 올리는 이 시도가 독자님들의 마음을 건드렸길 바랍니다.

안전가옥 스토리PD
고혜원 드림

꽃이
부서지는
봄

1판 1쇄 발행 2024년 4월 24일

지은이 한켠

기획 안전가옥
프로듀서 고혜원, 신지민
　　　　　김보희, 윤성훈
　　　　　이수인, 이은진, 임미나
퍼블리싱 박혜신, 임수빈
편집 남다름
디자인 박연미
서비스 디자인 김보영
비즈니스 이기훈
경영지원 홍연화

펴낸이 김홍익
펴낸곳 안전가옥
출판등록 제2018-000005호
주소 04779 서울특별시 성동구 뚝섬로1나길 5,
　　　헤이그라운드 성수 시작점 202호
대표전화 (02) 461-0601
전자우편 marketing@safehouse.kr
홈페이지 safehouse.kr

ISBN 979-11-93024-67-6 (03810)

안전가옥 오리지널